KB142831

북마녀의 시크릿
단어 사전

웹소설 작가를 위한 필력 UP 프로젝트

북마녀의 시크릿 단어 사전

북마녀 지음

기본

아틀링북

읽을 줄 아는 그 단어를
써먹지 못하는 초보 작가를 위하여

글을 잘 쓰려면 책을 많이 읽어야 한다?

작가를 꿈꾸지 않는 사람도 한번쯤 들어 본 말일 것이다. 작가 지망생의 책장에 꽂혀 있는 수많은 작법서에 이 말이 적혀 있다. 책을 많이 읽어 본 사람이 글을 일정 수준 이상으로 쓸 가능성이 큰 것은 사실이다. 그러나 이것은 확률 싸움일 뿐 전부 그렇진 않다. 다독 경험이 쓰기 능력을 무조건 보장하지는 않는다. 웹소설 독자 출신 작가가 적지 않지만, 웹소설 독자가 전부 웹소설 작가로 변신하진 못하는 현상이 이를 증명한다.

- 왜 인풋이 아웃풋으로 이어지지 않을까?
- 왜 자신이 읽었던 작품의 문장력만큼 문장을 만들어 내지 못하는 걸까?
- 수많은 단어를 알고 사전 없이 의미를 이해하는데 어째서 원고를 집필할 땐 단어가 떠오르지 않는 걸까?

북마녀의 '단어' 연구는 작가 지망생들의 이러한 문제를 함께 고민하고 해결하기 위해 시작되었다.

예를 들어 '예쁘다', '아름답다', '우아하다', '잘생기다'와 같은 단어는 현대 한국 사회에서 기초 교육을 받은 사람 중에 모르는 사람이 없을뿐더러, 모든 사람이 이 단어들을 언제 어디서든 떠올려 글로 적을 수 있다.

그러나 소설을 쓸 때는 이런 단어만으로는 충분하지 않다. 이 사실을 실제로 원고를 써 본 사람들만 뒤늦게 깨닫게 된다. 소설을 쓰면서 끊임없이 표현력이 부족하다고 느끼고 이른바 '내글구려병'이 오는 까닭은 어떤 문장, 어떤 장면을 쓰기 위해 떠올릴 수 있는 단어가 극히 한정적이기 때문이다.

여러분이 이 사전을 쭉 읽으면서 느끼는 첫 번째 감상은 '전부 내가 아는 단어잖아?'일 것이라고 미루어 짐작한다. 그렇다. 작가 지망생이라면 대부분 이 사전에 수록된 단어들의 뜻을 굳이 인터넷에 검색하거나 사전을 들춰 보지 않아도 이해할 것이다.

다시 한 번 묻고 싶다. 그럼에도 불구하고 왜 그 '아는 단어'를 전부 자유롭게 써먹지 못할까?

작법서 《억대 연봉 부르는 웹소설 작가수업》에서 우리 머릿속의 단어 스펙트럼에 관하여 이야기한 바 있다.

집합 1. 내가 알지만, 글을 쓸 때 써먹지 못하는 단어

집합 2. 내가 알고, 글을 쓸 때 써먹을 수 있는 단어

이렇게 여러분의 머릿속에는 '아는 단어'와 '쓸 수 있는 단어' 집합이 분리되어 있다. 여러분은 '아는 단어' 중 극히 일부만을 활용하여 원고를 집필하게 된다. 반대로 단어가 빠르게 떠오를 뿐만 아니라 별 고민 없이 적재적소에 위치하도록 적을 수 있다면 여러분의 집필 속도는 빨라질 수밖에 없다.

웹소설 시장이 요구하는 것은 단순히 '속필'만은 아니다. 일정 이상의 퀄리티를 유지하며 빨리 쓸 수 있어야 웹소설 시장에서 문제없이 살아남을 수 있다.

실제로 '필력이 좋다'고 알려진 작가들은 이 단어 스펙트럼이 아주 넓다. 어려운 단어를 구사하는 것이 아니라 어렵지 않은 단어를 자연스럽고도 자유롭게 활용한다. 이것이 아는 작가들만 아는 비밀, 그러나 능력자들 대부분 스스로 인지하지 못하는 비밀이다.

애석하게도 이 기술은 누군가에게 '가르침'을 통해 전수할 수 없고 누군가로부터 '배움'을 통해 받을 수 없다. 장르를 막론하고 그 어떤 유명한 작가에게 배워도 소용없다. 이 기술은 절대적으로 스스로 쌓고 스스로 넓혀 가는 수밖에 없다.

여러분은 '쓸 수 있는 단어'의 스펙트럼을 반드시 늘려야 한다. 그러나 안타깝게도 작가 지망생들에겐 시간이 부족하다. 쓸 시간도 부

족한데 읽을 시간은 더 부족하다.

어쩌면 이 사전을 읽는 작가 지망생 중 어떤 이들은 의미가 잘 이해되지 않거나 아예 처음 보는 단어가 많다고 느낄 수도 있을 것이다. 애석하게도 이 경우는 어린 시절부터 지금까지 소설을 포함하여 글 자체를 많이 안 읽은 케이스라고 설명할 수밖에 없겠다. 만약 자신이 여기에 속한다면 의미를 모르는 단어 전부를 하나하나 사전 검색을 하여 이해하고 넘어가야 한다. 또한 이 사전만 붙잡고 있다고 표현력이 늘지는 않으므로 지금부터라도 독서 시간과 양을 갑절로 늘릴 것을 강력히 권한다. 읽는 만큼의 아웃풋, 즉 쓰기에 투자하는 절대적인 시간 역시 작가에게 꼭 필요하다.

거장 스티븐 킹의 《유혹하는 글쓰기》는 북마녀가 좋아하는 책 중 하나이지만, 많은 점에서 21세기 한국 장르소설, 특히 웹소설 쓰기에 적합하지 않은 내용이 많다고 생각한다. 그럼에도 불구하고 그중 북마녀가 가장 열렬히 지지하는 비유는 '연장통'이다.

'연장을 골고루 갖춰놓으면 냉큼 필요한 연장을 집어 들고 곧바로 일을 시작할 수 있다.'

스티븐 킹의 이 말은 단어 스펙트럼을 제대로 갖춰 놓지 않았다면 아무리 기발하고 재미있는 스토리 아이디어를 갖고 있어도 원하는 만큼 형상화할 수 없다는 뜻이다. 당장 아이디어만 가지고 웹소설 시장에 뛰어드는 작가 지망생들이 많지만, 원고 집필 단계에서 ─ 사실 여기까지 다다르면 경쟁자도 대폭 줄어든다 - 이 단어 문제로 인해 고통을 받는 경우가 부지기수다.

　베스트셀러 작가들의 가독성 좋고 유려한 표현이 부러운가? 천재가 아니라면 노력형으로 올라갈 수 있다. 대신, 노력형 작가는 더 성실해야 한다. 재능 탓하며 절망하지 말라. 필요하다면 공부도 해야 한다. 북마녀가 뽑은 필수 단어들을 마스터해 보라. 활용도 높은 단어들이 당신의 스토리를 더욱 흥미롭게 만들어 주고, 집필을 원활하고 빠르게 해 준다. 그리고 독자들은 당신의 필력에 감탄하게 된다.

머릿속 단어 스펙트럼을 확장하라.
이 사전이 당신을 효율적으로 도울 것이다.

Part 1

웹소설과 단어의
상관관계

▌웹소설인데 왜 표현력이 중요한가?▐

혹자는 북마녀에게 이렇게 묻기도 한다.

"웹소설은 스토리만 재미있으면 장땡 아닌가요?"
"웹소설을 가르치면서 왜 문장력, 표현력을 강조하나요?"

이런 질문들의 기저에는 웹소설을 평가 절하하는 의식이 깔려 있다. 이러한 인식이 만연한 탓에 많은 이들이 준비 없이 웹소설을 만만하게 여기며 시장에 뛰어든다.

웹소설은 정말 글을 대충 써도, 문장이 구려도 괜찮을까?

여기서 스토리 아이디어가 재미있느냐 없느냐는 일단 차치하고, 그 어떤 재미있는 스토리가 머릿속에 있다 한들 이것을 멀쩡한 글로 뽑아낼 수 없다면 작가가 될 수 없다. 독자가 이해하기 좋고 재미를 느낄 수 있도록 쓰면서 시장의 시스템에 적합한 분량을 만드는 것이 웹소설 작가의 일이다. 이걸 할 수 없다면 웹소설 작가가 될 수 없다.

물론 그다지 잘 쓰지 못한 글이 유통되기도 한다. 그러나 웹소설 사이트에서 표현력 없는 글이 베스트셀러가 되는 건 불가능하다.

웹소설 시장 바깥에서 '웹소설을 읽어 봤는데~'로 시작하는 평가들이 과연 '상위권' 작품을 '유료'로 본 평가일까? 잊을 만하면 웹소설을 까내리는 그들에게 어디서 어느 작품을 몇 화까지 읽었느냐 물어보고 싶다.

솔직히 말해서 웹소설에선 내용이 뻔한 막장이어도 표현력은 우수한 경우가 훨씬 많다. 상위권 랭킹 작품들을 낱낱이 살펴본다면 스토리와 문장력이 적절한 조화를 이루고 있다는 것을 알게 될 것이다. 재미있는 스토리를 좋은 문장력이 받쳐 준다면 그 작품은 더욱더 많이 팔리며 독자들의 찬양을 받게 된다.

특히 여성향 장르에서는 단어 하나하나를 예민하게 보는 독자들이 많다. 좋은 문장력을 가진 작가는 이것으로 입소문이 난다. 여성향 장르의 스토리 특성상 비교적 일상적인 배경의 장면과 인간관계를 다루는 장면이 많이 등장하기 때문이다.

비교하자면 남성향으로 분류되는 전문직 현대판타지에서 특정 용어들이 계속 반복되는 건 당연하다. 감정보다는 큰 사건의 진행에 더 집중할 수밖에 없는 작품이 많다. 때문에 남성향 웹소설에서는 단어가 어느 정도 반복된다고 해서 필력이 낮다고 보기 어렵다.

이와 달리 여성향에서는 등장인물들이 서로 대사나 생각으로 관계를 진전 혹은 퇴화시키거나 관계와 서로의 감정 때문에 일어나는 각종 에피소드가 남성향에 비해 훨씬 자주 나온다. 때문에 유난히 여성향 작가가 자신의 표현력 한계를 깨닫고 심적 고통을 크게 느낀다. 독자 역시 스토리의 재미뿐만 아니라 문체나 글 자체의 퀄리티를 심하게 따진다.

그렇다고 남성향 웹소설 쪽은 문장과 단어의 퀄리티를 따지지 않는가? 그렇지 않다. 형용사나 동사가 한정적인 단어로 계속 반복된다면 이는 남성향에서도 반드시 고쳐야 할 문제다. 어느 장르든 못 쓰고 재미있는 글보다 잘 쓰고 재미있는 글이 더 재미있고 더 잘 나간다. 장르를 불문하고 탑티어 작가들은 명백하게 글을 잘 쓴다.

▌왜 웹소설에서 다양한 단어를 써야 하는가? ▌

웹소설 집필 시 가장 큰 고민은 바로 반복과 글의 분량이다. 그 이유는 웹소설 시장이 일반 다른 장르들과는 달리 장편 중심으로 유통되고 있기 때문이다.

이 장편을 쓰는 과정에서 여러 가지 문제가 발생하고 만다. 단편을 썼다면 결코 들통나지 않았을 문제가 장편을 끌고 가면서 반드시 나타난다. 바로 표현력의 부족 현상이 여실히 드러나게 되는 것이다. 자칫 정신을 놓으면 말도 안 되는 수준으로 단어를 반복적으로 쓰게 된다.

> **예시** 사람들이 갑자기 등장한 황녀를 주목했다.
>
> − 사람들의 시선이 갑자기 등장한 황녀에게 쏠렸다.
> − 사람들이 갑자기 나타난 황녀에게 시선을 쏟았다.
> − 모든 이가 별안간 모습을 드러낸 황녀를 바라보았다.
> − 별안간 등장한 황녀가 모든 이의 관심을 송두리째 빼앗아 갔다.

예시 문장에 나오는 같은 인물, 같은 동작, 비슷한 상황을 총 4개의 방식으로 표현해 보았다. 모두 웹소설을 포함한 장르소설에서 쓸 수 있는 문장이다.

　여기서 원 문장이 나쁘다는 것은 아니다. 충분히 괜찮은 문장이다. 웹소설에서 단순하고 짧은 문장이 필요할 때도 많다. 그러나 모든 문장을 짧게 적는다면 과연 글의 분량을 채울 수 있을까? 장편을 쓸 수 있을까? 가능하지만 훨씬 힘들다.

　당장 카카오페이지 스테이지 공모전에서 원하는 완결 예상 회수가 로맨스 100화 이상, 로판 170화 이상이다(현재 로맨스는 70화 가량으로 완결되는 작품도 유통되지만, 외전까지 합쳐 100화 정도는 생각해야 한다). 웹소설 시장에서 원하는 분량을 쓰려면 소량의 단어를 돌려쓰는 것만으로는 턱없이 부족하다.

　뿐만 아니라 반복된다는 느낌 역시 지울 수 없을 것이다. 장편을 쓰다 보면 비슷한 동작을 계속 되풀이하여 쓰게 된다. 현재 팔리고 있는 작품들 중에도 그런 경우가 허다하다. 사람들이 특정인물을 주목하는 장면 '전부'를 원 문장처럼 쓴다면 얼마나 지루하고 뻔한가.

　원 문장과 변형 문장 중 어떤 표현이 가장 좋을까?

　이런 질문이 전혀 의미가 없다는 뜻이다. 이 중 당신의 마음에 드는 문장이 있다면, 그 상황에 어울리기만 한다면 어느 것이든 상관없다. 중요한 것은 비슷한 상황에서도 같은 말을 반복하지 않고 다채롭게 표현하는 것이다.

　결론적으로 '충분한 분량의 글을 반복되는 표현 없이 쓰는 작업'을 쉽게 하기 위해서는 다양한 표현을 체화하고 활용해야 한다.

┃ 다채로운 표현으로 문장을 끝내라 ┃

모든 문장이 '~다'로 끝나는 것을 스스로 문제라 여기며 괴로워하는 신인 작가들이 많다. 사실 한글에서 평서문은 '~다'로 끝나는 게 기본이기 때문에 이 문제로 스트레스를 받을 필요는 없다. 그런데 이 현상을 깊이 살펴본다면 문제의 실체가 '~다'가 아니라는 사실을 알 수 있다.

왜 자신이 쓴 모든 문장의 끝이 비슷해 보이는 걸까? 그 이유는 '○○했다', '○○됐다'로 문장을 끝내는 일이 많기 때문이다. 다시 말해 한자어로 구성된 동사나 형용사를 그 형태 그대로 너무 자주 사용하고 있는 것이다.

대다수의 한자어 동사를 예로 들어 보자. 한자어 동사는 '○○(명사)+하다'로 구성되며 필요에 따라 해당 명사를 따로 떼어 활용할 수 있다.

명사: 고민, 수습, 결정, 주목

동사: 고민하다, 수습하다, 결정하다, 주목하다

소설 속에서 인물은 여러 행동을 한다. 하나의 동작을 연속으로 반복하는 일은 극히 드물기 때문에 모든 문장의 단어는 달라질 것이다. 그러나 뜻이 완전히 다른 동사를 쓴들, 모든 문장의 끝을 한자어의 동사형으로 마무리한다면 비슷해 보일 수밖에 없지 않는가.

이 문제를 해결하는 방법은 해당 한자어 동사를 대체할 수 있는 다양한 표현을 모색하는 것이다. 이를 자신의 단어 스펙트럼에 추가함으로써 글을 쓸 때 쉽게 다양한 단어를 선택할 수 있도록 스펙트럼을 넓혀야 한다.

그렇다면 다양한 표현을 쓰는 방법으로는 무엇이 있을까?

1. 뜻은 동일하지만 다른 동사

2. '○○하다'가 아닌 동사나 명사의 조합

3. 동사 끝에 다른 종결형 어미 덧붙이기

4. 완전히 다른 표현(비유적 관용구, 몸짓언어)

예를 들어 '분노했다'를 위에서 제시한 표현 원칙으로 바꿔 본다면 아래와 같이 다양한 표현이 나오게 된다.

1. 성을 냈다.

2. 분노를 터뜨렸다. / 분노를 금치 못했다.

3. 분노할 수밖에 없었다.

4. 가슴 깊은 곳에서 분노가 치솟아 얼굴이 시뻘게졌다.

'멋있는 글'을 쓰고 싶어 하는 사람들, '표현력을 키우고 싶어 하는 사람들' 대다수가 한자어를 공부하려는 경향이 크다. 북마녀의 조언에 따라 지금도 많은 제자들이 단어 리스트를 정리하고 있다. 그 리스트를 체크하다 보면 '내가 몰랐던 한자어'를 집요하게 찾는 경향을 발견할 수 있다.

이는 단어 리스트 작성의 목적을 잘못 이해한 것이다. '내가 쓸 만한 단어'를 만드는 것이 목적이지, 영어 단어장처럼 내가 처음 보는 단어, 모르는 단어를 모으는 단어장을 작성하라는 게 아니다.

그런 단어를 찾으려고 하면 엄청나게 어려운 한자어 범벅인 소설을 읽지 않는 이상 노트에 쓸 단어가 나오지 않는 경우도 많다. 우리가 읽는 소설, 특히 웹소설에서 모르는 단어가 나오는 경우는 거의 없다.

당장은 새로운 단어를 알게 된 것 같아서 기쁘겠지만, 실제로 그 단어를 쓸 일이 몇 번이나 있을까? 소설을 쓸 때 그 단어가 과연 떠오를까? 스무 권 읽어서 1회 나올까 말까 한 단어, 내가 앞으로 딱히 쓸 일이 없는 단어를 단어 리스트에 적어 봤자 시간과 체력 낭비일 뿐이다.

진짜 멋있는 글, 진짜 표현력은 한자어에 있지 않으며 다양한 표현에 있다. 다양한 표현의 선택지에는 '우리말'이 상당수 존재한다는 것을 잊지 말아야 한다. 그리고 한자어보다 우리말로 풀어 썼을 때 글자 수가 늘어난다는 사실을 잊지 말자. 티끌 모아 태산이라고, 두세 글자가 모여서 1,000자가 되고 5,000자가 되는 법이다.

어려운 단어로 점철된 글이 좋은 글이 아니다. 기초 교육을 받았고 책을 웬만큼 읽은 사람이라면 무슨 뜻인지 이미 알거나 읽는 순간 뜻을 충분히 유추할 수 있는 단어들, 그 단어들을 자유롭게 머릿속에서 끄집어내 적재적소에 배치한 것이 진짜 필력이고 진짜 표현력이다. 진정으로 멋있는 글을 쓰기 위해 자신의 단어를 모아 보자.

| 모든 단어에는 맥락과 뉘앙스가 있다 |

- 아는 단어이지만, 그 단어의 쓰임새를 알지 못하여 써먹지 못하는 경우
- 대충 아는 단어라 잘못된 위치에서 이상하게 활용하는 경우
- 아는 단어이지만 맥락을 잘못 써서 오해를 일으키는 경우

모든 단어의 활용에는 맥락과 뉘앙스가 있다. 특히 한국말은 어떤 단어를 추가하고 생략하느냐에 따라 뉘앙스가 크게 달라진다. 예를 들어 '사치스럽다'와 '호화롭다'는 언뜻 비슷해 보이지만 뉘앙스가 살짝 다르다. '호령하다'와 '호통치다'처럼 비슷하게 생겼어도 뜻이 달라 아예 다르게 써야 하는 경우도 많다. 또한 어떤 단어를 덧붙이거나 빼면, 모음이나 자음이 달라지면 어감이 강해지거나 약해지기도 한다.

결정적으로 소설에 어울리는 단어와 어울리지 않는 단어가 있다. 쉬운 예로 '공부하다'는 소설 안에 들어갈 수 있지만 '학습하다'는 소설 속 문장에 들어가면 상당히 딱딱해 보이는 비문학적 단어다. 로봇이나 AI 소재의 스토리라면 특정 장면에 나와도 무방하겠지만 일반적인 장르소설에서 이 단어가 나왔을 때 어울리는 경우는 드물다.

단어 리스트를 만들 때 이 활용도를 생각하고 단어를 적어 줘야 한다. 엉뚱한 단어를 단어 리스트에 넣고 원고에 써먹어 봤자 여러분의 소설을 더욱 어색하게 만들 뿐이다.

이 선별 능력은 누가 도와줄 수 없고 배운다고 만들어지지 않는다. 모든 단어를 선생님이 전부 걸러 줄 수는 없는 노릇이고, 모든 글의 문장을 선생님이 계속 피드백해 줄 수도 없다. 책을 충분히 많이 읽으면서 자연스레 '단어의 문학성'(이 말은 실제로 사용되는 전문용어는 아니며 북마녀가 이 문제를 설명하기 위해 만든 말이다)을 깨치고 여러 단어 중 내용에 어울리는 단어를 선별할 수 있게 된다.

그리고 북마녀가 이 사전에서 강하게 어필하고 싶은 팩트! 성별이 있는 러시아어나 독일어와는 달리, 문법적으로 한국어에는 성별이 없다. 그러나 웹소설 속에서 어떤 단어는 남자 캐릭터에게만 써야 하고,

어떤 단어는 여자 캐릭터에게만 쓰인다. 또 어떤 단어는 선역(일반적으로 주인공과 조력자들)의 상태나 동작으로 활용하면 아주 이상해 보이고 악역에만 어울린다. 또 어떤 단어는 나이 지긋한 사람에게만 어울리기 때문에 어린 캐릭터한테 쓰면 어색하다.

이런 궁합을 무시하고 그냥 써 버리면 독자들 눈에 툭툭 걸리게 되고, 이렇게 걸리는 것들이 모여 작가의 필력 수준이 평가된다. 그 자리에 맞지 않는 단어를 넣거나 캐릭터에 어울리지 않는 표현을 썼을 때 언제나 그렇듯 독자들은 '이상하다'는 것을 바로 알아챈다. 그저 정확하게 뭐가 잘못되었는지 설명하지 못할 뿐이다.

맥락의 이치를 깨닫고, 단어를 눈치 있게 쓰는 것은 생각보다 힘들다. 이 난제를 어떻게 해야 할까? 사실 이건 책을 정말 많이 읽고 쓰면서 자연스럽게 터득하게 되지만, 이를 하나하나 설명해 주는 것은 솔직히 힘들다. 현재 프로 작가들이나 신인 중에서 빠르게 치고 올라가며 필력이 유려하다는 평을 듣는 사람들은 이걸 빠르게 캐치한 케이스다. 놀랍게도 그들은 자기 능력이 무엇인지 정확하게 모른다.

이 맥락과 뉘앙스와 소설 속 쓰임새를 잘 모르는 사람이 글을 쓸 경우, 그 원고를 선생님이 한 문장 한 단어 고쳐 주면 과연 나아질까? 북마녀 역시 제자들의 원고를 피드백할 때 이런 부분을 체크해 주긴 한다. 그러나 글을 쓰는 자신이 이 쓰임새를 전반적으로 파악하지 않으면 다음 작품을 쓸 때 같은 일이 반복될 것이다.

출판 계약을 하게 되더라도 편집자가 그걸 다 고쳐 주지도 못한다. 그걸 다 고친다면 그건 그 사람의 글이 아니게 되니까. 덧붙여 요즘은 편집자가 작가보다 이런 것을 더 잘 안다고 보장할 수 없다. 안타깝지만 편집자의 평균 수준 역시 점점 떨어지고 있는 실정이다.

결국 이 공부는 스스로 해야 한다. 끊임없이 책 속에서 단어의 쓰임 새를 파악하는 것이 그 공부다. 그러나 언제까지 해야 그 공부가 끝날 지 알 수 없고, 당장 원고를 쓰며 골머리를 앓는 사람에게는 그 공부 가 너무나 지난하며 시간도 부족할 것이다.

이것이 북마녀가 이 사전을 기획하게 된 계기다. 이 사전은 그 공부 를 조금이나마 효율적으로 할 수 있도록 만들어졌다. 또한, 작가 지망 생을 염두에 둔 리스트로서, 북마녀의 머릿속 스펙트럼을 위한 단어 리스트는 아니라는 점을 밝힌다.

이 사전만 맹신하지는 말라. 이 사전은 가이드북일 뿐, 자신의 단어 리스트는 직접 만들어야 한다. 만약 지금까지 단어 리스트를 작성해 본 경험이 있거나 지금 진행 중이라면 자신의 단어 목록과 이 사전 속 단 어를 비교해 보는 것도 좋은 방법이 되겠다. 모쪼록 이 사전이 앞으로 업데이트될 당신의 단어 리스트에서 길잡이 역할을 해 주길 바란다.

웹소설 작가를 위한
단어 사전 활용법

▌이 사전의 단어 선별 기준 ▌

웹소설 편집자이자 애독자로서 셀 수 없이 많은 작품을 읽었다. 웹소설 시장에서 유통되는 작품 전부를 봤다고 단언할 수는 없지만, 거의 모든 시기의 상위권 작품을 섭렵하였으며, 프로모션에 낚여서 딱히 베스트셀러가 아닌 작품들도 많이 보았다. 한마디로 북마녀는 웹소설 시장의 총매출에 크게 기여하는 코어 독자 중 하나다.

뿐만 아니라 웹소설 시장이 만들어지기 전 도서 대여점 시절부터 현 웹소설 메인 장르들을 전부 읽어 왔다. 거창하게 표현하자면 학창 시절에는 한 손에 로맨스 한 손에 판무를 쥐고 살았으며, 고전 애정 소설과 현대 연애소설(로맨스)을 비교하는 주제로 졸업 논문을 썼다.

이처럼 웹소설 장르의 역사는 매우 길다. 그러나 요즘 잘 쓰이지 않는 단어나 독자들 대다수가 바로 이해하지 못하는 단어를 이 사전에 넣어 봤자 지금 이 사전을 사 보는 작가에게는 하등 도움이 되지 않을 것이다. 1990년대에 쓰이던 단어가 지금은 쓰이지 않아 '사어'화된 경우도 허다하다. 또한 많은 작가들이 '고어'에 대한 환상이 있지만 이는 독자들에게 스토리 진행을 방해하는 걸림돌이 될 뿐, 쓸데없는 선택이다.

때문에 이 사전 집필을 위해 다음과 같은 기준을 잡았다.

기준 1. 2019~2022년 사이에 출간된 최신 웹소설 중 베스트셀러 작품들을 연구하여 자주 쓰이는 단어를 선별했다.

기준 2. '일일천하'가 가능한 일간 랭킹보다는 더 오랫동안 상위권에 머물렀던 작품들을 살피기 위해 주간 랭킹을 기준으로 삼았다.

기준 3. 아무리 유려한 표현이어도 활용하기 쉽지 않거나 요즘 잘 쓰이지 않는 경우는 제외했다.

기준 4. 글을 배운 한국인 대부분이 쉽게 쓰는 일상적인 단어는 제외했다.

한마디로, 최신 베스트셀러 웹소설 작품들에서 활용 빈도가 높은 단어를 철저히 선별하였다. '너무', '사랑', '행복하다', '때리다' 같은 단어는 이미 모든 한국인의 머릿속에서 '쓸 수 있는 단어' 집합에 속해 있다. 그러므로 이런 단어들은 이 사전에 있을 필요도 없고 여러분의 단어 리스트에도 들어갈 필요가 없다.

반대로 너무 어렵거나 잘 쓰이지 않는 단어는 일반적인 웹소설 독자들이 뜻을 이해하지 못하여 독서에 방해가 될 수 있다. 이런 단어의 수가 많을수록 읽기의 흐름이 끊긴다. 이는 결국 웹소설 정주행을 가로막기 때문에 연독률과 구매율에 해악을 끼친다.

소설을 읽으면서 사전에서 모르는 단어를 찾아보는 독자는 드물다. 그냥 글이 어렵다고 짜증을 내고 사라질 뿐이다.

'독자들아 보아라, 내가 이런 고급 단어를 많이 알고 있다!'

이렇게 독자한테 내 한국어 실력을 자랑하려고 웹소설을 쓰는 게 아니다. 특히 고어를 많이 알고 있더라도 자중하는 편이 낫다. 그런 단어를 그렇게 쓰고 싶다면 SNS에서나 쓰길 바란다.

한편으로, 이 사전의 단어들을 살펴보았을 때 처음 보는 단어가 많거나 무슨 뜻인지 감이 안 잡히는 단어가 많다면 사실상 글(소설)을 많이 읽지 않았다는 뜻이므로 독서의 경험치를 늘릴 것을 권한다.

이 사전을 구매하는 사람 중 이 경우가 많지는 않겠지만, 만약 자신이 여기에 속한다면 두말할 것 없이 이 사전을 아예 단어 공부용 교재로 생각하고 단어를 그냥 외워 버리는 것도 단시간에 단어력을 올릴 수 있는 방법이다. 그러나 이와 함께 반드시 읽기 및 쓰기가 병행되어야 비로소 이 단어들이 '쓸 수 있는 단어' 집합에 속하게 된다.

이 사전에 수록한 단어는 웹소설 독자들 대부분이 사전 검색 없이 이해하는 단어들이다. 그래서 사전 형태를 갖추고 있으면서도 단어의 의미를 군이 적지 않았다. 이 구성은 현재 자신의 단어 스펙트럼이 어느 정도인지 평가해 보는 테스트로도 활용할 수 있을 것이다.

┃맥락과 쓰임새를 알려 주는 북마녀 TIP┃

초보 작가들을 위해 단어의 올바른 사용법 이해를 돕는 조언도 곳곳에 덧붙였다. 이 '북마녀 TIP'을 통해 성별, 연령대 및 캐릭터 이미지와의 적합성뿐만 아니라 맥락과 뉘앙스를 파악할 수 있을 것이다. 사전적 의미와 문장 안에서의 실제 활용이 다른 경우도 언급하였다. 웹소설을 쓸 때 가장 잘 활용할 수 있을 것이다.

┃《북마녀의 시크릿 단어 사전》 200% 활용하기┃

STEP 1. 이 사전에 실린 단어가 전부 '아는 단어' 집합에 들어 있는지 처음부터 끝까지 확인해 본다. 말로 명확하게 설명할 수는 없더라도 무슨 뜻인지 머리로 이해가 간다면 그 단어는 아는 단어다.

STEP 2. '알지만 원고에서 써 보지 않은 단어'를 체크해 본다.

STEP 3. 예시 문장에서 해당 단어가 어떻게 사용되었는지 확인해 본다. 예시 문장은 모두 웹소설을 포함한 장르소설 전반에 적합한 문장들이다. 특징적인 문체를 타는 문장은 아니며, 아마 한번쯤 어디서 본 것 같은 느낌이 들 것이다. 저작권 문제가 생기지 않도록 북마녀가 전부 작성했음을 미리 밝힌다.

STEP 4. '북마녀 TIP' 칸에 조언이 적혀 있을 경우 주의 깊게 살펴본다. 단, 시장의 변화와 트렌드, 작품의 분위기에 따라 예외가 생길 수 있으므로 이 점은 염두에 두고 훑어볼 것.

STEP 5. 웹소설 작품을 읽다가 이 사전에 나온 단어를 맞닥뜨릴 경우 문장 속에서 어떻게 활용되었는지 다시 한 번 되새긴다.

STEP 6. 원고 집필 중 단어가 잘 떠오르지 않을 경우 이 사전의 해당 품사 파트를 들춰 보면서 쓴다. 그러나 북마녀가 만든 예시 문장을 그대로 적지는 말 것. 이 예시 문장을 그대로 복붙하듯 의식적으로 자기 원고에 넣는 것은 문제가 될 수 있다. 당연히 자신이 직접 문장을 만들어야 한다.

STEP 7. 자신의 단어 리스트와 마찬가지로 시간 날 때 이 사전을 들춰본다. 물론 여러분에게 '시간 날 때'가 있을 리 없다. 소설을 쓰고 또 읽느라 바쁠 것이므로. 시간은 나지 않는다. 시간은 내는 것이다. 책상 한켠에 두고 자기 전 하루 한 페이지씩 읽어도 되고, 컴퓨터 부팅을 기다리면서 봐도 좋다.

이 책은 '단어장'이 아니라 '사전'이다. 그러므로 사전 속 단어들을 전부 암기할 필요는 없다. 외우려 한다고 외워지지도 않을 뿐더러, 억지로 외운다 한들 단기 기억이 글을 쓸 때 적용되지는 않는다. 그래도 충분히 활용도 높은 단어들이므로 몇 번 읽는 것만으로도 체화될 것이다.

'체화'는 암기가 아니다. 이 단어들이 자연스럽게 체화하도록 이 사전을 자주 펼치고 단어를 눈에 익숙하게 만들어라. 시각세포가 뇌 속 단어 스펙트럼의 '쓸 수 있는 단어' 집합으로 이 단어들을 들여보내줄 테니.

Part 2

❧ 관용구와 단어 조합 ❧

두 개 이상의 단어로 이루어져 특수한 의미를 나타내는 조합

단어를 많이 안다고 해서 무조건 좋은 문장을 쓸 수 있는 것은 아니다. 적어도 한글에서만큼은 서로 쿵 짝이 잘 맞는 조합을 알아야 가능하다. 그러나 많은 작가 지망생이 이를 간과한다. 동시에 반복을 피하고자 유의어를 찾아 헤매면서 문제가 발생한다.

작은 미소	○	사소한 미소	X
작은 실수	○	사소한 실수	○
작은 발	○	자질구레한 발	X
작은 물건들	○	자질구레한 물건 (뜻의 범위가 다름)	○

'사소하다', 그리고 '자질구레하다'는 모두 '작다'의 뜻을 내포하고 있으나, 아무 단어에나 섞어서 쓸 수 없다. 이렇듯 사전적 정의로 유의어라도 미묘하게 쓰임새가 다르다.

한국말에는 단어와 단어의 찰떡 조합이 존재한다. 어울리는 조합대로 적어수지 않으면 생뚱맞고 어색해 보인다. 또 어떤 상황에서 이 표현을 써줘야 한다는 상황별 조합도 존재한다. 어울리지 않게 쓰면 한국어를 모국어로 배우고 한글로 된 글을 평생 읽어온 독자들은 '뭐가 잘못되었는지는 모르겠지만 아무튼 글이 이상하다'고 느낀다.

수많은 단어가 서로 어떻게 어울리는지 한국인이라면 누구나 자연스럽게 알고 쓴다. 그러나 소설을 집필하게 된다면 활용해야 하는 단어의 폭이 10배 이상 넓어진다. 그만큼 알아야 할 단어 궁합도 많아진다. 그래서 글을 많이 써 보지 않아 익숙하지 않은 작가 지망생들이 어색한 조합을 쓰게 되는 것이다. 반복을 피하려고 유의어를 찾아서 썼는데 어울리지 않는 조합을 만들어 버리는 희한한 현상이 부지기수로 일어나기도 한다. 외국인이 쓴 것 같다는 오해를 받을 수도 있다.

그렇다면 어느 단어와 어느 단어가 쿵짝이 잘 맞는지 어떻게 알 수 있을까? 이 찰떡 조합은 책을 많이 읽고 글을 많이 써 본 사람이라면 자연스럽게 몸에 배게 된다. 글을 많이 읽지 않은 사람이라면 이 조합을 많이 모를 수 있고, 글을 많이 쓰지 않은 사람이라면 조합이 생각나지 않아서 쓰지 못하는 불상사를 겪는다.

애석하게도 이 찰떡 조합을 배우는 건 쉽지 않다. 현재 이 조합에 관해 연구하고 실무적인 활용법을 정리한 강의나 교재는 전무하다시피하다. 게다가 존재하는 조합의 절대적인 수가 너무 많기 때문에 누군가에게 찰떡 조합을 몽땅 가르치는 것이 사실상 불가능하다.

또한 관용구와 관용적인 조합은 두 개 이상의 단어로 구성되어 있으나 각 단어의 뜻만으로는 그 조합이 뜻하는 바를 파악할 수 없는 경우가 많다. 의미를 모를 경우 사전을 하나하나 찾아봐야 하는 것도 문제려니와, 사전에 없는 조합도 허다하다. 이는 가뜩이나 시간이 부족한 작가 지망생에게 애로사항으로 작용하게 된다.

뿐만 아니라 '감'의 문제도 있다. 한국인이라 한들 소설에서 어떤 조합을 봤을 때 이게 관용적으로 쓰이는 조합인지, 이 작가가 독특하게 쓰는 조합인지 감이 잡히지 않아 고생하는 것은 매한가지다(이는 초보 작가가 단어 리스트를 만들면서 생기는 고민 중 하나일 수 있다). 글을 많이 읽고 많이 써 본 사람은 이 '감'이 자연스럽게 생성되지만 언제 그놈의 감이 생길지는 알 수 없는 노릇이다.

한글로 절대적인 글맛을 만들려면 머릿속 단어 스펙트럼에 관용적인 표현 폴더가 반드시 탑재되어 있어야 한다. 가독성이 좋다, 글이 찰지다, 필력이 좋다 등의 평가를 받는 작품들의 면면을 살펴보면 반복을 피했을 뿐만 아니라 보통 관용적으로 쓰이는 표현을 두루두루 활용하고 있다. 작가 지망생의 원고를 받아보았을 때 대사가 찰떡같다는 피드백을 하게 되는 경우도 이에 해당한다. 이런 원고를 쓰는 사람들이 스토리의 재미 등 다른 문제가 없는 이상 빠른 시일 내에 데뷔하는 모습을 셀 수 없을 만큼 보았다.

어느 단어와 어느 단어가 서로 어울리는지 잘 안다면 능수능란하게 문장을 뽑아낼 수 있을 것이고 고민하는 시간도 줄어드니 집필 속도도 빨라지게 된다. 여러모로 웹소설 시장에 데뷔하고 살아남기에 큰 도움이 되며, 집필의 효율성까지 높일 수 있다는 뜻이다. 다른 어떤 품사보다 이 파트를 앞서 배치한 까닭도 이 때문이다.

실제로 무수히 많은 관용구가 사전에 등재되어 있다. 뿐만 아니라 사전에 등재되어 있지 않으면서 현대 한국 사회 및 소설 속에서 관용적으로 두루두루 쓰이는 조합도 다수 존재한다. 이 파트에서 이를 함께 다루도록 하겠다. 웹소설 작가들이 활용하기 좋은 찰떡 조합을 모으기 위해 노력했다. 앞서 말했듯이 이런 조합에 관한 실무적인 활용법을 조언하는 곳이 없으므로 이 사전이 사실상 유일무이한 교재라 해도 과언이 아닐 것이다.

어느 특정한 작가가 만들어낸 독특한 조합이 아닌 누가 써도 문제가 되지 않는 표현들을 모았으므로 큰 걱정 없이 활용해도 되겠다. 이 파트에 수록된 관용적인 조합만 제대로 습득하여 써도 글이 풍성해지고 퀄리티가 높아지면서 가독성까지 좋아지는 것을 확인할 수 있을 것이다.

참고로, 현시대는 수많은 게시판과 SNS 속에서 텍스트로 소통이 이루어지는 세상이다. 지금 이 순간에도 관용적인 조합이 생성되고 있다. 유행하는 표현, 조합, 단어들은 분명히 최초로 쓴 사람이 존재하겠지만 암묵적으로 모두가 쓸 수 있으며 누군가의 저작권이 발동하지는 않는다. 다만 소설에 지금 당장 유행하는 표현들을 너무 많이 쓰면 시간이 지났을 때 '오래전에 쓰인 작품'이라는 티를 팍팍 내게 된다. 유행어 중 상당수가 사라져서 더 이상 쓰이지 않는 경우가 허다하므로, 올드해 보이고 싶지 않다면 조절할 필요가 있다.

단어	예시 문장
가릴 형편이 아니다	이것저것 가릴 형편이 아니라는 건 잘 알고 있었다.
가망 있다(없다)	가망 없는 환자를 붙잡고 시간 낭비할 겨를이 없었다.
가문의 영광	고귀하신 황녀께서 이런 누추한 곳에 오시다니 가문의 영광입니다.
가슴을 후벼파다	차라리 가슴을 후벼파던 예전이 나았다. **북마녀 TIP** 누군가의 언행이나 대우로 인해 상처를 받는 상황에서 쓴다.
각고의 노력 끝에	각고의 노력 끝에 완성한 결과물이었다. **북마녀 TIP** '각고의 노력'만 써도 무방하나 일반적으로 노력에 따른 성과까지 언급하기 때문에 '끝에'까지 조합한다.
간(이) 크다	황제 앞에서 저런 말을 할 수 있다니 간이 큰 놈이군. **북마녀 TIP** '대담하다', '담대하다'를 대체하면서 구어체로 쓰기 좋다. 반대의 의미로 '간이 작다'는 표현도 가능하지만 활용 빈도가 낮다.
간담이 서늘하다	처음 만난 날부터 간담을 서늘하게 하더니. **북마녀 TIP** 관용구이므로 '서늘하다'에 다른 형용사를 쓰면 어색해 보일 수 있다.

갈피를 잡지 못하다	그가 한 말이 무슨 뜻인지 도통 갈피를 잡기 어려웠다.

북마녀 TIP

'갈피'라는 명사만 쓰는 경우는 드물고, 긍정형 '갈피를 잡다'도 거의 쓰이지 않는다.

(~한) 기운이 감돌다	두 사람 사이에 냉랭한 기운이 감돌았다.

북마녀 TIP

부정적인 형용사와 합쳐 분위기를 자연스럽게 설명할 수 있다.

감정에 호소하다	무릎을 꿇고 감정에 호소하는 수밖에 없었다.

북마녀 TIP

상대가 동정심을 갖길 바라며 매달리는 행동.

감정에 휘둘리다	자신은 그렇게 감정에 휘둘리는 사람이 아니었다.

북마녀 TIP

이성적으로 합리적 판단을 하지 않고 감정적으로 움직이는 모습을 뜻한다.

감정이 앞서다	감정이 앞선 나머지 목소리가 커지고 말았다.

북마녀 TIP

보통 말이나 행동에 감정이 과하게 실려 버렸을 때 활용한다.

감흥(이) 없다	아무런 감흥이 없는 사람처럼 미동도 없었다.

북마녀 TIP

'감흥이 있다'는 활용 빈도가 낮다. 해당 행위를 하는 입장에서는 '감흥을 주다'로 써야 한다.

개의치 않다	남자는 맛을 개의치 않는 듯 우걱우걱 퍼 먹기 시작했다. **북마녀 TIP** 동사 원형은 거의 쓰지 않으며 부정형을 주로 쓴다.
거리가 멀다	언제나 다정한 남자를 좋아했던 나의 취향과는 거리가 멀었다.
거짓말 같다	그의 곁에서 웃으며 보냈던 시간이 꼭 거짓말 같았다. **북마녀 TIP** 글자 그대로의 뜻이 아니라 '존재하지 않았던 일처럼 느껴짐'을 의미한다.
거품을 물다	① 거품을 물며 항변했다. ② 여기서 거품 물고 까무러친다 해도 봐줄 사람 한 명도 없어. **북마녀 TIP** 발작 환자의 실제 동작이긴 하지만, 그보다는 예시 ①처럼 몹시 격한 상태를 뜻하는 관용적 표현으로 쓰인다.
건성으로 듣다	건성으로 듣고 있다가 나를 주시하는 눈길에 뜨끔했다. **북마녀 TIP** '귓등(귓전)으로 듣다'와 유사한 뜻이지만 약한 버전이라 할 수 있다. 건성으로 듣다가 정신을 차리는 행동까지 나오는 경우가 많다.

걸신들린 듯이	소녀는 걸신들린 듯이 모든 음식을 먹어 치웠다. **북마녀 TIP** '걸신'이란 빌어먹는 귀신을 뜻한다.
~ㄹ 겨를이 없다	우느라 화장이 다 지워졌지만, 얼굴에 신경 쓸 겨를이 없었다. **북마녀 TIP** '~여유가 없다', '~시간이 없다'를 대체할 수 있는 표현.
~(감정)에 겨워	슬픔에 겨워 소리 없이 눈물을 흘리고 있었다. **북마녀 TIP** 감격, 행복 등 긍정적인 감정도 적을 수 있다. 그러나 '분노'에 해당하는 감정에는 어울리지 않는다. '겨웠다'로 문장이 끝나면 어색하다. 문장 중간에 끼워 동작을 꾸며 줄 것.
격의 없다	어릴 적부터 격의 없이 어울려 지낸 관계였다. **북마녀 TIP** '격의'만 따로 쓰는 경우는 거의 없다.
결례를 범하다	생각이 짧아 결례를 범했습니다. **북마녀 TIP** '결례하다'로 써도 무방하지만, 조금 더 예의를 갖추고 자신을 낮추는 맥락으로 덧붙인다.
결심을 굳히다	그녀는 결심을 굳히고 편지를 쓰기 시작했다.

경기를 일으키다	자네 약혼녀가 질색하며 경기를 일으키지 않았나?

경황이 없다	저희가 경황이 없어서 찾아뵙지 못했습니다.

곁에 두다	어떻게 해서든지 그녀를 제 곁에 두고 싶었다.

고삐 풀린 망아지	엄격했던 아버지가 세상을 떠나자 놈은 고삐 풀린 망아지처럼 날뛰었다.
고심 끝에	이것이 내가 고심 끝에 내린 결론이었다.

고이 접다	그가 준 쪽지를 고이 접어 서랍에 넣었다.
고집을 꺾지 않다	이렇게 최 씨가 고집을 꺾지 않을 땐 달리 방법이 없었다.
	북마녀 TIP '고집을 부리다'보다 더 꿋꿋한 상황을 표현하여 훨씬 강한 뉘앙스로 읽힌다.
교태를 부리다	화려하게 치장한 여인이 교태를 부리며 몸을 붙여 왔다.
	북마녀 TIP '아양'과 같은 뜻이지만, 실제로 쓸 때는 조금 더 성적인 의미를 내포한다. 악녀의 행동을 묘사할 때 많이 쓴다. 특별히 의도한 상황이 아니라면, 여주*의 실제 행동이 교태여도 이 표현을 쓰지 않는 게 좋다. * 여주: 여주인공, 남주: 남주인공
구김살 없다	구김살 하나 없는 그녀가 부럽기만 했다.
	북마녀 TIP 반대의 표현은 쓰이지 않는다.
구미가 당기다	구미가 당기는 제안이었다.
	북마녀 TIP 흥미나 관심이 생긴다는 의미. 【유의어: 솔깃하다】
국물도 없다	너 계속 그런 식으로 굴었다가는 국물도 없을 줄 알아!
군말 없이	군말 없이 부장이 내민 서류를 받아 챙겼다.
군살 하나 없다	군살 하나 없이 탄탄한 몸을 자랑했다.

	북마녀 TIP 남자 캐릭터의 몸을 묘사할 때 자주 쓰인다. 여자 캐릭터에는 잘 사용하지 않는다.
군침을 흘리다 **(삼키다)**	테이블 위에 놓인 달콤한 간식을 보고 군침을 흘렸다.
궁지에 몰리다	궁지에 몰린 남자가 칼을 들고 달려들었다.
귀를 쫑긋 세우다	문틈으로 흘러나오는 목소리에 그녀는 귀를 쫑긋 세웠다. **북마녀 TIP** '귀를 세우다'만 써도 무방하지만 '쫑긋'을 덧붙였을 때 훨씬 강력하게 와닿는다. '귀기울이다'를 대체할 수 있다.
귀를 틀어막다	계속되는 잔소리에 귀를 틀어막고 싶었다. **북마녀 TIP** 인물이 실제로 이 행동을 하지는 않는다.
귀신이라도 **본 것(사람)처럼**	귀신이라도 본 것처럼 그녀가 입을 뻐끔거렸다. **북마녀 TIP** 생각지도 못한 타이밍에 (보고 싶지 않은) 누군가를 만나거나 놀라운 상황을 맞닥뜨렸을 때 기겁한 인물의 모습을 표현.
극에 달하다	분노가 극에 달했지만 이성을 유지하려 노력했다. **북마녀 TIP** 부정적인 감정이나 상황이 최대치에 이른 상황에 쓴다.

극진한 대접 (극진하게 대접하다)	생각지도 못한 극진한 대접에 오히려 의심이 피어났다.
	북마녀 TIP 물리적으로도 감정적으로도 정성을 다했다는 의미. 신경을 썼어도 객관적으로 초라한 상황이라면 어울리지 않는다.
극한(극단)으로 치닫다	상황이 극한으로 치닫자 남자는 본색을 드러냈다.
금방이라도 ~ㄹ 듯	금방이라도 쓰러질 듯 위태로워 보였다.
	북마녀 TIP 위태로운 상황을 묘사할 때 덧붙여 강조한다. '금방'에 '이라도'를 붙일 때 더 극적인 효과를 낸다.
기가 차다	남자가 기가 찬다는 듯 헛웃음을 지었다.
기강이 해이하다	요즘 들어 병사들 기강이 해이해진 모양이었다.
	북마녀 TIP 마음의 긴장이 풀어져 태도가 느슨하고 불성실한 상황을 설명한다. 일반적으로 집단의 상태에 활용한다. 특히 군인, 병사 등 군사 집단에 많이 쓰인다. 【유의어: 정신이 해이하다】
기골이 장대하다	그는 기골이 장대하여 날 때부터 무사의 기질을 타고났다.
	북마녀 TIP 키가 크고 뼈가 굵으며 근육이 붙어 덩치가 큰 몸을 표현. 키가 커도 마른 몸에는 쓸 수 없다. 주로 남주인공의 외모 묘사 때 활용한다.

기다렸다는 듯이	비서가 기다렸다는 듯이 남자의 앞을 막아섰다. **북마녀 TIP** 기다리지 않았지만 그렇게 보이는 모양새라는 뜻이 아니다. 그럴 거라 예측하고 기다렸던 상황에서 '곧바로' 행동하는 모습을 묘사한다.
기대감에 부풀다	그녀의 눈이 기대감에 부풀어 반짝였다.
~ㄹ 기미는(가) 보이지 않다	아무리 애써도 물고기가 잡힐 기미는 보이지 않았다.
~ㄴ 기분에 사로잡히다	낡고 바랜 일기장을 꺼내 들자 묘한 기분에 사로잡혔다. **북마녀 TIP** '~ㄴ 기분이 들다'를 더 유려하게 표현하는 관용구.
~ㄴ 기색이다	주변에 앉은 귀족들은 황제가 당하는 이 상황이 즐거운 기색이었다.
기억을 더듬다	자신이 그를 만난 적이 있는지 기억을 더듬어 보았다. **북마녀 TIP** 기억을 떠올리려고 노력하는 행동을 의미. 평범한 동사를 다채롭게 표현할 수 있다.
길길이 날뛰다	양부모는 나를 죽이겠다며 길길이 날뛰고 있었다. **북마녀 TIP** '길길이'가 성이 나서 펄펄 뛰는 모양을 가리키기 때문에 '날뛰다'를 가장 잘 살려주는 궁합이다. '길길이'를 다른 동사에 붙이는 일은 없다. 그리고 '길길이'와 '펄펄'을 동시에 써서는 안 된다.

깊은 수렁에 빠지다	남자는 깊은 수렁에 빠진 그녀를 반드시 건져내겠다고 마음먹었다. **북마녀 TIP** 물과 진흙이 섞인 웅덩이를 뜻하는 수렁. 헤어 나오기 힘든 최악의 상황을 비유적으로 이르는 말이며, 일반적으로 '깊은'을 붙여 심각성을 강조한다.
깊이를 알 수 없다	깊이를 알 수 없는 눈이 나를 관찰하고 있었다. **북마녀 TIP** '매우 깊다'는 뜻으로 무슨 생각을 하는지 알 수 없다는 맥락. 주로 눈빛에 대한 묘사로 활용한다.
까맣게 잊다	하찮은 엑스트라 따위는 까맣게 잊고 있었다. **북마녀 TIP** 완전히 잊었다는 의미.
꼬리를 내리다	서슬 퍼런 기세에 황 여사가 슬며시 꼬리를 내렸다. **북마녀 TIP** 보통 주인공의 대적에 조연이 기가 죽어 수그러드는 모습을 표현. 전후에 합당한 대사가 나와야 이해가 쉽다.
꼬리에 꼬리를 물다	의문이 꼬리에 꼬리를 물고 이어졌다.
꼬투리를 잡다	새어머니는 사사건건 꼬투리를 잡으며 나를 괴롭혀댔다. **북마녀 TIP** 【유의어: 트집을 잡다】

꽉 잡고 있다	제국 서부의 영지는 그가 꽉 잡고 있었다. **북마녀 TIP** 실제로 무언가를 잡는 행위가 아니라 해당 지역이나 집단을 장악하여 권력이 있거나 충분히 컨트롤할 수 있을 만큼 발이 넓을 때 쓴다.
꿈자리가 뒤숭숭하다	어제 꿈자리가 뒤숭숭하더니 결국 이렇게 됐네. **북마녀 TIP** 【유의어: 꿈자리가 사납다】
끈(이) 떨어지다	받들어 모시던 본부장이 내쳐졌으니 김 대리 역시 끈 떨어진 신세였다. **북마녀 TIP** 소위 '라인'을 타다가 그 권력자가 힘을 잃었을 때, 아랫사람의 상황을 표현한다. 커리어 및 사회생활에서 주로 쓴다.
끙끙 앓다	이렇게 끙끙 앓는 것보다 대놓고 물어보는 게 속은 편해질 것이다. **북마녀 TIP** 근심이 있어서 속으로 괴로워하는 상태를 의미. 글자 그대로 아팠던 상황을 표현하는 것도 가능하다.

단어	예시 문장
나무랄 데 없다	식사 예절까지도 나무랄 데 없이 훌륭했다. **북마녀 TIP** 이 조합만 써서 흠이 없음을 표현하거나, 칭찬하는 형용사에 부사로 덧붙여 그 뜻을 더욱 강조할 수 있다. 동사 원형인 '나무라다'도 단독으로 쓸 수 있다.
~(이)고 나발이고	대학이고 나발이고 이번 생에 공부할 주제는 못 되었다. **북마녀 TIP** 해당 단어에 신경 쓰기 힘든 상황일 때를 극적으로 표현한다.
난동을 부리다 **(피우다)**	난동을 부리는 바람에 연회에서 쫓겨났잖아.
날(이) 서다	새파란 눈동자에 날 선 기운이 가득했다. **북마녀 TIP** '날'은 칼이나 가위 등의 연장에서 가장 얇고 날카로운 부분.
내 알 바가 아니다	그건 내 알 바가 아니지. **북마녀 TIP** 자신이 신경 쓸 일이 아닌 상황에서 쓰는 말. 대사 혹은 1인칭 시점에서 자주 쓰인다. 상대에게 관심 끄라고 말할 때는 '내' 대신 '당신이'나 '네'를 쓰면 된다.
내 집(방)처럼 **드나들다**	나는 황궁 내 도서관을 내 집처럼 드나들며 모든 책을 섭렵했다.

매우 자주 방문했음을 은유적으로 표현. '내 집 안방처럼'으로 강조하기도 한다.

냉기가 흐르다 (돌다)	회의실에서 서늘한 냉기가 흘렀다. 냉기를 한기로 바꿔도 좋다.
너나 할 것 없이	하녀들은 너나 할 것 없이 얼굴이 빨개져 물러났다.
너스레를 떨다	남자는 너스레를 떨면서 두 사람을 맞이했다.
넉살(이) 좋다	가끔은 넉살 좋은 윤 대리의 성격이 부럽기도 했다.
넋(을) 놓다	그냥 넋 놓고 지켜볼 수만은 없는 노릇이었다.
넋(이) 나가다	시종은 넋이 나가 걸음을 멈췄다가 급히 뛰어들었다.
널을 뛰다	온종일 감정이 널을 뛰어 일이 손에 잡히지 않았다.
녹을 먹다	○○그룹의 녹을 먹고 사는 동안 뒤로 자금을 빼돌렸다. 원래 국가기관 소속에 한정하여 쓰는 표현이지만, 대기업 등으로 넓게 쓸 수 있다.

농을 건네다	웃으며 농을 건넸지만, 그는 무표정을 고수했다. **북마녀 TIP** '농담을 하다'를 대체할 수 있는 표현. '농담'보다 비교적 문학적인 어감이 있다.
누가 ○○ 아니랄까 봐	누가 부자지간 아니랄까 봐 자는 모습도 똑같았다. **북마녀 TIP** '누가'를 생략해도 성립하며, 같은 뜻이 된다.
누가 먼저랄 것도 없이	누가 먼저랄 것도 없이 부둥켜안았다. **북마녀 TIP** '누가'를 생략하면 안 된다.
눈 녹듯이 사라지다	사과 한마디에 그동안의 원망이 눈 녹듯이 사라졌다. **북마녀 TIP** 부정적인 감정이 완전히 없어질 때 쓴다. 긍정적인 감정이 없어지는 상황에는 어울리지 않는다.
눈곱만큼도 없다	권력의 도구로 이용될 생각은 눈곱만큼도 없었다.
눈길이(시선이) 꽂히다	책임을 지우는 눈길이 그녀에게 꽂혔다. **북마녀 TIP** 어떠한 눈길로 사람을 바라보는 행동은 소설에서 끊임없이 나올 수밖에 없다. 이를 반복하지 않을 수 있는 표현.

눈꺼풀을 들어올리다	무거운 눈꺼풀을 겨우 들어올렸을 때 눈앞에 낯선 남자의 등이 보였다. **북마녀 TIP** 자다가 깨서 눈을 뜨는 행동을 달리 표현하는 말.
눈덩이처럼 불어나다	① 빚이 눈덩이처럼 불어났다. ② 함께 지내다 보니 어느새 감정이 눈덩이처럼 불어나고 말았다. **북마녀 TIP** 빚이나 적자가 커졌을 때 주로 쓰이지만, 다른 방식으로도 활용 가능하다.
눈도장을 찍다	황실 아카데미 수석 졸업생이라며 여기저기 눈도장을 찍으러 기웃거리는 꼴이 보기 좋지만은 않았다. **북마녀 TIP** 사전적 의미 중 '눈짓으로 허락을 얻어낸다'는 의미로는 잘 쓰지 않으니 주의!
눈동자를 빛내다	남자가 다가오며 눈동자를 빛냈다. **북마녀 TIP** 어떤 의도가 있음을 은근히 알릴 때 쓴다. '눈동자가 빛났다'와는 다른 맥락으로 인물의 '의도'에 초점을 맞춘 표현.
눈매가 가늘어지다	할 말이 있는 듯한 표정에 그의 눈매가 가늘어졌다. **북마녀 TIP** 부정적이고 의뭉스런 상황을 접했을 때의 표정 변화를 의미한다. '실눈을 뜨다'와 비슷해 보이지만, 실제로는 인상을 찌푸려 눈이 작아진 모습에 더 가깝다.

눈매를 (가늘게) 접다	눈매를 가늘게 접는 것을 보니 나를 의심하는 눈치였다. **북마녀 TIP** 2010년 중반까지는 거의 사용하지 않던 표현으로, 최근 등장하여 많이 쓰인다. 눈을 가늘게 뜨는 동작을 의미하며 맥락에 따라 의심하는 부정적 몸짓언어, 눈웃음을 짓는 긍정적 몸짓언어로 각각 사용할 수 있다.
눈물로 호소하다	시녀가 눈물로 호소했지만, 황녀는 들어줄 생각이 없었다.
눈물을 글썽이다 (글썽거리다)	여인은 곧 눈물을 글썽이기 시작했다. **북마녀 TIP** 아직 흐르지는 않고 넘칠 듯이 눈가에 고여 '그렁그렁하다'와 같은 상태. 다만 소설과 동화에서 오랫동안 너무 많이 쓰여 빤한 느낌이 드는 표현이라 주인공의 행동으로는 잘 쓰지 않고 조연을 묘사할 때 주로 쓴다.
눈물을 매달다	가지런한 속눈썹에 눈물을 매단 채 애원했다. **북마녀 TIP** '눈물이 맺히다'로도 쓸 수 있다.
눈물이 앞을 가리다	① 고생한 티가 역력한 얼굴을 보니 눈물이 앞을 가렸다. ② 고마워서 눈물이 앞을 가릴 지경이었다. **북마녀 TIP** 눈물이 쏟아진다는 뜻이지만, 예시 ②처럼 맥락에 따라 비꼬는 뉘앙스로도 쓸 수 있다.

눈보라를 뚫다	눈보라를 뚫고 성문 앞에 도착한 기사들은 고작 다섯 명뿐이었다. **북마녀 TIP** 폭우, 폭풍, 폭설 등 매우 심각한 기상현상일 때 활용한다.
눈시울이 붉어지다	병색이 짙은 할머니 앞에 서자 그녀의 눈시울이 붉어졌다. **북마녀 TIP** 곧 눈물을 흘리기 직전이라 눈가가 벌게진 신체 상태를 표현. '눈시울이 뜨거워지다' 역시 같은 의미.
눈썹 하나 까딱하지 않다	그는 눈썹 하나 까딱하지 않고 회장의 노기를 받아냈다. **북마녀 TIP** '눈 하나 깜빡하지 않다'도 비슷한 표현이다.
눈썹이 꿈틀거리다	만족스럽지 못한 거래에 그녀의 눈썹이 꿈틀거렸다. **북마녀 TIP** 불만족스러운 상황에서 인물이 미간을 찌푸리거나 눈썹을 들어올리는 행동을 묘사한다.
눈앞이 캄캄하다	또 죽어야 한다니 눈앞이 캄캄해졌다. **북마녀 TIP** 어찌할 바를 몰라 눈앞이 어두워지는 느낌일 때 활용한다. '앞이 캄캄(깜깜)하다'로도 쓸 수 있다.
눈에 넣어도 아프지 않다	눈에 넣어도 아프지 않은 딸을 이렇게 보낼 수는 없었다.

눈에 들다	사장의 눈에 들어 곧장 비서로 발탁되었다. **북마녀 TIP** '눈에 차다'와는 달리, '눈'의 주체가 제3자인 경우로 자주 쓰고 주인공 자신일 수 없다.
눈에 밟히다	아이의 얼굴이 자꾸만 눈에 밟혔다.
눈에 뵈는 게 없다	지금 눈에 뵈는 게 없는 모양인데, 그런 식으로 하다가는 금방 쫓겨나게 될 거야. **북마녀 TIP** 이성을 잃은 상황을 묘사하는 표현. 대사로 남에게 말할 경우, 비꼬는 뉘앙스가 섞인다.
눈에 불을 켜다	아들을 아꼈던 부부는 눈에 불을 켜고 범인을 찾기 시작했다.
눈에 차다	웬만한 보석은 눈에 차지 않았다. **북마녀 TIP** 마음에 든다는 뜻으로 '눈'의 주체를 문장의 화자 자신으로도 쓸 수 있다.
눈에서 불꽃이 튀다	예상치 못한 결과를 마주하자 눈에서 불꽃이 튀었다. **북마녀 TIP** 한 명의 눈을 묘사할 수도 있고, 두 사람이 서로 노려보는 모습을 묘사하는 것도 가능하다.
눈을 까뒤집다	헐레벌떡 뛰어온 늙은이가 눈을 까뒤집으며 을러댔다. **북마녀 TIP** '눈을 부릅뜨다'와 같은 의미이지만 더 과격한 느낌을 줄 수 있다. 보통 주인공의 행동으로는 쓰지 않고, 조연의 행동으로 활용한다.

눈을(시선을) 내리깔다	그가 눈을 내리깔며 내 눈을 피했다. **북마녀 TIP** 온전히 눈을 감은 건 아니며, 눈을 아래로 하는 행동을 의미. 시선을 마주칠 수 없는 감정 상태, 죄책감이 있거나 말할 수 없는 비밀이 있는 상황에서 쓴다.
눈을 부라리다	김 씨가 눈을 부라리며 욕설을 내뱉었다. **북마녀 TIP** 남녀주인공의 행동 묘사로는 잘 쓰지 않는다.
눈을 빛내다	구걸하던 여인이 눈을 빛내며 달려들었다. **북마녀 TIP** 【유의어: 눈을 반짝이다】
눈을 흘기다	영애의 철없는 행동에 나이 많은 귀족 부인들이 눈을 흘겼다. **북마녀 TIP** 핀잔, 거부감 등의 좋지 않은 감정을 담아 옆으로 노려보는 행위. 남성의 행동으로는 어울리지 않는다.
~에 눈이 멀다	질투에 눈이 멀어 그녀의 말이 들리지 않았다. **북마녀 TIP** 보통 사랑이나 재물에 정신이 빠져 이성을 잃었을 때 활용한다.
눈이 휘둥그레지다	그녀를 감시하던 남자의 눈이 휘둥그레졌다. **북마녀 TIP** '눈을 크게 뜨는 동작을 유려하게 표현. '휘둥그레지다'만 쓰는 것도 가능하지만, '눈이'를 붙여주는 것이 알아듣기 쉽다.

단어	예시 문장
다를 바 없다	헤어졌던 그 날과 다를 바 없는 모습이었다. **북마녀 TIP** '똑같다', '다르지 않다'와 같은 의미의 유려한 표현.
담소를 나누다	저마다 담소를 나누고 있었지만 내가 낄 자리는 없었다. **북마녀 TIP** '대화를 하다', '이야기를 하다'를 대체할 수 있는 표현. 【유의어: 이야기꽃을 피우다】
답지 않다	유모는 답지 않게 엄격한 표정을 지어 보였다. **북마녀 TIP** 'OO답지 않다'에서 파생된 표현으로, 아예 대상을 빼고 적는 것도 가능하다.
대낮처럼 환하다	늦은 밤이었지만 연회장은 대낮처럼 환했다. **북마녀 TIP** 해가 떠 있는 시간대처럼 환히 밝은 상황을 표현하는 직유. 그러나 낮, 한낮으로는 쓰지 않는다.
도둑 키스	잠든 틈을 타 도둑 키스를 해 버렸다. **북마녀 TIP** 상대방이 알아채지 못하는 상황에서 몰래 하는 키스. 단, 키스를 받는 사람이 이걸 알아채는 에피소드를 만들어야 상황이 더욱더 재미있어진다.
도망치듯이 빠져나가다	일 끝나면 늘 도망치듯이 빠져나가길래 애인이라도 있나 했네.

	 뛰어서 도망친 수준까지는 아니지만 빠른 걸음으로 급하게 나가는 모습을 묘사한다.
도자기처럼 매끈하다	도자기처럼 매끈한 피부였다. 북마녀 TIP 희고 잡티 없이 맑은 피부를 표현.
독기가 서리다 (흐르다)	고개를 바짝 치켜뜬 소년의 눈에 독기가 서렸다. 북마녀 TIP '독기를 품다'와 같은 뜻이지만 문장의 주어가 인물이 아닌 인물의 눈이나 얼굴로 한정된다.
독기를 품다	방금까지 독기를 품고 있던 사내들이 일순 어안이 벙벙해졌다. 북마녀 TIP '독기가 서리다'와 같은 뜻이지만 문장의 주어를 인물로도 쓸 수 있다.
돼먹지 못하다	돼먹지 못한 자식이 감히 누구 앞에서! 북마녀 TIP 긍정형은 쓰이는 일이 거의 없고, 주로 부정형이 욕 대용으로 쓰인다.
~는 둥 마는 둥	신발은 신는 둥 마는 둥 부리나케 도망쳤다. 북마녀 TIP 뒤에 '마는 둥'을 쓰지 않을 땐 완전히 다른 뜻이다. 【비교】 그는 물이 너무 차갑다는 둥 침대가 불편하다는 둥 갖은 불만을 쏟아냈다.
뒤를 잇다	대공의 뒤를 이을 사람이라곤 그 남자뿐이었다.

	 '대를 잇다'의 의미지만 혈통이 연결되지 않는 사회적인 후계자일 때도 쓸 수 있다.
뒤엉킨 실타래처럼	머릿속이 뒤엉킨 실타래처럼 복잡했다.
뒷말이 나오다	뒷말이 나오지 않도록 사전에 차단하고 싶었다. 차후 불만스러운 이야기가 흘러나오는 상황을 표현한다.
뒷심이 부족하다 **(약하다)**	뒷심이 부족해서 결과가 좋지 않았다. '남이 뒤에서 도와주는 힘'은 '뒷심'이 아닌 '뒷배'라고 써야 독자가 이해한다.
듣던 중 반가운 소리	듣던 중 반가운 소리에 여인의 낯빛이 밝아졌다.
듣도 보도 못하다	듣도 보도 못한 가문에 함부로 아이를 보낼 수는 없었다.
들으라는 듯	그에게 들으라는 듯 크게 혼잣말을 했다. 사실상 상대가 듣길 바라는 의도가 있을 때 활용한다.
등골을 빼먹다	여동생 등골 빼먹으면서 밥이 넘어가니? 가까운 관계인 사람의 돈을 지속적으로 쓰면서 자신은 돈을 안 버는 상황. 훈계와 비난조로 쓴다.

등골이 서늘하다 (오싹하다)	건너편의 남자를 발견하고 등골이 서늘해졌다.
(~를) 등에 업다	그는 아버지의 권력을 등에 업고 거침없이 날뛰는 자였다. **북마녀 TIP** 권력이 있는 가족이나 친인척, 지인의 힘을 빌리는 경우 쓴다. 부정적인 뉘앙스가 있어서 주인공한테 쓰지 않는 게 좋다.
등에 칼을 꽂다	앞에서는 입안의 혀처럼 굴다가 뒤에서는 등에 칼을 꽂을지도 모른다. **북마녀 TIP** 실제 동작이 아니라 뒤통수를 치며 크게 공격하는 상황을 표현.
따로 없다	꼴이 그게 뭐니? 거지가 따로 없네. **북마녀 TIP** 딱 그 꼴이라는 뜻이며, 보통 부정적인 뉘앙스로 쓴다.
딱딱하게 얼다	딱딱하게 언 땅에 얼굴을 부딪치고 말았다.
땅거미가 지다 (내려앉다)	땅거미가 질 무렵에야 두 사람은 집으로 돌아왔다.
땅이 꺼질 것처럼 (같이)	땅이 꺼질 것처럼 깊은 한숨을 내쉬었다. **북마녀 TIP** 한숨을 쉬는 동작을 강조하는 표현.
떡 벌어지다	① 질끈 감았던 눈을 떠 보니 떡 벌어진 가슴팍이 눈앞에 있었다.

단어	예시 문장
	② 황 여사는 저녁상을 떡 벌어지게 차리겠다며 장을 보러 나갔다.
뜬구름 잡다	그런 뜬구름 잡는 소리 할 거면 나가!
뜬눈으로 밤을 (지)새우다	아이는 뜬눈으로 밤을 지새우며 오지 않는 부모를 기다렸다. **북마녀 TIP** '밤을 새다'는 틀린 표현이며 반드시 '새우다'로 써야 한다. 단, 줄임말로 '밤샘'은 가능하다.
뜸을 들이다	남자는 한참 뜸을 들이다가 입을 열었다. **북마녀 TIP** 글의 속도감을 위해 주저하는 모습을 짧게 압축할 수 있는 표현. 침묵을 굳이 말줄임표로 표시하지 않아도 독자들이 이해한다.

단어	예시 문장
마른세수를 하다	그는 마른세수를 하고는 마지못해 돌아섰다. **북마녀 TIP** 불안, 초조, 인내 등의 감정을 표현하는 몸짓언어. 손바닥으로 자기 얼굴을 세수하듯이 비비는 행동을 의미하며, 주로 남성 캐릭터가 이 행동을 한다. '마른세수'라는 명사만 쓰는 건 사실상 불가능.
마른침을 삼키다	아이는 마른침을 꿀꺽 삼키고 입을 열었다. **북마녀 TIP**

긴장과 불안감으로 떨고 있는 인물의 행동을 표현할 때 활용. '침'만 쓰면 의미가 달라지거나 축소된다.

마수를 뻗치다	회장이 음험한 마음을 품고 마수를 뻗치는 것을 두고 볼 순 없었다. **북마녀 TIP** 속이거나 해치려는 속셈으로 접근하는 행동을 의미한다.
마음(을)졸이다	혹시나 자신이 다녀온 걸 알아챘을까 마음을 졸였다.
마음이 동하다	어르는 말투에 마음이 동하고 말았다.
마음이 풀리다	진심 어린 사과에 마음이 풀렸다.
마지막 보루	이 좁은 방이 그녀에겐 마지막 보루였다. **북마녀 TIP** 지켜야 할 대상을 비유할 땐 '보루'만 따로 쓰지 않고 '마지막'을 꼭 붙인다.
~리 만무하다	그 재산이 서자인 자신에게 올 리는 만무했다. **북마녀 TIP** '~ㄹ 리가 없다'를 더욱 강조한 표현.
말끝을 늘이다	갑작스러운 그의 제안에 어리둥절해져 말끝을 늘였다. **북마녀 TIP** 당황한 인물이 대사의 문장을 정확하게 끝내지 못하고 질질 끌때 쓴다. 【유의어: 말끝을 흐리다】

(사람 이름) 말마따나	부장님 말마따나 이사님이 우리 회사 최고 미남이긴 하지. **북마녀 TIP** 이전에 누군가 어떤 말을 했어야 성립된다.
말문이 (턱) 막히다	아이의 물음에 나는 말문이 턱 막히고 말았다. **북마녀 TIP** 당황하여 머릿속이 텅 비는 통에 말이 안 나오는 상황을 의미한다. '턱'을 덧붙이면 인물의 상태를 더욱 강조할 수 있다.
(시원하게) 말아먹다	오늘은 시원하게 말아먹었지만, 내일 또 면접이 잡혀 있었다. **북마녀 TIP** 원래 재산을 날린다는 뜻이지만 각종 시험이나 면접, 오디션, 사업 등의 기회에서 제대로 대처하지 못하여 망했을 때 활용한다.
말을 (속으로) 삼키다	그녀는 하고 싶은 말을 속으로 삼켰다. **북마녀 TIP** 말을 하려다가 그만둘 때 쓴다. 단, 이때 무슨 말을 하고 싶었는지 독자에게는 지문으로 보여주어야 한다.
말을 가로채다	남자의 말을 가로채며 그가 일어섰다. **북마녀 TIP** 상대의 말을 끊으면서 대사(큰따옴표 필수)를 친 다음 이를 부연 설명할 때 활용한다.
말을 꺼내다	쉽사리 말을 꺼낼 분위기가 아니었다. **북마녀 TIP** 어떤 특정한 이야기를 시작한다는 의미.

말을 옮기다	사람들은 벌써 황제와 공작의 여식 사이에 무언가 있다며 말을 옮기고 있었다. **북마녀 TIP** 소문을 내거나 고자질하는 행동을 표현한다.
말을 자르다	여인이 별안간 그의 말을 자르며 낮게 속삭였다. **북마녀 TIP** 상대의 말을 끊는 동작으로 대사가 있어야 한다.
말허리를 자르다 (끊다)	나는 남자의 말허리를 자르며 명령했다. **북마녀 TIP** 상대의 말이 끝나기 전에 대사를 치는 행위.
맘(마음) 편히	지난 생을 전부 잊고 맘 편히 살고 싶었다.
매의 눈	남자는 아이가 가져온 것을 매의 눈으로 살폈다. **북마녀 TIP** 사전에 등재된 말은 '매눈'이지만 인터넷에서 유행했던 말이 자리를 잡았다.
맥이 (탁) 풀리다	맥이 탁 풀려서 그 자리에 주저앉고 말았다. **북마녀 TIP** '탁'을 넣어주면 의미가 더욱 강조된다.
머리를 식히다	머리를 식히러 옥상으로 올라갔다.
머릿속을 맴돌다	그의 얼굴이 온종일 머릿속을 맴돌았다. **북마녀 TIP** 계속 생각나는 상황을 표현한다.

머릿속을 잠식하다	끔찍했던 기억이 머릿속을 잠식했다.
	북마녀 TIP '가득 채웠다'는 뜻이지만 '머릿속을 맴돌다'와는 달리 오랜 기간의 뉘앙스가 없고 순간적인 상황을 표현한다.
먹구름이 끼다	귀족 부인들의 얼굴에 먹구름이 잔뜩 끼었다.
	북마녀 TIP 어두운 분위기나 낯빛을 묘사할 때 쓸 수 있다. 글자 그대로 자연현상을 묘사하는 것도 가능하다.
면박을 주다	혹시라도 아이에게 면박을 주지는 않을까 불안했다.
명망 높다(있다)	친정은 대대로 명망 높은 교육자 집안이었다.
명을 달리하다	부모님은 사고로 명을 달리하고 말았다.
목(목구멍) 끝까지 차오르다	하고 싶은 말이 목 끝까지 차올랐지만, 그녀는 내뱉을 수 없었다.
목소리가 갈라지다	더듬더듬 설명하는 목소리가 살짝 갈라져 있었다.
	북마녀 TIP 한참 말을 하지 않아서, 혹은 상황이 부정적이고 불리하게 돌아가서 행동의 주체가 몹시 당황했을 때 활용한다.
목소리가 잠기다	그녀의 입술에서 잠긴 목소리가 흘러나왔다.
	북마녀 TIP 자고 일어난 직후의 상황에서도 쓸 수 있으나, 대체

	로 고통 받은 상태로 말을 시작할 때 쓴다.
목숨도 아깝지 않다	이 아이만 살릴 수 있다면 제 목숨도 아깝지 않습니다. **북마녀 TIP** 매우 심각한 상황에서 모든 것을 버릴 수 있음을 강조하는 인물의 의지를 표현.
목을 축이다	탁자 위에 있는 물로 겨우 목을 축인 뒤 입을 열었다.
몸에 배다	우아한 매너가 몸에 배어 있었다.
몸을 사리다	어차피 결혼한 사이인데 이렇게까지 몸을 사리는 이유가 분명히 있을 것이다.
몸을 섞다	아무리 그와 몸을 섞고 있어도 떨어지고 나면 남남 같았다. **북마녀 TIP** 성관계를 돌려 표현한 것. 그러나 어감상 크게 야하지 않아 15금에도 가능하다.
몸을 함부로 굴리다	함부로 몸을 굴리는 여자 취급을 받고 싶진 않았다. **북마녀 TIP** '몸을 굴리다'로는 부족하고, 반드시 '함부로'를 포함한 조합으로 쓴다.
몸을 허락하다	그런 하찮은 남자에게 몸을 허락하다니 말도 안 되는 소문이지. **북마녀 TIP** 여자 입장에서 합의 하에 성관계를 한다는 의미. 남자 입장에서는 이 표현을 쓰지 않는다.

몸이 달다	① 애송이들은 손짓 하나로도 몸이 달아 버릴걸? ② 몸달아 기다렸지만, 연락은 오지 않았다. **북마녀 TIP** 예시 ②처럼 조사를 뺀 형태의 동사로도 쓸 수 있지만 보통 분리하여 쓴다.
못 잡아먹어 안달이다	두 사람은 만나기만 하면 서로 못 잡아먹어 안달이었다.
못 할 것이 없다	아들을 위해서라면 못 할 것이 없었다.
묘안이 떠오르다 (묘안을 떠올리다)	새벽까지 고민한 끝에 묘안이 하나 떠올랐다. **북마녀 TIP** '묘안이 생각나다'는 어색하다.
문을 박차고 나가다	화를 참지 못한 부장이 문을 박차고 나갔다. **북마녀 TIP** '박차다'는 발길로 냅다 찬다는 뜻이지만, 정말 문을 찬다는 의미로 쓰진 않는다. 크게 화가 난 나머지 아주 거칠게 문을 여는 묘사로 인물의 감정 상태를 표현. 자리를 박차고 일어난다고도 쓸 수 있다.
(머리카락이) 물결치다	구불구불한 머리카락이 물결치듯 흘러내렸다.
물기(가) 어리다	물기 어린 목소리를 모른 척하고야 말았다.
~으로 물들다	그녀의 금빛 눈동자가 탐욕으로 짙게 물들었다. **북마녀 TIP**

인물의 감정 상태를 그대로 적는 것이 아니라, 입술이나 눈매를 묘사하듯이 표현하는 방법.

물에 젖은 생쥐	물에 젖은 생쥐 꼴이 되어 돌아왔다.

물을 끼얹은 듯이

물을 끼얹은 듯이 잠잠했던 귀족들이 다시 웅성거리기 시작했다.

> **북마녀 TIP**
>
> '찬물'도 가능하다.

물을 흐리다

감히 평민 따위가 숨어들어서 물을 흐린단 말이야?

> **북마녀 TIP**
>
> 분위기를 망치는 행위나 어울리지 않는 사람이 참여하는 상황을 표현. 보통 남을 평가할 때만 쓰고 해당 인물이 자신을 향해 쓰진 않는다.

미궁에 빠지다

용의자로 지목되었던 사람까지 살해되자 사건은 미궁에 빠졌다.

> **북마녀 TIP**
>
> 사건이나 문제가 해결될 기미가 보이지 않는 상황을 비유적으로 이른 표현.

미동도 없이

황후는 미동도 없이 무표정으로 앉아 있었다.

> **북마녀 TIP**
>
> 약간의 움직임도 없다는 의미이기 때문에 조사를 쓴다면 반드시 '도'를 써야 어울린다.

미련 없이

미련 없이 포기해 주는 게 서로를 위해 좋을 것이다.

> **북마녀 TIP**
>
> '미련' 뒤에 조사를 넣으면 사족이 된다.

미소가 번지다	그녀의 얼굴에 환한 미소가 번졌다.
	북마녀 TIP '미소를 짓다'를 대체할 수 있다.
밑밥을 깔다	대충 밑밥을 깔아 두었으니 때가 되어도 그렇게 놀라진 않을 것이다.

##

단어	예시 문장
바닥을 드러내다	① 인내심이 바닥을 드러내고 말았다. ② 모든 음모가 밝혀지자 놈이 바닥을 드러냈다.
	북마녀 TIP 다 없어졌다는 뜻과 숨겨왔던 나쁜 본성을 공개했다는 뜻 둘 다 자주 쓰인다.
바닥을 치다	바닥을 친 평판을 끌어올리기 위해 노력했다.
바람 빠진 웃음소리	잠시 말이 없던 그녀가 갑자기 바람 빠진 웃음소리를 냈다.
	북마녀 TIP 헛웃음에 가까운 웃음을 표현. 정말 웃긴 상황이 아니라, 허무하거나 기가 찬 상황일 때의 반응으로 활용한다.
바람같이(처럼) 사라지다	그게 아니라고 설명하려 했지만 남자는 이미 바람같이 사라진 후였다.

바람이 불면 날아가다	① 바람이 불면 날아갈까 금지옥엽으로 키운 딸이었다. ② 바람이 불면 날아갈 듯 가녀린 몸이었다. **북마녀 TIP** 아주 소중히 키운 자식을 묘사할 때 '금지옥엽'과 자주 붙는 꾸밈말. 예시 ②처럼 글자 그대로의 의미로 비유할 수 있다.
반기를 들다	이제 황후가 되었다고 아비 말에 반기를 들어?
반쯤 미치다	어머니의 시신을 본 그는 반쯤 미쳐 있었다. **북마녀 TIP** 정신이 나가 멍하거나 과격한 행동을 하는 등 평소와는 다른 상태이지만 그렇다고 정말로 정신질환에 걸린 것은 아닌 상태. '반쯤'이 꼭 들어가야 한다.
발 벗고 나서다	김 비서 일이라면 발 벗고 나서시니 이상한 소문이 돌 수밖에.
발을 빼다	저는 이 일에서 발을 빼겠습니다. **북마녀 TIP** 어떤 일에서 중간에 관계를 끊고 완전히 떨어져나가겠다는 의미. '발뺌'과는 뉘앙스가 다르므로 주의할 것.
발이 닳도록	황후궁에 발이 닳도록 드나들었다. **북마녀 TIP** 매우 자주 다녔다는 뜻으로, 동사의 의미를 더욱 극명하게 꾸며 준다. 【유의어. 문지방이 닳도록】

배길 수 없다	① 그렇게 밤을 새워 작업하니 탈이 안 나고 배겨요?
	② 묻지 않고는 배길 수 없었다.
	북마녀 TIP
	원형을 쓰더라도 결국 부정형 맥락으로 쓰인다.
범상치 않다	그 저택은 외관부터 범상치 않았다.
	북마녀 TIP
	원형은 '범상하다'지만 부정형을 주로 쓴다.
범접할 수 없다	범접할 수 없는 아우라로 좌중을 압도했다.
	북마녀 TIP
	긍정형인 '범접하다'로는 쓰는 일이 별로 없으며 부정형을 주로 쓴다.
~ㄹ 법도 한데	같이 가자고 떼를 쓸 법도 한데 아이는 말간 얼굴로 가만히 서 있었다.
베어 물다	사과를 아삭아삭 베어 물었다.
	북마녀 TIP
	일반적으로 음식을 '뜯어' 먹는 행위를 말하지만, 웹소설 키스 장면에서 상대방의 입술을 살짝 무는 행위를 표현할 때도 활용 가능하다.
베일 듯이 날카로운	베일 듯이 날카로운 콧대와 날렵한 턱선.
	북마녀 TIP
	남주의 얼굴을 묘사할 때 활용한다. '베일 듯이'에 이미 날카롭다는 뜻이 포함되어 있으므로 '날카로운'을 생략하고 '베일 듯한'으로 써도 무방하다.
베일에 싸이다	마법사들의 존재는 베일에 싸여 있었다.

	북마녀 TIP 비밀로 숨겨져 있다는 뜻. 맞춤법 주의할 것. '쌓'으로 쓰면 안 된다.
벼랑 끝에 서다 (몰리다)	벼랑 끝에 선 기분이었다.
별 볼 일 없다	별 볼 일 없는 가문의 딸이 이 사교 모임에서 눈에 띌 수 있을 리 없었다. **북마녀 TIP** 띄어쓰기 주의.
병색이 짙다	어머니의 얼굴은 병색이 짙었다. **북마녀 TIP** 감기몸살 등 평범한 병이나 정형외과적 증상에는 쓸 수 없고 낯빛에 확실히 영향을 주는 불치병, 심각한 병일 때만 쓸 수 있다.
봉변을 당하다	깊은 산속에서 봉변을 당한 후 내내 자리를 보전했다.
부단한 노력 (부단히 노력하다)	① 부단한 노력 끝에 아이는 드디어 내게 마음을 열었다. ② 황제의 마음을 얻으려고 부단히 노력했지만, 끝은 사형이었다.
부드럽게 휘어지다	초승달처럼 부드럽게 휘어진 눈매에는 어떤 악의도 없었다. **북마녀 TIP** 잔잔한 미소를 띤 눈가를 묘사할 때 활용.
(끌어안으면) **부서질 듯**	끌어안으면 부서질 듯 가냘픈 몸이었다. **북마녀 TIP**

| | '연약하다', '가냘프다' 등에 붙여 인물의 약한 몸을 강조할 때 쓴다. 형용사 없이 이 말만 써도 무방하다. 보통 여성 캐릭터의 이미지 구현을 위해 활용한다. |

| **부아가 치밀다 (나다 / 돋다)** | 아주 틀린 말은 아니었지만 듣다 보니 부아가 치밀었다.

북마녀 TIP
【유의어: 화가 치밀다(치밀어 오르다)】 |

| **분이 풀리지 않다** | 따귀를 때리고도 분이 풀리지 않아 그녀를 쏘아보았다.

북마녀 TIP
분이 난 감정이 해소되지 않는 상태를 의미한다. 단, '분풀이'는 분을 풀기 위해 상대를 괴롭히거나 막 대하는 행동을 의미한다. |

| **불똥이 튀다** | 엉뚱한 사람에게 불똥이 튀고 말았다.

북마녀 TIP
아무 상관없고 잘못도 없는 사람에게 화풀이하듯 대하는 상황. '화풀이'를 완전히 대체할 수는 없지만 비슷한 맥락이다. |

| **불을 지피다** | 과장된 움직임이 그의 의심에 불을 지폈다.

북마녀 TIP
어떤 현상의 계기가 된다는 의미. |

| **불의와 타협하다** | 그는 불의와 타협하는 사람이 아니었다.

북마녀 TIP
부정적인 다른 말이 '불의'를 대체하는 경우는 없고, 딱 예시대로 활용하는 관용구. |

불행 중 다행	불행 중 다행으로 목숨은 부지할 수 있었다.
비련의 여주인공	비련의 여주인공인 만큼 그녀는 눈물이 많았다.
비릿하게 웃다	① 싸늘한 시선을 마주하며 남자가 비릿하게 웃었다. ② 비릿한 웃음을 짓던 기사가 성큼 다가왔다. **북마녀 TIP** 웃음과 조합하여 살짝 음흉하고 숨겨진 속내가 있는 웃음을 의미. 자조적인 웃음과는 다르다.
비벼 보다	가을까지는 어떻게 비벼 볼 수 있지 않을까? **북마녀 TIP** 좀 부족한 상태이기는 하지만 상대에게 대항하거나 비슷한 수준을 만들어 버티는 식으로 어찌어찌 상황을 유지하는 것을 의미. '비비다'로 쓰면 의미가 불명확해진다.
비수처럼 꽂히다	① 잔인한 말이 비수처럼 가슴에 꽂혀 들었다. ② 예리한 칼날이 되어 가슴에 꽂혔다. **북마녀 TIP** '비수'가 예리한 칼이라는 뜻이므로 이를 풀어서 예시 ②처럼 묘사해도 좋다.
비에(땀에) 흠뻑 젖다	비에 흠뻑 젖은 채 벌벌 떨고 있었다. **북마녀 TIP** 물에 심하게 젖은 상황일 때 관용적으로 '흠뻑'을 붙여 강조한다. '흠뻑'은 도구에 액체를 적시는 상황에서도 쓸 수 있다.

비위를 맞추다	최선을 다해 비위를 맞췄다.
비집고 들어오다	굳이 좁은 틈을 비집고 들어와 뻔뻔하게 자리를 잡고 앉았다. **북마녀 TIP** '비집고 들어가다'는 행동의 주체가 본인이다. 시점의 차이에 주의할 것.
비참한 말로	① 평생 살육을 일삼았던 자의 비참한 말로였다. ② 늙은이의 말로는 비참했지만, 누구도 그를 동정하지 않았다. **북마녀 TIP** '말로'는 일생의 마지막 무렵을 뜻하는 한자어. 악역의 마지막 모습을 묘사할 때 쓰고, 새드엔딩이어도 선역에겐 쓸 수 없다.
비틀린 욕망	그의 비틀린 욕망에 희생되고 싶지 않았다. **북마녀 TIP** 일반적인 꿈이나 욕구로 보기엔 도덕적으로 좀 꼬여 있거나 과도할 때 쓴다. 스토리에 따라 성적인 뜻을 내포할 수도 있다. '욕망이 비틀리다'로 쓰진 않는다.
빚더미에 올라앉다	선대 공작은 낭비벽 때문에 빚더미에 올라앉았다.
~의 빛이 스치다	백작의 얼굴에 실망의 빛이 스쳤다.
뺨을 툭툭 치다	공작이 뺨을 툭툭 치자 하녀는 고개를 떨구고 벌벌 떨었다. **북마녀 TIP**

	따귀를 세게 치는 것은 아니라 물리적인 통증이 심하진 않지만, 다분히 모욕을 주기 위한 의도가 섞인 동작.
뻔하디뻔하다	뻔하디뻔한 소설 속 주인공이었다. **북마녀 TIP** '뻔하다'를 강조하는 표현.
뼈가 있다	농담처럼 흘리는 말에 뼈가 있었다. **북마녀 TIP** 말 그대로 부정적인 속뜻이 있음을 의미한다.
뼈를 묻다	가문에 뼈를 묻겠다고 선언했던 가신들도 하나둘 떠나갔다.
뼛속까지 ~이다	놈은 뼛속까지 악인이었다. **북마녀 TIP** 마음속 깊은 곳까지 그 신분이나 직업이라는 뜻으로 활용한다.
뿌리(를) 뽑다	잔당들까지 남기지 않고 뿌리를 뽑았다.
뿔뿔이 흩어지다	힘을 잃은 마법사들은 뿔뿔이 흩어져 달아났다.

단어	예시 문장
사시나무처럼 떨리다(떨다)	시트를 쥔 손이 사시나무처럼 떨렸다. **북마녀 TIP** 떠는 모습이 많이 나온다고 너무 자주 쓰면 곤란하다.
산 채로	반드시 산 채로 잡아오도록 해. **북마녀 TIP** '살아 있는 상태'를 관용적으로 표현하는 말.
살얼음판 위를 걷는	싸늘하게 식은 분위기에 그녀는 살얼음판 위를 걷는 기분이었다.
삼족을 멸하다	반란에 가담한 자들은 전부 찾아내 삼족을 멸할 것이다! **북마녀 TIP** 해당 가문 및 연관된 사람을 전부 죽인다는 의미로, 동양풍에서 많이 쓴다.
~(감정)을 삼키다	나는 울분을 삼키며 물었다. **북마녀 TIP** 울분, 분노, 슬픔 등 부정적인 감정을 참으려고 애쓰는 모습.
상념에 젖다 (잠기다 / 빠지다)	남자는 창밖을 바라보며 상념에 젖어 있었다. **북마녀 TIP** 조금 아련한 분위기 및 과거 회상을 할 때 많이 쓴다. 이 표현 직전 과거 장면을 넣어주고 직후 현재로 돌아오면 된다. '상념'이 '생각'을 대체할 수 있으나, 모든 경우는 아니다.

상전으로 모시다 (떠받들다)	내가 신입사원까지 상전으로 모셔야겠어? **북마녀 TIP** 높은 사람으로 대우한다는 뜻. 시대극보다는 오히려 현대 배경일 때 의미가 크게 와닿는다.
상황이 역전되다	상황이 역전되자 김 부장은 땀을 삐질삐질 흘리며 변명했다.
생색을 내다	그렇게 고생했으면 생색도 좀 내고 그래.
생을 마감하다	목이 잘려 생을 마감하는 건 한 번으로 족하다.
서슬(이) 퍼렇다	서슬 퍼런 시선이 바들바들 떠는 아이에게 꽂혔다. **북마녀 TIP** '서슬이 푸르다'도 가능하지만 어감상 '퍼렇다'가 훨씬 센 느낌을 주고 의미에 더 부합하기 때문에 '퍼렇다'의 활용 빈도가 훨씬 높다.
석연치 않다	보석이 사라진 걸 그냥 넘기기엔 아무래도 석연치 않았다. **북마녀 TIP** 긍정형을 쓰는 일은 거의 없고 부정형으로만 쓴다.
선망의 대상	그는 전학 오자마자 금세 선망의 대상으로 떠올랐다. **북마녀 TIP** '선망하다'도 쓸 수 있으나 이 조합으로 많이 활용된다.

선수(를) 치다	어떻게 해서든 선수를 쳐서 그를 몰아내야 했다. **북마녀 TIP** 먼저 나서서 행동한다는 뜻. 단순히 차례가 있는데 먼저 하게 되는 경우에는 쓸 수 없고, 어떤 이익을 위해 움직이는 특수 상황에서 쓴다.
선심(을) 쓰다	선심 쓰듯 도와주겠다고 말해둔 게 화근이었다.
선을 긋다	완전한 이별을 위해 단호하게 선을 그었다.
선혈이(유혈이) 낭자하다	이미 황제는 숨이 끊어져 있었고, 침실 안은 선혈이 낭자했다. **북마녀 TIP** 피가 어지러이 여러 군데 많이 묻어 있는 모습을 묘사할 때 관용적으로 쓴다.
소문만(이) 무성하다	소문만 무성했던 비밀의 황녀가 공식 석상에 나타난 것이다. **북마녀 TIP** 소문은 퍼져 있으나 실제 상황이 눈에 보이지 않아 증명되지 않은 상태를 의미한다.
소문이 자자하다	성정이 잔인하고 못된 악녀라고 소문이 자자했다. **북마녀 TIP** 소문을 증명할 수 있는 여러 증거가 확실히 존재하는 상태를 의미한다.
소문이 파다하다	드라마 속 커플이었던 배우들이 연애를 한다는 소문이 파다했다.

소스라치게 놀라다

어두운 복도 끝에서 아이를 발견한 하녀가 소스라치게 놀랐다.

속(이) 보이다

속이 빤히 보였지만 모르는 척 약속을 잡았다.

속눈썹을 파르르 떨다

속눈썹을 파르르 떨면서도 천천히 옷을 벗었다.

속에 천불이 나다

속에 천불이 나서 쓰디쓴 술을 계속 들이켰다.

속이 까맣게 타다

무표정을 가장했지만 속은 까맣게 타 버렸다.

속이 부글부글 끓다

부글부글 끓는 속을 겨우 다스리며 그녀가 말했다.

손가락 하나 까딱할 수 없다	탈진하여 손가락 하나도 까딱할 수 없는 상태였다. **북마녀 TIP** 조그마한 움직임도 할 수 없을 만큼 지치고 힘이 없는 상태.
손끝 하나 대지 않다	그가 두고 간 물건에 손끝 하나 대지 않았다. **북마녀 TIP** 전혀 건드리지 않았음을 강조한다.
손바닥 뒤집듯	증거 조작은 손바닥 뒤집듯 쉬운 일이었다.
~의 손아귀에 떨어지다	악마 같은 놈의 손아귀에 떨어지고 말았다. **북마녀 TIP** 손아귀는 신체 부위지만, '세력이 미치는 범위'라는 사전적 의미도 포함한다. 일반적으로 손보다는 손아귀가 더 강력하고 파괴적인 힘을 가진 단어이므로, 이 표현에서 '손'을 쓰면 의미가 약해진다.
손에 넣다	그녀를 먼저 손에 넣는다면 기분이 째질 것 같았다.
손을 놓고 있다	마냥 손을 놓고 있을 수만은 없다. **북마녀 TIP** 아무것도 하지 않고 방치하는 상황을 이른다.
손이 많이 가다	그는 자잘하게 손이 많이 가는 타입이었다. **북마녀 TIP** '많이'를 덧붙이면 신경 써서 돌봐야 하는 상황을 뜻하게 된다.

손톱만큼도 없다	그런 마음은 손톱만큼도 없었다. **북마녀 TIP** 아주 작은 크기도 없음을 비유적으로 표현. 예로 들 수 있는 낱말 중 가장 유려해 보인다.
수마가 몰려오다 (덮치다)	몰려오는 수마를 견디지 못하고 그녀는 눈을 감았다. **북마녀 TIP** '수마'는 그야말로 졸음을 악마로 비유한 단어. 심각하게 잠이 밀려오는 상황에서만 쓰기 때문에 강한 동사를 조합한다.
수심에 잠기다(차다)	수심에 잠겨 있던 공작이 반색하며 일어섰다. **북마녀 TIP** '잠기다'에는 주로 우울하고 슬픈 감정을 붙일 수 있다. 분노처럼 격한 감정은 불가능하다. 【유의어: 수심이 가득하다】
수작을 부리다	이건 또 무슨 수작을 부리려는 것일까. **북마녀 TIP** 음흉한 의도의 계획이나 계략을 꾸민다는 뜻으로 행동의 당사자가 직접 쓰지는 않는다. 【유의어: 수작질하다】
숙청의 바람	회장이 바뀌면서 숙청의 바람이 휘몰아치고 있었다.
숨(을) 돌리다	숨을 돌릴 시간도 없이 동생 부부가 쳐들어왔다. **북마녀 TIP** 【유의어: 한숨을 돌리다】

숨을 죽이다	마지막으로 황제가 모습을 드러내자 모두 숨을 죽였다. **북마녀 TIP** 겉으로는 말하지 않고 입을 다무는 동작이지만, 숨소리까지 안 들릴 만큼 누군가에게 집중한 느낌을 추가한 것.
숨이 멎다	숨을 멎게 하는 압도적인 카리스마에 모두가 고개를 조아렸다. **북마녀 TIP** '죽다'의 대체 표현이지만 충격적인 상황을 접했을 때의 반응으로 활용할 수 있다. 덧붙여, 엄청난 미남을 만났을 때의 표현으로도 적당하다.
숨통을 끊다	이번이야말로 놈의 숨통을 끊어낼 기회였다.
슬픔에 빠지다	슬픔에 빠진 딸을 위해 공들여 만든 정원이었다.
시름시름 앓다	난산의 고초를 겪은 황후는 시름시름 앓기 시작했다.
시선을 교환하다	하녀들은 서로 시선을 교환하며 우물쭈물했다.
시선을 돌리다 **(옮기다)**	다가오는 그에게로 시선을 돌렸다. **북마녀 TIP** 눈길이 해당 대상을 향한다는 뜻과 해당 대상을 피한다는 뜻 둘 다 쓸 수 있다.
시중을 들다	귀족 아가씨의 시중이나 들면서 조용히 살고 싶었다.

시치미를(시침을) (뚝) 떼다	그녀는 시치미를 뚝 뗐지만, 그는 믿지 않는 눈치였다.
	북마녀 TIP
	의태어 '뚝'을 넣지 않아도 무방하다.
신경 끄다	너와는 상관없는 일이니 신경 꺼.
	북마녀 TIP
	관심 두지 말고 참견하지 말라는 뜻의 구어체 표현.
신경이 곤두서다	아주 작은 소리에도 신경이 곤두섰다.
	북마녀 TIP
	사동사인 '신경을 곤두세우다'로 활용하는 것도 가능하다.
신기루처럼 사라지다	어차피 내가 이전 세계로 돌아가면 전부 신기루처럼 사라져 버릴 것들이었다.
신세(를) 지다	그럼 오늘만 신세를 좀 지겠습니다.
심경의 변화	심경의 변화라도 생긴 건지 요새 태도가 달라졌다.
심금을 울리다	사람의 심금을 울리는 목소리였다.
심기가 불편하다	요즘 어머니의 심기가 불편하신 모양이야.
	북마녀 TIP
	반대 의미로 심기가 편안하다고 쓰진 않는다.
심기를 건드리다 (거스르다)	테이블 위를 톡톡 건드리는 손가락이 그녀의 심기를 건드렸다.
심장이 내려앉다	얼굴이 너무 가까워서 심장이 덜컥 내려앉고 말았다.

~로 썩기엔 아깝다	비서로 썩기엔 아까운 인물이었다.
썩어 문드러지다	이 황실은 뿌리부터 썩어 문드러졌다. **북마녀 TIP** '썩다'와 '문드러지다'를 조합하여 강조한다. 참고로, '썩어 문드러지다'를 검색했을 때 나오는 모든 한자어는 너무 어려운 단어들이라 장르를 불문하고 쓰지 않는 것이 좋다.
쐐기를 박다	이번 기회에 쐐기를 박아야지. **북마녀 TIP** 어떤 일에 단단히 다짐 및 확정을 지어두는 행위를 뜻한다. 훼방을 놓는다는 의미도 있으나, 이 의미로는 쓰지 않는다.
쓰임이 다하다	황녀의 쓰임이 다하자 황제는 그녀를 외면했다. **북마녀 TIP** 이용가치가 사라졌다는 뜻.
쓴웃음을 짓다	그는 쓴웃음을 지으며 돌아섰다.

단어	예시 문장
아양을 떨다(부리다)	아양을 떨 수도 있지만 내키지 않았다. **북마녀 TIP** '떨다'를 붙이는 게 맥락상 가장 어울린다. 아양만 따로 명사처럼 쓰는 것도 가능하다.

아첨을 늘어놓다	황제에게 아첨을 늘어놓으며 제 살길을 찾았다.
악에 받치다	악에 받친 여인이 소리를 질러대기 시작했다.
안면을 트다	이번 기회에 안면을 터 놓는 게 좋을 테지.
안면이 있다	백작 영애와는 안면이 있는 사이였다.
안중에도 없다	그런 건 안중에도 없다는 얼굴로 다가와 그녀를 잡아챘다. **북마녀 TIP** 중요한 존재나 상황을 아예 신경 쓰지 않고 상관없이 행동하는 태도를 표현한다.
앓는 소리를 내다 (하다)	반박할 말이 없어 그녀는 작게 앓는 소리를 냈다. **북마녀 TIP** 답답한 상황에서 일어나는 몸짓언어. 원고에서 한숨 쉬는 행동을 반복하고 싶지 않을 때 활용한다. 물론 몸에 통증이 있는 상황에서도 쓴다.
앙심을 품다	그녀가 앙심을 품고 흑마법을 행한다면 사태는 걷잡을 수 없어질 것이다. **북마녀 TIP** 단순히 못된 마음이 아니라 원한이 있고 앙갚음하겠다고 벼르는 심리 상태를 말한다.
애를 먹다	육지로 나올 때마다 항상 애를 먹는다.
약해 빠지다	이렇게 약해 빠진 인간의 몸으로는 복수가 불가능했다.

어깃장을 놓다	이 중요한 자리에서 어깃장을 놓고 싶은 건지. **북마녀 TIP** 서양풍 글에서는 살짝 어울리지 않는다.
어깨를 열었다	대표의 칭찬에 부장이 어깨를 활짝 열었다. **북마녀 TIP** 어깨를 움츠리고 몸을 수그리는 자세의 반대 상황을 의미하는 몸짓언어. 자신감 넘치는 상태를 표현한다.
어깨를 으쓱이다	우쭐해진 그가 어깨를 으쓱이며 좌중을 둘러보았다.
어깨를 짓누르다	부담감과 불안감이 동시에 어깨를 짓눌렀다.
어디 가서 뒤지지 않다	남자도 어디 가서 뒤지지 않는 외모였지만 그 역시 빛을 잃게 만드는 얼굴이었다.
~어리다	경멸 어린 시선이 평생 그녀를 따라다녔다. **북마녀 TIP** 눈빛, 시선, 말투, 목소리, 표정, 얼굴 등 감정을 담을 수 있는 신체 부위에 붙여 활용한다.
어안이 벙벙하다	난생처음 받는 선물에 어안이 벙벙했다. **북마녀 TIP** '어리둥절하다'와 같은 의미. '어안'과 '벙벙하다'의 조합으로만 쓰이며 조사는 바꿀 수 없다.
억장이 무너지다	혼자 죽어간 아버지를 생각하면 억장이 무너졌다.

언성을 높이다	늙은 남자는 적반하장으로 언성을 높이며 삿대질을 하기 시작했다.
얼굴을(미간을) 구기다	신입의 태도가 마음에 들지 않았는지 부장이 얼굴을 구겼다. **북마녀 TIP** '인상을 찌푸리다'라는 뻔한 표현을 다른 방식으로 묘사.
얼어 죽을	사랑은 무슨 얼어 죽을 사랑이야?
엎질러진 물이다	아무리 후회해 봐야 이미 엎질러진 물이었다. **북마녀 TIP** 돌이킬 수 없는 상황을 뜻하는 관용구.
~(기색)이 역력하다	지친 기색이 역력한 얼굴을 보니 차마 발길이 떨어지지 않았다. **북마녀 TIP** 기색만 써도 무방하지만, 덧붙여서 더욱 또렷하게 보인다고 강조하는 표현.
영문도(을) 모르다	아이는 아침에 일어나자마자 영문도 모르고 끌려왔다.
예를 취하다	자리에서 겨우 일어난 여인이 황후에게 예를 취했다. **북마녀 TIP** 원래는 동양풍에 어울리는 표현이지만, 서양풍 로판의 경우 귀족의 인사법을 계속 반복해야 하는 문제가 있어 그대로 활용한다.

예사롭지 않다	그놈 눈빛이 예사롭지 않았단 말이야.
예의 주시하다	날카로운 눈빛으로 예의 주시하던 것도 잠시, 눈이 점점 감기고 있었다.
오금이 저리다	무시무시한 눈빛에 오금이 저렸다.
완벽한 타인	이제 서로 완벽한 타인이 되어 살아갈 것이다.
욕구가 쌓이다	한 집에서 방을 따로 쓰고 있으니 욕구가 쌓이는 건 당연했다. **북마녀 TIP** 웹소설에서 '욕구'는 사실상 '성욕'을 대체하는 단어. 성관계를 충분히 하지 못하는 상황일 때 심신의 상태를 간단히 표현한다.
욕망으로 점철되다	욕망으로 점철된 눈동자가 어둠 속에서 빛나고 있었다.
욕을 바가지로 먹다	부장에게 욕을 바가지로 먹고 나서야 겨우 정신을 차렸다. **북마녀 TIP** '욕바가지'라는 단어에서 파생된 관용적 표현이다.
~운명에 처하다	악역에 빙의해 버린 통에 남주에게 목 잘려 죽을 운명에 처한 것이다. **북마녀 TIP** 앞에 좋지 않은 미래가 구체적으로 언급되어야 한다. 긍정적인 미래일 땐 쓸 수 없다.

운을 떼다	서류를 뒤적이던 부장이 눈치를 슬쩍 보더니 운을 뗐다. **북마녀 TIP** 어떤 중요한 이야기를 하기 위해 말을 시작하는 장면에서 쓴다.
웃는 낯	그는 웃는 낯으로 남자를 조롱했다. **북마녀 TIP** 뒤에 부정적인 행동을 추가하면 인물이 일부러 미소 짓고 있는 것이 강조된다.
웃음기가 배다	말투에 웃음기가 배어 있었다.
웃음기를 지우다	얼굴에서 웃음기를 지운 남자가 입을 열었다. **북마녀 TIP** 【유의어: 정색하다】
유서 깊다	유서 깊은 가문이었으며, 대대로 황실 기사단을 맡았다. **북마녀 TIP** 유언과는 다른 한자어.
으름장을 놓다	① 황 여사의 기세에도 그는 지지 않고 으름장을 놓았다. ② 그의 으름장에 강 회장은 입을 다물었다. **북마녀 TIP** 경고, 협박의 의미가 있는 대사를 칠 때 활용. 예시 ②처럼 명사 단독으로도 쓸 수 있다.
의구심(의심)이 피어나다	마음속에서 의구심이 피어났지만, 티를 낼 수는 없었다.

단순히 '생겼다'고 적는 것보다 멋을 준 표현.

이골(이력)이 나다	회장이 틈만 나면 성질을 부리는 것도 이젠 이골이 났다.
이렇다 할	딱히 이렇다 할 아이디어가 떠오르지 않았다.

'좋은', '괜찮은'을 대체할 수 있는 표현.

이를 (바드득) 갈다	남자는 이를 바드득 갈며 집을 나섰다.

'이를 갈다' 사이에 의성어를 넣어 주면 더욱 극적인 표현이 된다. '바드득', '으드득' 등을 쓸 수 있다.

이빨 빠진 호랑이	김 회장은 이제 이빨 빠진 호랑이라 아무 조치도 취할 수 없었다.

원래 권력이 있는 사람이었으나, 현재 실질적인 힘을 잃은 인물일 때 활용한다.

이성이 끊어지다	① 이성이 끊어진 그가 그녀를 와락 안았다. ② 이성이 끊어진 그녀가 바락바락 소리를 지르기 시작했다.

좋은 맥락과 나쁜 맥락 모두 가능하다.

인내심을 발휘하다	마지막 인내심을 발휘해 가까스로 참아냈다.
인적이 드물다	그 숲은 마을에서 멀리 떨어져 있어서 낮에도 인적이 드물었다.

일이 쉽게 풀리다	생각보다 일이 쉽게 풀리려는 모양이었다.
	북마녀 TIP
	'일이 잘 풀리다'와 유사한 의미인데 맥락상 잘되지 않을 가능성을 인지하고 있었던 상황에 쓴다.
일이 어그러지다	어디서부터 잘못된 것인지 일이 어그러지고 말았다.
입 밖으로 꺼내다 (내뱉다)	그동안 참아왔던 말을 입 밖으로 꺼내고 나니 홀가분했다.
	북마녀 TIP
	못 했던 말을 터뜨리듯 했을 때 쓴다.
입김을 넣다	그를 전쟁터로 보내라고 입김을 넣은 건 다름 아닌 귀족파였다.
	북마녀 TIP
	뒤에서 어떤 결정이나 행동을 하게끔 부추기는 행동을 의미한다. 좋게 말하면 부탁이나 요청, 나쁘게 말하면 압박, 강요다.
입만(은) 살다	① 저놈이 하지도 못할 거면서 입만 살아서는! ② 입은 아직 살아서 나불나불 말이 많았다.
	북마녀 TIP
	행동은 하지 않지만, 말을 계속해대는 상황. 주인공의 동작에는 어울리지 않으며, 악역이나 조연의 모습을 설명할 때 쓴다.
입술을 달싹이다 (달싹거리다)	그녀는 다급히 입술을 달싹였지만, 남자가 막아섰다.
	북마녀 TIP
	'달싹이다'는 입술의 움직임을 표현하기 위해서만 쓰이는 편. 엉덩이나 어깨엔 '들썩이다'가 더 어울린다.

입을 떡 벌리다	① 나도 모르게 입을 떡 벌리고 말았다. ② 떡 벌린 입을 다물지 못했다.
	북마녀 TIP 너무 놀란 상태의 몸짓을 설명한다. 단순히 '입을 벌리다'로는 부족하며 '떡'을 꼭 써야 한다.
입(안)이 깔깔하다	입이 깔깔했지만 억지로 먹었다.
	북마녀 TIP 혓바닥이 껄끄럽고 입맛이 없는 상태를 의미.
있는 힘을 다해	소녀는 있는 힘을 다해 유리창을 내리쳤다.
	북마녀 TIP '힘껏'과 같은 의미.

단어	예시 문장
자고로 ~ㄴ 법이다	자고로 호랑이 없는 숲에선 토끼가 왕 노릇하는 법이다.
	북마녀 TIP 당연한 논리나 속담 등을 적어 줄 때 강조한다.
자비를 베풀다	황제는 자비를 베풀어 가문을 몰살시키진 않았다.
자신감이 차오르다	다른 경쟁자들의 꼴을 보니 자신감이 차올랐다.
	북마녀 TIP '자신감이 생기다', '자신만만하다'보다 조금 더 유려

한 표현이다.

잔뼈가 굵다	겉모습은 어려 보이지만 이쪽 바닥에서는 잔뼈가 굵은 자였다.
잠귀가 밝다	그는 잠귀가 밝아서 작은 소리에도 바로 깨곤 했다. **북마녀 TIP** 【반의어: 잠귀가 어둡다】
잡음(이) 없다	결혼 생활에 잡음이 없으려면 이런 합의는 필수일 것이다.
전의를 상실하다	그가 순순히 받아들이자, 그녀는 전의를 상실했다. **북마녀 TIP** 말다툼 상황에서 상대가 예상과 다르게 행동하여 인물이 공격의 의지를 잃게 되는 변화를 의미한다. 딱딱한 단어의 조합이지만, 거의 모든 배경과 모든 장르에서 활용 가능하다.
절호의 기회	기사단에 들어갈 수 있는 절호의 기회였다.
정곡을 찌르다	정곡을 찌르는 그녀의 말에 남자의 동공이 흔들렸다. **북마녀 TIP** 틀림이 없고 핵심을 정확하게 짚었다는 뜻. 당하는 입장이라면 '찔리다'로 써야 한다.
정나미가 떨어지다	얼굴은 잘생겼지만 행동 하나하나에 정나미가 떨어졌다. **북마녀 TIP** 정이 떨어진다는 의미를 더욱 강조하는 표현이다.

정신이 팔리다 (정신을 팔다)	후궁들에게 정신이 팔려서 국정을 제대로 돌보지 않았다.
정신이 산란하다	정신이 산란해서 그의 말이 귀에 들어오지 않았다. **북마녀 TIP** 【유의어: 마음이 어수선하다, 머릿속이 뒤숭숭하다】
정을 떼다	늦기 전에 아이와 정을 떼야겠다는 결론에 이르렀다.
정적이 흐르다 (감돌다)	한참 정적이 흐른 후에야 그가 입을 열었다.
~에 젖다	① 슬픔에 젖은 눈빛이 눈물을 머금고 있었다. ② 여자는 쾌락에 젖어 몸부림쳤다. **북마녀 TIP** 감정 상태를 표현하는 '젖다'는 야한 단어가 아니기 때문에 15금 통과 가능하다.
좀이 쑤시다	몇 시간을 한자리에 앉아서 기다리려니 슬슬 좀이 쑤시기 시작했다.
종잡을 수 없다	종잡을 수 없는 어머니의 비위를 맞추는 건 너무 힘겨웠다.
종지부를 찍다	이로써 제국 간의 전쟁이 마침내 종지부를 찍게 되었다.
주마등처럼 스쳐가다	그와 만나 행복했던 순간들이 주마등처럼 스쳐갔다. **북마녀 TIP**

	과거의 장면이 주르륵 머릿속에 떠오르는 것을 비유적으로 이르는 말. 죽음이 임박한 때 혹은 스스로 죽게 될 거라고 예상할 만큼 긴박한 상황에서 쓴다.
주제 파악	네까짓 게 감히 내 아들을 넘보다니 주제 파악이 아직도 안 되지?
주체하지 못하다 (할 수 없다)	자긴 아무 잘못 없다는 듯 해맑은 얼굴을 보자 화를 주체할 수 없었다. **북마녀 TIP** 긍정형은 쓰이는 일이 없고, 부정형으로 주로 쓴다.
죽을 맛	아무것도 모르는 그가 고개를 숙일수록 나는 죽을 맛이었다. **북마녀 TIP** 괴로운 심정을 의미한다.
쥐구멍에 숨다	쥐구멍에라도 숨고 싶었지만 몸을 움직일 수 없었다. **북마녀 TIP** 몹시 창피한 기분을 뜻하는 비유적 표현.
지옥 끝까지 쫓아가다	지옥 끝까지 쫓아가서라도 복수를 끝낼 것이다.
지천에 깔리다	그를 원하는 여자는 지천에 깔렸을 것이다.
지체할 것 없이 (하지 말고)	지체할 것 없이 모두 감옥에 처넣어라! **북마녀 TIP** 동사 원형도 쓸 수 있으나 소설 속에서 부정형을 더 많이 쓸 수 있다. 질질 끌지 말고 빠르게 특정 행동을 하라는 뜻. 특히 윗사람이 아랫사람에 명령하는 문장에 활용하면 좋다.

지푸라기라도 잡는 심정으로	김 부장은 지푸라기라도 잡는 심정으로 황 이사에게 매달렸다.
직성이 풀리다	그렇게 마음대로 해야 직성이 풀리니?
진상을 밝히다	진상이 밝혀지면 당신도 편안해지겠지.
진실이 묻히다	황후가 깨어나지 않는 한 진실은 묻히고 말 것이다.
진저리가 나다 (진저리를 치다)	평생 바뀌지 않는 오빠의 행동에 진저리가 났다. **북마녀 TIP** '진저리'를 '진절머리'로 바꾸면 의미가 더욱 강조된다. 동사에 따라 조사도 달라진다는 점을 유념할 것.
질이 나쁘다	질 나쁜 농담이라고 여겼던 그 얘기가 사실이었다니. **북마녀 TIP** '질이 나쁘다'는 사전적 정의 그대로 다양하게 쓸 수 있으며, '농담'과 붙어 관용구처럼 자주 쓰인다.
짜 맞춘 것처럼	모든 증거와 목격자의 증언이 짜 맞춘 것처럼 들어맞았다.

단어	예시 문장
차갑게 식다	① 온몸의 피가 차갑게 식는 것 같았다. ② 눈빛이 차갑게 식었다.

예시 ①은 충격적인 상황을 목도하거나 화가 심하게 났을 때 쓴다.

찬물을 뒤집어쓴 기분	나 혼자 착각했다고 생각하니 찬물을 뒤집어쓴 기분이었다.

부정적인 어떤 것을 깨닫거나 불시에 예상치 못한 상황을 접했을 때의 감정을 묘사한다.

척지다	강대국과 척을 져서 좋을 건 하나도 없었다.
천군만마를 얻은 듯	그의 존재만으로도 천군만마를 얻은 듯 든든했다.
체면이 깎이다	체면이 깎인 공작 부부는 그녀를 별장으로 보내 버렸다.
초를 치다	엄마는 왜 초를 치고 그래, 내가 알아서 한다니까!
초상집 분위기	벌써 소식이 알려졌는지 본가는 초상집 분위기였다.
총애를 받다	황제의 총애를 받는 후궁은 셋뿐이니 그중 한 명의 소행일 것이다.

'사랑을 받다'보다 더 큰 의미로 여러 명 중 유달리 애정하는 상황에서 그 사랑을 받는 인물에게 쓴다. 일부다처제의 시대적 배경 및 현대 배경에서 상류층의 정부나 아랫사람을 설명할 때 활용한다.

추호도 없다	아버지의 빚을 대신 갚을 생각은 추호도 없었다.
	북마녀 TIP '추호도'를 덧붙여 의미를 강조할 수 있다.
충직한 사냥개	그는 회장의 명령이라면 무조건 따르는 충직한 사냥개였다.
치가 떨리다	얼굴을 마주할 때마다 치가 떨릴 정도로 괴로웠다.
치명적인 결함	모자랄 것 없었지만 치명적인 결함이 딱 하나 있었다.
침을 꼴깍 삼키다	황제 앞에 엎드린 궁녀는 침을 꼴깍 삼켰다.
	북마녀 TIP 인물의 불안감을 표현하는 몸짓언어. '꼴깍'이 반드시 들어가야 성립된다. '꿀꺽'보다 더 위태로운 심리 상태로, 여자나 어린이에 더 어울린다. 반대로 '꿀꺽'은 거짓말 등의 나쁜 의도를 보여줄 수도 있다.

단어	예시 문장
콧노래를 흥얼거리다 (부르다)	① 콧노래를 흥얼거리며 책을 정리했다. ② 흥얼흥얼 콧노래를 부르며 노를 저었다.
	북마녀 TIP '부르다'와 '흥얼거리다' 어느 쪽을 써도 상관없으나 예시 ②와 같이 '흥얼'을 붙였을 때 인물의 상태를 더 강하게 묘사할 수 있다.

콧방귀를 뀌다	직원은 콧방귀를 뀌며 그녀를 문밖으로 내몰았다.
	북마녀 TIP 가소롭게 여기며 비웃는 태도를 의미한다.
콧소리 섞이다	콧소리 섞인 목소리가 들려왔다.
	북마녀 TIP 악녀나 라이벌 구도의 여성에 어울리며, 여주의 행동으로는 부적합하다. 특수한 상황이 아닌 이상 여주가 남주를 유혹하는 상황일 때도 어색하다.
(속으로) 쾌재를 부르다	나는 속으로 쾌재를 불렀다.
	북마녀 TIP 겉으로는 티를 내지 않으면서 속으로 좋아하는 상황을 표현할 때 쓴다.

단어	예시 문장
탁 트이다	탁 트인 정원 한가운데 소녀가 서 있었다.
탄식을 자아내다	마주치는 모든 이들의 탄식을 자아낼 정도였다.
	북마녀 TIP 캐릭터의 외모를 찬양하거나 안타까운 상황을 접했을 때의 반응. 긍정적인 상황에서는 '탄성'도 가능하다.
태클을 걸다	사사건건 태클을 거는 태도가 못마땅했다.

터질 듯	손대면 터질 듯 봉오리가 몽글몽글 올라와 있었다.
토(를) 달다	말끝마다 토를 달며 그녀를 괴롭혔다.
토씨 하나 틀리지 않다	그는 내가 보여준 페이지를 토씨 하나 틀리지 않고 줄줄이 읊어댔다.
톱니바퀴처럼 맞물리다	모든 상황이 톱니바퀴처럼 맞물려 있었다.
투명인간 취급	그녀는 그를 철저히 투명인간 취급하고 있었다.
(속으로) 툴툴거리다	그녀는 표정 관리를 하려 애쓰며 속으로 툴툴거렸다.

틀린 말은 아니다	틀린 말은 아니지만, 그의 뜻대로 해 줄 수는 없었다.
틈을 타다	경계가 허술해진 틈을 타 저택을 나왔다.
티 없이 맑다	티 없이 맑은 눈동자에 매료되었다.

단어	예시 문장
판단력이 흐려지다	술을 너무 많이 마셨는지 판단력이 흐려졌다. **북마녀 TIP** 반대의 의미로 판단력이 좋아졌다는 말은 소설에서 쓸 일이 없고 다른 방식으로 표현한다.
판을 깔다	김 대리가 판을 깔자 다른 이들도 한마디씩 얹기 시작했다. **북마녀 TIP** 어떤 주제에 관해 말을 시작하거나 부추겨서 분위기를 조성한다는 뜻.
팔을 걷어붙이다	그 집안의 일이라면 팔을 걷어붙이며 돕겠다고 나섰다. **북마녀 TIP** 실제 동작은 아니고 적극적으로 나설 태세를 관용적으로 표현.
표정을 갈무리하다	그는 표정을 갈무리하며 입을 닫았다. **북마녀 TIP** 방금까지 숨기지 못했던 표정을 없애고 평소로 돌아온 모습을 설명할 때 쓴다.
표정을 지우다	늘 그래 왔듯이 표정을 지우고 인형처럼 있는 편이 낫다.
풀(이) 죽다	아이는 풀이 죽어 입을 다물고 말았다.

피 한 방울 섞이지 않다	피 한 방울 섞이지 않은 그녀를 받아줄 리 만무했다. **북마녀 TIP** 혈연 관계가 전혀 없다는 의미를 더욱 강조하는 표현.
피가 배어나다	피가 배어날 듯이 입술을 잘근거렸다.
피도 눈물도 없다	피도 눈물도 없는 냉혈한 아닌가.
피로 얼룩지다	피로 얼룩진 얼굴을 어루만졌다. **북마녀 TIP** 피칠갑보다 조금 낮은 수준이지만 이 역시 피가 많이 묻어 있는 상황.
피바람이 불다	그가 대표이사로 취임하고 나면 회사에는 피바람이 불 것이다. **북마녀 TIP** 어느 집단에서 상부 권력층이 바뀌었을 경우 기존에 있던 사람들의 다수를 숙청하여 없애는 상황에서 쓴다. 모든 배경에서 활용 가능하다.
핀잔을 주다	막내딸이 뻔뻔하게 핀잔을 주는데 누구도 말리지 않았다. **북마녀 TIP** 당하는 입장에서는 '받다'가 아니라 '듣다'로 쓴다.
핏기가 가시다	여인의 얼굴에서 핏기가 싹 가셨다. **북마녀 TIP** 충격적인 상황일 때 인물의 표정을 묘사하기 위해 쓴다. 남자 캐릭터보다는 여자 캐릭터에 더 어울린다. 【유의어: 하얗게 질리다】

| 핑 돌다 | ① 엄마의 손을 주무르고 있으려니 눈물이 핑 돌았다. |
| | ② 갑자기 눈앞이 핑 돌았다. |

북마녀 TIP

예시 ①은 눈물이 살짝 나는 상태. 예시 ②는 정신이 아찔해져 현기증을 일으키는 상태를 설명한다.

단어	예시 문장
하는 수 없다	하는 수 없이 사채를 빌려 썼다.
	북마녀 TIP 부사형으로 자주 쓰인다. 【유의어: 어쩔 수 없다, 어쩔 도리 없다, 별수 없다】
하늘도 무심하다	하늘도 참 무심하시지. 저 어린것을 어찌 혼자 남기고….
하루가 멀다 하고	남동생은 하루가 멀다 하고 사고를 쳤다.
	북마녀 TIP 대체로 부정적인 행동을 지속적으로 하는 상황에서 쓴다.
하루아침에	평생 쌓은 가문의 명예가 하루아침에 무너져 버렸다.
	북마녀 TIP 아주 짧은 기간을 의미하며 '갑자기'의 뉘앙스도 섞여 있다. 한 단어라 띄지 말고 붙여야 한다.

하마터면 **~ㄹ 뻔하다**	하마터면 남자와 정면으로 부딪칠 뻔했다. **북마녀 TIP** 뒤에 반드시 '뻔하다'가 들어가야 한다.
한가하게 (~나) 하다	한가하게 드레스나 고르고 있을 상황이 아니었다. **북마녀 TIP** 목적어에 조사 '~나'를 붙여 의미를 더욱 강조할 수 있다. 타인의 행동을 이렇게 표현할 땐 비하하는 뉘앙스가 있다.
한계까지 **몰아붙이다**	한계까지 몰아붙여지자 결국 울음이 터지고 말았다.
한 박자 늦다	한 박자 늦게 대답했지만 이미 그가 눈치를 챈 뒤였다.
한발 물러서다	그는 일단 한발 물러서기로 마음먹었다. **북마녀 TIP** 대치 상태에서 해결을 위해 조금 수그러드는 자세를 표현한다.
한발 빠르다	얼른 손을 뒤로 숨겼지만 그가 한발 빨랐다.
한배를 타다	모두 한배를 탔으니 여기 있는 누구도 빠져나갈 수 없어. **북마녀 TIP** '한배'란 '같은 배'를 말한다. 같은 환경이나 처지라는 뜻이지만, 맥락상 저도 모르게 그렇게 된 것이 아니라 어떤 목적성을 갖고 행동한 끝에 같은 상황에 처했을 때 활용한다.

한술 더 뜨다	보좌관은 한술 더 떠 신축 공사 계획을 세우기 시작했다. **북마녀 TIP** '더'를 붙임으로써 방금 옆사람이 한 것보다 더한 행동을 한다는 뜻.
한술 뜨다	아침은 겨우 미음을 한술 뜨다 말았다. **북마녀 TIP** 미음이나 죽 등을 아주 적은 양만 먹는 모습을 표현한다.
한숨(을) 돌리다	그나마 사채를 갚으면서 한숨 돌릴 수 있었다.
한 치의 ~(도) 없이	그는 한 치의 망설임 없이 그녀를 밀어내고 병사의 목을 베었다.
함부로 입을 놀리다	함부로 입을 놀릴 입장은 아닌 것 같은데.
해를 끼치다	네 오빠는 다른 사람에게 해를 끼칠 애가 아니야.
해사한 미소	해사한 미소를 짓던 얼굴이 단박에 싸늘해졌다. **북마녀 TIP** 맑고 환한 표정과 웃음을 뜻한다. 웃음, 미소, 얼굴에 붙여 쓸 수 있다.
~ 행각을 벌이다	국경 마을을 돌아다니며 사기 행각을 벌인 자였다. **북마녀 TIP** 사기, 절도, 강도 등 범법 행위를 꾸준히 하며 돌아다니는 경우에 쓴다.

허를 찔리다(찌르다)	황제의 말에 허를 찔린 공작이 식은땀을 흘리며 납작 엎드렸다.
허울뿐이다	비록 허울뿐인 부부이지만 아내 역할을 충실히 하고 싶었다. **북마녀 TIP** '허울'만 적어도 무방하지만 더욱 강조하여 표현할 수 있다.
헌신짝 버리듯	그는 충직한 부하마저도 헌신짝 버리듯 내치는 인간이었다. **북마녀 TIP** 충성, 의리, 사랑 등 오래도록 자신의 곁에 있던 사람을 버리는 상황을 극적으로 표현한다.
헛바람이 들다	헛바람이 잔뜩 들어서 동네방네 소문을 내고 다녔다. **북마녀 TIP** 긍정적인 상황에는 쓰지 않는다. 타인의 눈으로 보기에 가능성 없는 부정적인 상황일 때 활용한다.
헛웃음을 삼키다	뻔히 보이는 수작에 남자는 헛웃음을 삼켰다. **북마녀 TIP** 헛웃음이 나오는 상황에서 이를 티내지 않으려고 표정 관리하는 행동.
혀를 끌끌 차다	황 여사는 속으로 혀를 끌끌 찼다. **북마녀 TIP** 혀를 차는 모습을 그릴 때 일반적으로 '쯧쯧'을 쓰지만 '끌끌'도 가능하다. 단, 나이가 지긋한 인물의 행동으로 어울린다.

혀를 내두르다	비서는 이제 포기했다며 혀를 내둘렀다. **북마녀 TIP** 실제로 이 행위를 하는 것은 아니며, 누군가 집요하게 무언가를 잘하거나 나쁜 행동을 했을 때 그 모습을 지켜본 사람의 반응이다. 보통 감탄이나 질색하는 대사를 덧붙인다.
혀를 놀리다	누구 앞에서 그 요망한 혀를 놀리는 게야? **북마녀 TIP** 어느 인물의 대사를 부정적으로 생각하는 입장에서 쓰는 표현.
형언(형용)할 수 없다	① 형언할 수 없이 아름다웠다. ② 형용할 수 없는 감정이 피어올라 주먹을 꼭 쥐었다. **북마녀 TIP** 어떤 말로도 표현하기 힘들다는 뜻으로서, 뒤에 나올 형용사의 의미를 더욱 강조한다. 단독으로 쓸 수도 있다.
호선을 그리다	그의 입매는 호선을 그리고 있었지만 눈빛은 얼음장 같았다. **북마녀 TIP** 입꼬리를 위로 올려 미소를 짓는 동작을 표현한다.
호의를 베풀다	전하께서 호의를 베푸셨는데 제가 가만히 앉아 있을 수가 있나요? **북마녀 TIP** 단순히 친절한 태도만으로는 부족하며, 물심양면으로 제공되거나 잘못(편의)를 봐줬을 때 쓴다.

혹사를 당하다	얼음물에 혹사를 당한 손이 벌겋게 부었다.
	북마녀 TIP '혹사'가 시키는 입장의 뜻. 일반적으로 주인공은 당하는 입장이므로 '혹사하다'로 쓸 수 없다.
혹시 몰라	혹시 몰라 한참 동안이나 문밖에서 나는 소리에 귀를 기울였다.
	북마녀 TIP '혹시 어떻게 될지 몰라'가 줄어든 말이다.
혼기가 차다	너도 이제 혼기가 꽉 찬 나이인데 행동을 조심해야지.
	북마녀 TIP '혼인적령기'를 뜻하는데 배경에 따라 그 연령대가 다르다. 서양풍에는 어울리지 않는 표현이다.
혼이 나가다	혼이 나간 얼굴로 터벅터벅 걷고 있었다.
화색이 돌다	승전보가 전해지자 황제의 얼굴에 화색이 돌았다.
환상을 깨다	순진무구한 소년의 환상을 깨 주고 싶었다.
환심을 사다	사교계에서는 우선 귀족 부인들의 환심을 사 놓아야 한다.
후유증이 크다	아까 그와 우연히 마주친 후유증이 컸다.
훼방을 놓다	훼방을 놓고 싶어 안달이 나 있는 표정이었다.
	북마녀 TIP '방해하다', '훼방하다'를 유려하게 표현할 수 있다. '방해를 놓다'는 근래 잘 쓰지 않는 표현이다.

~휩싸이다	광기에 휩싸여 고함을 질러댔다. **북마녀 TIP** 강력한 감정을 표현. 그러나 기쁨, 환희에는 어울리지 않는다.
흐트러짐 없다	흐트러짐 없던 여자의 얼굴이 결국 일그러졌다.
흠잡을 데 없다	흠잡을 데 없이 완벽한 차림이었지만 졸음이 가득한 얼굴이었다. **북마녀 TIP** 최상의 형태를 부연 설명하는 말이며, 형용사 없이 이 말만 적어도 무방하다.
흠집을 내다	그의 얼굴에 흠집을 낼 용기는 없었다.
희망의 끈을 놓지 않다(못하다)	아무리 사실을 말해도 어머니는 희망의 끈을 놓지 않았다.
희게 질리다	여인은 희게 질린 채 파르르 떨었다. **북마녀 TIP** 파랗게 질리든 하얗게 질리든 둘 다 충격과 당황으로 얼굴에 혈색이 사라진 상태를 의미한다. 다만, 파랗게 질리다가 관용적으로 사용 빈도가 높기 때문에 '희게'를 활용하면 조금 달라 보이는 효과가 있다.

Part 3

동사

사람이나 사물의 움직임 또는 작용을 나타내는 단어

소설 속 등장인물은 입만 살아서 대사만 칠 수 있는 캐릭터가 아니다. '언제, 어디서, 누가, 무엇을, 어떻게, 왜'로 이루어지는 사건의 내용이 진행되려면 각 시퀀스에서 인물이 행동하고 표정을 짓고 감정을 느끼고 머리로 생각해야 한다. 이것이 켜켜이 쌓여 장면이 만들어지고 사건이 진행되며 스토리가 결말을 향해 흘러가는 것이다.

　웹소설에서 대사가 중요하다고는 하지만 지문 없이 스토리의 진도를 나가는 것은 불가능하다. 동사는 특히 지문에서 주어(동사의 주체)와 함께 장면이 진행되고 스토리가 이어지게 해 주는 결정적인 품사다.

　그런데 실제로 소설을 집필하다 보면 인물의 행동이나 장면이 계속 반복되고, 그에 따라 한정적인 몇 가지 동사만 하염없이 되풀이하여 쓰는 경험을 하게 된다.

　이 문제의 가장 큰 원인은 글을 쓰는 자신이 머릿속으로 장면을 그리면서 자꾸 같은 상상을 재탕하는 것, 즉 상상력의 부족이다. 두 번째 원인으로는 표현력의 부족을 들 수 있다. 특히 텍스트로 스토리를 뽑아내야 하는 분야에서 쓸 수 있는 단어의 스펙트럼이 좁다면 상상의 폭 역시 좁아진다. 상상력과 단어 스펙트럼은 분명 연결되어 있다.

이 파트에서는 웹소설을 쓸 때 다양한 장면에서 인물의 행동을 그려 낼 수 있는 동사들을 수록했다. 특히 작가 지망생 다수가 한자어에 천착하고 있는 현상을 고려하여 이 문제에서 벗어날 수 있도록 우리말 동사를 충분히 모았다. 웹소설 시장의 주요 장르에서 활용도 높은 단어들을 선별했으니 여러분이 어느 장르를 쓰든 도움이 될 것이다.

덧붙여, 오래전 스티븐 킹은 《유혹하는 글쓰기》에서 누군가가 말하는 동작을 쓸 때 '이를 갈다', '헐떡였다'는 저속한 표현이며 '말했다'가 제일 좋다고 주장한 바 있다. 하지만 그건 단권 쓸 때나 가능한 얘기다. 장편에서 끊임없이 '말했다'를 반복할 바에는 아예 쓰지 않는 편이 낫다. 최소 70화는 족히 넘고 최대 1,000화까지도 연재가 이어지는 일이 부지기수인 한국 웹소설 시장에서 원고를 쓰게 된다면 그 역시 '말했다'의 반복이 얼마나 위험한지 깨닫게 될 것이다.

말하는 동작을 모두 '말하다'로 통일하면 문장이 너무 단순해진다. 또 대사만으로는 인물이 어떤 상태인지 추측하기 힘든 장면도 부지기수다. 뉘앙스를 다양하게 표현할 수 있는 동사를 넣어 주는 것이 문체를 유려하게 만들 뿐만 아니라 독자의 이해를 돕는다. 세상에는 인물이 그 말을 할 때 어떤 감정을 갖고 어떤 톤으로 말하는지 알려 줄 수 있는 동사가 셀 수 없이 많다.

말하는 행위에 관한 동사는 장면과 맥락에 따라 조절하여 선택해야 한다. 여성향 웹소설의 경우 대체로 남성향에 비해 과감한 액션 장면이 적은 편이다. 그만큼 대화가 상당한 비중을 차지하기 때문에 말하는 행위를 표현할 때 단어 선택의 폭을 넓힘으로써 조금 더 다양한 단어를 써야 할 필요가 있다.

▮웹소설의 특성에 적합한 동사 활용법▮

우리말에는 한자어가 상당수 존재한다. 그래서 동사 역시 한자어로 만들어진 단어와 순우리말 단어로 나뉜다.

모든 '○○하다'가 한자어인 것은 아니지만, 한자어로 만들어진 동사 대부분은 '○○(한자 단어)＋하다'의 조합으로 이루어져 있다. 이런 동사들에 들어 있는 한자 단어 중 다수는 이 '○○(한자 단어)'를 명사로도 활용할 수 있다. 다음이 그 예다.

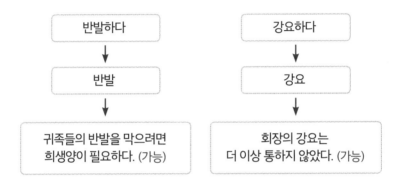

그러나 모든 단어가 그런 것은 아니니 주의 깊게 살피고 활용해야 한다.

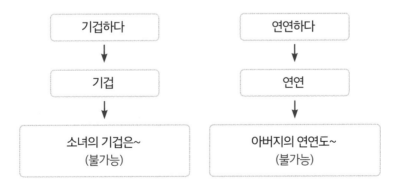

때에 따라 어느 단어는 동사 형태를 훨씬 많이 쓰고, 어느 단어는 명사 형태를 더 많이 쓰며, 어느 단어는 동사형과 명사형 양쪽 모두 많이 쓴다. 이 쓰임새에 따라 이 파트에서는 비교적 동사형 활용이 잦은 단어와 양쪽 모두 자주 쓰는 단어 중심으로 수록하였음을 밝힌다.

다수의 작가 지망생이 더 '멋들어진' 표현을 쓰기 위해 한자어를 더 많이 알아 두려고 노력한다. 이런 한자어 동사를 많이 쓴 글이 잘 쓴 글이고 필력이 좋은 글이라고 생각하는 것이다. 그런 글을 따라 쓰고 싶어서 필사까지 하거나, 단어 리스트에 어려운 한자어 동사를 잔뜩 모으는 경우도 적지 않다. 이는 초보 작가들의 대표적인 착각이자 시간 낭비다. 적어도 웹소설에서는 전혀 도움이 되지 않는다.

인물의 어떤 움직임을 적어야 할 때, 우리말로 그 뜻을 풀어 쓴다면 보통 글자 수가 늘어난다. 이렇게 더해지는 글자 수가 모여 태산을 이루고 웹소설 시장에서 원하는 한 회차 분량이 금방 채워지는 것이다.

한자어로 구성된 동사를 많이 쓴다고 잘못된 것은 아니지만, 그 동사들은 글자 수가 적다. 풀어 쓰지 않고 같은 뜻의 한자어 단어를 적어 버리면 고작 4글자로 압축되어 버리는 것이다. 한자어 동사는 '○○하다'가 대부분이지 않은가. 이 현상 역시 웹소설 작가라면 인지해야 하고 간과해서는 안 될 것이다.

웹소설에는 물리적으로 글의 양을 늘려야 하는 절대적인 의무사항이 있다. 이것은 시장의 시스템 및 작가 자신의 수익과 직결되는 아주 중요한 문제다. 너무 짧으면 애초에 시장 진입이 불가능하기 때문에 유통 자체가 원천 차단될 가능성이 있다. 그래서 웹소설을 쓸 때 글자 수는 매우 중요한 기준이며 목표다. 어떤 단어를 선택하든 이 생각을 하면서 써 주는 게 좋다.

그렇다면 무조건 한자어 동사를 배제하고 우리말로 풀어 써야 한단 말인가?

그렇지 않다. 프롤로그에서부터 꾸준히 얘기했듯이 '반복'은 매우 심각한 문제로 작용한다. 한자어보다 우리말로 풀어 쓰는 게 좋다 했다고 같은 표현을 끊임없이 사용한다면 몇 장 넘기기도 전에 그 단어가 독자들의 눈에 거슬리게 된다. 단순히 글의 수준이 떨어져 보이고 필력이 좋지 않아 보이는 퀄리티 문제가 발생할 뿐만 아니라 스토리에 대한 몰입도 및 가독성에 실제로 악영향을 미친다.

그러므로 비슷한 장면이나 비슷한 동작을 적어야 할 때 매번 동일한 표현을 사용하지 않는다는 생각으로 쓰자. A 장면에서는 한자어 동사를 썼다가, B 장면에서는 풀어서 쓰는 식으로 적절히 섞어 가며 집필하는 것을 권한다. 어디까지나 다채롭게 단어를 활용하자는 의미다.

특히 장편을 쓸 땐 비슷한 동작이어도 '비웃다', '조소하다', '냉소적인 웃음을 짓다', '차가운 미소를 띠었다' 등으로 다양하게 섞어서 쓰면 물리적인 반복을 피할 수 있다.

단어	예시 문장
가누다	① 나는 아직 목도 제대로 가누지 못하는 아기였다. ② 정신을 가누기 힘들었지만 있는 힘을 다해 눈을 떴다. **북마녀 TIP** 목, 고개, 몸 외에도 정신 등을 올바로 가다듬어 바로잡는 상황에서 활용 가능하다.
가라앉다	① 삽시간에 기분이 가라앉았다. ② 그는 가라앉은 목소리로 중얼거렸다. **북마녀 TIP** 예시 ②처럼 목소리 묘사에 쓸 경우, 단순히 낮은 톤이 아니라 슬픔, 체념 등 부정적인 감정이 목소리에 영향을 주었다는 맥락이다.
가로막다	앞을 가로막는 그를 피해 몸을 돌렸다.
가장하다	우연을 가장한 접근이었지만, 마음만은 진심이었다. **북마녀 TIP** '~인(하는) 척'의 맥락을 조금 다르게 표현할 수 있다.
각성하다	성력을 각성한 신녀가 또 존재한다고? **북마녀 TIP** 사전적 의미로도 쓸 수 있으며, 웹소설에서는 숨겨져 있던 잠재적 능력이나 체질이 정확하게 증명되도록 드러났다는 의미로 쓴다. 【유의어: 발현하다】

간과하다	아주 중요한 사실을 간과하고 있었다.

북마녀 TIP

중요한 사실이나 문제를 중요하게 여기지 않고 대충 넘기거나 놓친다는 의미로 활용한다.

갉작이다	짐승의 이빨이 그녀의 피부를 갉작이듯 건드리고 있었다.

북마녀 TIP

어감상 '긁적이다'보다 조금 더 문학적인 느낌이 든다.

감내하다	신탁의 주인공으로서 모든 것을 감내하는 것이 내 운명이다.

감당하다	감당하기 힘든 모욕이었다.

감싸고돌다	막내만 그렇게 감싸고도니까 버릇이 나빠지지 않습니까.

북마녀 TIP

'편들다'를 대체할 수 있는 단어. '감싸다'의 강조된 표현이며 띄어쓰기를 하지 않는다.

【유의어: 두둔하다】

감쳐물다	입술을 감쳐물고 한참을 고민하는 모습이 귀여웠다.

북마녀 TIP

윗입술과 아랫입술을 살짝 겹치도록 붙여 입을 꼭 다무는 모습을 의미한다. 아랫입술을 깨무는 동작과는 다르므로 구별해서 쓴다. 또한 타인의 입술을 물 때, 즉 키스 장면에서 이 동사는 어울리지 않는다.

거들다	황 여사를 쫓아다니며 집안일을 거들었다.

거론하다	후계자 문제는 당분간 거론하지 않기로 했다.

걸고넘어지다	애먼 사람 걸고넘어지지 마. **북마녀 TIP** 띄지 않고 붙여 쓴다.
겨누다	대장으로 보이는 자의 머리를 겨누어 활을 쐈다. **북마녀 TIP** 【유의어: 겨냥하다, 조준하다】
경악하다	눈앞에 펼쳐진 참혹한 광경에 그녀는 경악했다. **북마녀 TIP** 일반적인 '놀람'보다 훨씬 더 높은 수준으로, 맥락상 공포나 혐오의 감정이 섞여 있다. 충격적인 사실을 접한 상황에서 쓴다.
고꾸라지다	돌부리를 보지 못한 여자가 그대로 걸려 고꾸라졌다.
고하다	멀리서 눈치를 보던 시녀가 종종걸음으로 달려와 고했다. **북마녀 TIP** 주로 윗사람에게 보고하는 상황일 때 쓴다.
골때리다	그다음에는 더욱 골때리는 뉴스가 흘러나왔다. **북마녀 TIP** 동사이지만 사실상 형용사적 의미가 있다. 사전에 등재된 속된 말로, 근래 SNS에서 많이 쓰이면서 웹소설에서도 등장하고 있다.
곱씹다	그녀는 아까 회장이 넌지시 던진 말을 곱씹었다.

관망하다	취기 오른 여자의 행동을 관망하듯 지켜보았다.
	북마녀 TIP 한발 물러나 구경하는 느낌을 말한다. 사람이나 특정 상황을 지켜보는 경우일 때 활용할 수 있고, '구경하다'보다 조금 더 극적인 뉘앙스가 있다.
관통하다	화살은 숲에 숨어 있던 정찰병의 가슴을 관통했다.
	북마녀 TIP 전투 장면에서 원샷원킬로 주인공의 실력을 돋보이게 하고 싶을 때 좋다. 보통 머리, 가슴에만 쓴다.
구슬리다	황녀는 적당히 구슬리면 금방 넘어올 거야.
구시렁거리다	차마 입 밖으로 내뱉지는 못하고 속으로만 구시렁거렸다.
	북마녀 TIP 불만을 중얼거리는 모습을 표현할 때 사용한다. '궁시렁거리다'로 잘못 쓸 수 있으니 주의할 것.
구워삶다	도대체 어떻게 구워삶았길래 우리 오빠가 생각을 바꾼 거야?
	북마녀 TIP 띄어쓰기를 하지 않는다.
군림하다	평생 제왕처럼 군림했지만 지금은 이빨 빠진 호랑이 꼴 아닌가.
굴리다 **(구르다)**	그 작가는 여주를 너무 심하게 굴리기로 유명했다.
	북마녀 TIP 웹소설 시장에서 자주 쓰는 용어로, 스토리의 흐름에 따라

	주인공이 여러모로 고생을 많이 하게 되는 상황을 의미. 특히 물리적인 고통을 전제로 한다.
굶주리다	굶주리고 지친 소녀 앞에 만찬이 펼쳐졌다.
	북마녀 TIP
	최소한 두세 끼 이상은 굶은 상황일 때 써야 하고, 보통 며칠 이상 굶었을 때 어울린다. 단순히 한 끼 안 먹은 수준에는 어울리지 않는다.
굽실거리다 **(굽실대다)**	이번 생에서까지 저 치에게 굽실대고 싶진 않았다.
	북마녀 TIP
	표현 자체에서 바로 느낄 수 있는 '허리를 자꾸 구부리는' 행위와 비굴한 언행이 합쳐진 맥락이다. '굽신대다'도 맞다.
굽이치다	그녀의 고운 머리카락이 허리까지 굽이쳤다.
	북마녀 TIP
	사전적으로는 물의 흐름을 뜻하는 단어이지만, 여성의 길고 풍성하며 굵은 웨이브가 있는 머리카락을 묘사할 때 활용할 수 있다.
그러쥐다	손아귀에 그러쥔 것을 절대로 놓지 않았다.
	북마녀 TIP
	'움켜쥐다', '틀어쥐다'로 대체할 수 있는 단어.
기겁하다	기겁한 여자가 문밖으로 도망쳤다.
	북마녀 TIP
	숨이 막힐 만큼 놀라고 겁을 먹은 모습. 단순히 놀란 게 아니라 위험한 어떤 존재가 갑자기 나타났거나 범죄가 일어나려는 상황에 어울린다. 반대로 서프라이즈 파티처럼 즐겁게 놀라는 장면에서 쓰면 곤란하다.
기만하다	이것은 황실을 기만하는 행위였다.
	북마녀 TIP

	단순히 속인다는 뜻이 아니라 서로 유대관계가 있고 신뢰감이 있는 상태에서 이를 배신한다는 맥락이 들어 있다. 【유의어: 기망하다】
꼬물거리다	상자 안을 들여다보니 작은 생명체가 꼬물거리고 있었다.
깔보다	귀족 부인들은 그녀를 은근히 깔보는 눈으로 훑어보았다.
깔아뭉개다	사람을 깔아뭉개듯 내려다보는 눈빛도 여전했다.
깨작거리다 **(깨작대다)**	젓가락을 들었지만 깨작거리는 모습이 탐탁지 않았다.
꺼리다	신분을 밝히는 걸 꺼리는 것 같아 더 이상 묻지 않았다.
꺽꺽거리다	한참을 꺽꺽거리다가 울음이 겨우 잦아들었다. **북마녀 TIP** 너무 고통스러운 감정에 휘말린 나머지 통곡도 하지 못하고 막힌 소리를 내며 우는 모습을 표현.
꿰차다	대표의 동생이라는 이유만으로 임원 자리를 꿰찬 사람이었다. **북마녀 TIP** 예시처럼 앞에 '○○ 자리를'을 덧붙이는 경우가 많다.
끼고돌다	그놈이 유난스럽게 끼고돌 때부터 알아봤지. **북마녀 TIP** 띄어쓰기를 하지 않는다. '무조건 감싼다'는 사전적 의미와 더불어 물리적으로 함께 있는 시간이 길다는 맥락까지 포함한다. '감싸고돌다'와 비교해 볼 것.

단어	예시 문장
나무라다	황 여사는 민망해하며 딸을 나무랐다.
난입하다	교수실에 난입한 나를 교수가 물끄러미 바라보았다. **북마녀 TIP** '함부로 뛰어든다'는 뜻으로 조용히 들어가는 상황에는 어울리지 않는다.
남모르다	남모를 죄책감으로 고통받고 싶지 않았다. **북마녀 TIP** 동사 자체를 쓰는 경우는 거의 없고 활용형 '남모를'이 주로 사용된다. 띄어쓰기를 하지 않는다.
내려앉다	① 금세 어둠이 내려앉았다. ② 그녀의 얼굴에 서글픔이 내려앉았다. ③ 방 안에 숨 막히는 침묵이 내려앉았다. **북마녀 TIP** 사전적 정의를 활용하여 분위기 혹은 사람의 표정을 유려하게 표현한다. 부정적이거나 어두운 상황에만 쓴다.
내빼다	피를 뒤집어쓴 마수를 보자 병사들은 내빼기 바빴다. **북마녀 TIP** '도망치다'를 대체하는 단어.
내치다	회장님 지금 저를 내치시려는 겁니까? **북마녀 TIP**

끈끈했던 관계를 끊어 낸다는 맥락에서 쓴다. 동등한 관계가 아니라 신분의 격차가 있는 상태여야 한다. '내쫓다'와는 달리 사회적 위치 및 심리적 관계까지 포함한다.

내키다

마음 내키는 대로 했다가는 이혼을 당할 수도 있다.

북마녀 TIP

예시처럼 '마음'이 붙는 경우가 많지만 없어도 충분히 의미가 통한다.

넘실거리다

① 풍성한 머리카락이 굽이치며 넘실거렸다.
② 검은 눈동자에 극도의 분노가 넘실거렸다.

북마녀 TIP

물결, 파도 등과 함께 사용하는 단어지만, 인물의 외형 묘사로 활용할 수 있다.

농락하다

순진한 시골 처녀들을 농락하고 술집에 팔아넘기는 놈이었다.

농익다

농익은 남자의 눈빛으로 나를 바라보고 있었다.

북마녀 TIP

인물에 활용할 땐 매우 성숙하다는 의미이면서, 성적인 맥락을 담고 있다. 남녀 모두에게 활용 가능하다.

뇌까리다

그는 알아들을 수 없는 소리를 뇌까리고 있었다.

북마녀 TIP

부드럽게 속삭이는 느낌이 아니라, 불만과 불평 등 부정적인 감정이 섞인 상태로 마구 지껄이는 모습을 표현한다.

누그러지다

환한 웃음을 마주하자 마음이 좀 누그러졌다.

북마녀 TIP

화, 표정, 성미, 성질, 분위기, 추위, 목소리 등 다양하게 쓸 수 있다.

눈감다	부모의 잘못을 눈감아 달라고 사정하는 아이가 딱해 보였다.
느물거리다	남자는 느물거리며 여자에게 말을 붙였다. **북마녀 TIP** 말이나 행동을 능글맞게 하는 태도를 말한다.
늘어놓다	그걸 지금 변명이랍시고 늘어놓는 거야? **북마녀 TIP** 물건을 어수선하게 둔다는 뜻뿐만 아니라 변명, 핑계, 설명, 이야기 등 각종 말을 장황하게 할 때 활용한다.
능멸하다	네놈이 감히 나를 능멸하고도 살아남을 수 있을 것 같아? **북마녀 TIP** 사전적 의미는 업신여기고 깔본다는 뜻이지만, 실제로는 상대가 공개적으로 무례한 액션을 취하거나, 뒤에서 꾸민 계략에 된통 당했을 때 당한 사람이 쓴다. 행동의 주체가 직접 이 단어를 쓰는 경우는 없다.

단어	예시 문장
닦달하다	아버지는 당장 수중의 돈을 내놓으라며 닦달했다. **북마녀 TIP** 조금 신경질적이며 거칠게 독촉하는 모습. 다급하고도 집요한 태도를 표현할 때 사용한다.
달뜨다	① 열이 올라 달뜬 모습이 안쓰럽기 짝이 없었다.

② 달뜬 얼굴로 색색거리는 여자의 턱을 움켜쥐었다.

북마녀 TIP

'들뜨다'와 유사한 개념이지만 소설에서는 열이나 성적인 흥분에 따라 달아오른 모습을 표현한다. 특히 로맨스에서 주로 여주인공의 상태를, BL*에서 수*를 묘사할 때 쓴다.

* BL : 'boy's love'의 줄임말로 남성 간의 러브스토리를 다룬 장르. 여성향 웹소설 중 하나.
* 수 : BL 전문 용어로서 남성 간의 성관계 시 인체 특성상 삽입하는 쪽이 공, 받는 쪽이 수.

달아나다

눈치를 보던 아이들이 모두 달아나고 그녀만 달랑 남았다.

북마녀 TIP

'도망치다', '도망가다'를 대체하는 단어.

대동하다

신관은 다섯 명의 성기사를 대동하고 나왔다.

북마녀 TIP

'동반하다'보다 문학적인 표현으로, '~와 함께', '데려오다'를 대체할 수 있다.

대령하다

시녀들이 줄줄이 들어와 식사를 바로 대령했다.

북마녀 TIP

사전적 의미에는 '기다리다'라는 뜻이 포함되어 있으나, 실제 쓰임새에서는 윗사람 앞에 무언가를 내놓는다는 뜻으로만 쓴다.

덧그리다

다정한 손길이 목과 어깨를 덧그리며 천천히 감싸 안았다.

북마녀 TIP

조심스럽게 더듬듯이 만진다는 의미로 활용한다.

도륙하다	황태자는 적들을 모조리 도륙하고 황궁으로 승전보를 보내왔다. **북마녀 TIP** '학살하다'와 같은 뜻이지만, 선역이거나 같은 편일 땐 '학살'이 어울리지 않는다.
도발하다	후작을 도발하기 위해 한 질문이었다.
동요하다	① 동요하는 눈동자에 확신을 얻었다. ② 동요하는 민심을 달래야 한다. **북마녀 TIP** 생각이나 물체가 흔들리는 모습을 의미한다. 예시 ①처럼 쓰면 시쳇말로 '동공지진'하는 모습이다.
두둔하다	이 지경까지 이르렀는데도 오빠를 두둔하는 어머니가 미웠다. **북마녀 TIP** 【유의어: 편들다, 감싸다, 옹호하다】
뒤로하다	아쉬움을 뒤로하고 버스에 올랐다. **북마녀 TIP** 문장의 마지막 단어로 쓰이기보다는 주로 '뒤로하고 ~'로 쓰인다. 띄어 쓰지 않는다.
뒤엉키다	낯선 사람들과 뒤엉켜 잠을 청하려니 도저히 잠이 오지 않았다.
뒤틀리다	그의 감정은 어쩌면 사납게 뒤틀린 사랑일지도 모른다.
드잡이하다	어머니는 저녁 내내 드잡이하느라 기운을 뺐는지 맥없이 잠들어 있었다.

머리채나 멱살을 잡고 서로 싸우는 동작이지만, 일방적으로 당하는 경우에도 활용 가능하다.

들끓다	① 파리한 얼굴을 마주하니 욕망이 더욱 들끓었다. ② 정부의 강경책에 여론이 들끓었다. ③ 시체 더미 위로 파리가 들끓고 있었다. 욕망, 슬픔, 울분 등 감정이 격해진 상황도 표현할 수 있다.
들볶다	① 같은 집에 있는다면 아침저녁으로 들볶을 것이 분명했다. ② 김 여사는 하루가 멀다 하고 맞선을 보라며 들들 볶았다. '들볶다'와 '들들 볶다' 모두 같은 의미로 잔소리와 함께 못 살게 군다는 표현이다. 주로 조연이 주인공을 괴롭힐 때 활용한다.
들통나다	몰래 모아 두었던 보석마저 들통나서 전부 빼앗기고 말았다.
등지다	두 형제는 서로 등지고 발길을 끊은 지 오래였다.
때우다	① 돈이 없으니 몸으로 때우는 수밖에. ② 아침은 어제 먹다 남은 빵으로 때웠다.
떠받들다	반대파 귀족들은 황후의 가문을 떠받들었다.

단어	예시 문장
마다하다	들어오는 맞선을 전부 마다하고 회사를 키우는 데 매진했다. **북마녀 TIP** '거절하다'를 대체할 수 있는 단어. 특히 좋은 기회나 자리를 거절하는 맥락일 때 유용하다.
만류하다	돕겠다는 부산댁을 만류하고 그녀가 직접 나섰다. **북마녀 TIP** '어떤 일을 하지 못하게 말린다'는 뜻으로 '말리다'를 대체할 수 있는 단어.
매듭짓다	범인을 잡지 못하고 수사를 매듭지었다.
맥(이) 빠지다	① 기대보다 약한 반응에 그만 맥이 빠졌다. ② 마른 입술에서 맥빠진 신음이 흘러나왔다. **북마녀 TIP** 단순한 신체 상태가 아니라, 실망감이나 의욕이 떨어져서 기운이 없는 모습을 표현한다. '이'가 없을 땐 붙여 써야 한다.
머금다	① 차가운 물을 한 모금 머금었다. ② 눈물을 머금고 어머니에게 전화를 걸었다. **북마녀 TIP** 예시 ①은 삼키지는 않은 상태, 예시 ②는 눈물이 살짝 고인 상태.
먹히다	이번엔 그의 시도가 제대로 먹혔다.
모면하다	그 상황을 겨우 모면했지만 이번이 끝은 아닐 것이다.

목매다	① 어머니는 그날 밤 목매어 죽었다. ② 그 남자한테 목매고 있다가 닭 쫓던 개 되는 거야. **북마녀 TIP** 두 의미 모두 많이 쓴다. '목매달다'보다 잔잔한 어감.
몰아세우다	내가 그 자리에 있었다는 사실만으로 나를 범인으로 몰아세웠다.
문드러지다	① 냉장고 속 과일이며 채소가 전부 문드러져 있었다. ② 그 집안은 억울하게 역모죄를 뒤집어썼으니 속이 문드러졌을 텐데.
물색하다	나를 대신할 사람을 물색해 봐야겠다. **북마녀 TIP** '알맞은 존재를 찾아보고 고른다'는 뜻으로, '찾아보다'를 대체할 수 있는 단어.
물리다	① 듣는 귀가 많으니 주위 사람을 물리는 게 좋겠습니다. ② 물리지도 않는지 매일 그녀가 만든 죽을 먹겠다고 찾아왔다. **북마녀 TIP** 예시 ①은 눈에 보이지 않게 치워 옮긴다는 뜻이며, 목적어로 보통 사람, 식사 등을 넣는다. 예시 ②는 싫증이 났다는 뜻으로 '질리다', '싫어지다', '식상하다' 등을 대체할 수 있다.
뭉그적거리다	직원은 뭉그적거리며 나가지 않고 자리를 지켰다. **북마녀 TIP** '밍기적거리다'는 방언이다.

단어	예시 문장
발가벗다	사람들 앞에서 발가벗은 기분이었다. **북마녀 TIP** '벌거벗다'와 같은 뜻이지만 모음 'ㅏ'의 영향으로 더 강한 어감이 있다. 훨씬 수치심이 생기는 뉘앙스를 넣을 수 있다.
발끈하다	소녀가 발끈했지만, 소녀를 둘러싼 아이들이 픽픽 비웃었다.
발버둥치다	아무리 애원하고 발버둥쳐도 그는 손을 풀어 주지 않았다. **북마녀 TIP** '발버둥이치다', '발버둥질하다'도 쓸 수 있다. '몸부림치다'를 대체할 수 있지만 다리에 조금 더 초점을 맞춘 움직임이다.
발뺌하다	발뺌할 궁리를 했지만, 마땅한 변명거리가 떠오르지 않았다. **북마녀 TIP** 자신이 분명히 관계된 일이지만 책임을 지지 않고 안 했다는 듯이 빠지려는 태도를 의미. '발을 빼다'는 그 일에서 참여를 멈추고 빠져나온다는 뜻이라 미묘하게 맥락이 다르다.
발설하다	이 사실을 외부에 발설했다가는 가만두지 않겠어. **북마녀 TIP** '누설'과 유사한 맥락이며, 상대가 명확하게 있을 경우 '발설'이 더 어울린다.
발악하다	여자는 발악하며 아이를 떼어냈다.

발작하다	그녀는 발작하듯 그를 밀어냈다.
배회하다	갈 곳이 없어 하루 종일 거리를 배회하다 돌아왔다.
버둥거리다 **(버둥대다)**	아기가 팔다리를 버둥거리며 울어댔다. **북마녀 TIP** '바둥거리다', '바동거리다', '바둥바둥하다', '버둥버둥하다', '바동바동하다' 모두 가능하다. 무게감이 있거나 덩치가 클 경우 '바동'보다 '버둥'이 어울린다.
보듬다	① 그녀는 추위에 떠는 새끼 늑대를 보듬고 산 　장으로 향했다. ② 언제나 나를 보듬어 주던 소중한 친구. **북마녀 TIP** 소중히 껴안는 동작을 의미하지만, 편이 되어 보살펴 주는 맥락으로도 활용 가능하다.
봉인하다	그 사악한 마녀를 봉인하기에 아주 좋은 땅이 었다. **북마녀 TIP** 문서나 서류를 밀봉하여 도장을 찍는 행위. 웹소설에서는 마수, 악마, 괴물 등 위험한 존재를 가두고 활동하지 못하 도록 막아 두는 행위로 자주 쓰인다.
부대끼다	우리는 한 동네에서 부대끼며 자라난 사이였다.
부둥켜안다	덜덜 떠는 몸을 부둥켜안고 달래기 시작했다. **북마녀 TIP** '두 팔로 끌어안다'라는 뜻이므로 한 팔로 여유롭게 안는 상황에선 쓸 수 없다.

부여잡다	노인이 가슴을 부여잡으며 앞으로 고꾸라졌다.
부정하다	현실을 부정하고 싶었지만 곧 배가 불러올 것이 자명했다.
분개하다	보좌관은 은혜를 원수로 갚는 놈이라며 분개했다.
붙어먹다	내가 없는 사이 그놈과 붙어먹은 건 아니겠지? **북마녀 TIP** 이성 혹은 동성 간에 성관계를 지속적으로 하는 것을 속되게 표현하는 말. 사전적 의미로는 '간통하다'의 뜻이지만, 현실적으로는 결혼 여부와 관계없이 쓴다. 소설 속에서 인물이 상대에게 상처를 줄 의도로 일부러 이 표현을 골라 쓸 수 있다.
비아냥거리다 **(비아냥대다)**	황실 아카데미 졸업생이 그것도 못 하느냐며 비아냥거렸다. **북마녀 TIP** '비아냥'만 따로 떼어 명사형으로 쓰는 것도 가능하다.
빈정거리다 **(빈정대다)**	빈정거리는 말투가 듣기 싫었지만 참아야 했다.
빌붙다	어린 딸에게 빌붙어 살아가는 기생충에 불과했다.
빌어먹다	빌어먹을 놈들이 아이를 납치해 협박했다. **북마녀 TIP** 동사로는 '구걸하여 얻어먹다'라는 뜻이지만, 욕설의 용도로 대상에 붙여 쓰는 경우가 훨씬 더 많다.
빼다박다	공작의 외동딸은 공작을 빼다박은 얼굴이었다. **북마녀 TIP**

거의 그대로 닮았다는 뜻을 강조하는 표현이다.
【유의어: 빼닮다】

뻗대다	술을 못 마신다고 뻗대더니 거짓말은 아닌 모양이었다.
삐걱거리다 **(삐걱대다)**	① 낡은 목조 건물이라 한걸음 오를 때마다 계단이 삐걱거렸다. ② 나는 너무 놀란 나머지 삐걱거렸다. **북마녀 TIP** '삐거덕거리다'의 준말로 둘 다 쓸 수 있다. 사물에서 나는 소리뿐만 아니라 사람의 어색한 행동을 표현할 때도 사용할 수 있다.

단어	예시 문장
사리물다	그녀는 고통을 견디기 위해 이를 사리물었다. **북마녀 TIP** '악물다'를 대체할 수 있는 표현. 이를 꽉 문다는 뜻이라 '입술을 사리문다'고 쓰면 어색하다. '사려물다'는 틀린 말이다.
사주하다	납치를 사주한 것은 내가 아니라 언니였다.
(감정을) 삭이다	울분을 삭이는 학생의 등을 쓰다듬어 주었다. **북마녀 TIP** 울분, 분노, 슬픔 등 부정적인 감정을 참으려고 애쓰지만 결국 티가 나는 상황일 때 활용한다.

색색거리다	① 아이는 색색거리며 잠들어 있었다. ② 색색거리는 입술이 발갛게 부어올랐다. **북마녀 TIP** 아이러니하게도 정반대의 뜻을 모두 갖고 있는 단어. 예시 ①은 자면서 고르고 가늘게 내는 숨소리, 예시 ②는 자지 않는 상태로 고르지 않고 빠른 숨소리를 뜻한다. 조금 연약해 보이는 뉘앙스라 성인 남자의 행동으로는 쓰지 않는다. 단, BL에 나오는 수라면 가능하다.
속닥거리다	후배가 그녀의 귀에 속닥거렸다. **북마녀 TIP** '소곤거리다'와 같은 뜻으로 반복을 피하기 위해 활용 가능하다.
속살거리다	핏빛 눈동자로 나를 응시하며 가증스럽게 속살거렸다. **북마녀 TIP** '소곤거리다'와 같은 뜻이지만 변형된 표현.
손가락질하다	아무도 그녀를 손가락질할 수 없었다. **북마녀 TIP** 당하는 사람 입장에서는 '손가락질 받다'로 쓸 수 있다.
손질되다(하다)	잘 손질된 갑옷에 햇살이 반사되어 눈이 부셨다.
시달리다	빚 독촉에 시달린 세월만 해도 십 년이었다.
식겁하다	문틈으로 어른거리는 그림자에 식겁한 하녀가 쟁반을 떨어뜨리고 말았다.
실감(이)나다	이제야 회귀했다는 게 실감이 나기 시작했다. **북마녀 TIP**

'실감하다', '체감하다'와 같은 의미이지만 '실감이 나다 / 나지 않다'가 더 자주 쓰인다.

실토하다	모든 것을 실토하고 용서를 구하는 게 나을 것이다. **북마녀 TIP** 주로 잘못이나 큰 실수, 숨겨 왔던 비밀 등에 관해 털어놓는 상황에서 쓴다. 【유의어: 털어놓다, 고백하다, 자백하다】
쏘아붙이다	그녀가 새된 목소리로 쏘아붙였다. **북마녀 TIP** 날카로운 말투로 몰아붙일 때 쓰는 말이며, 대사 직전이나 후에 사용한다. 남성보다는 여성 캐릭터에 주로 쓰고, 성격이 삐죽한 남자 조연 캐릭터, BL의 수에도 쓴다.
쑥덕거리다	남들이 뒤에서 뭐라고 쑥덕거리든 개의치 않았다. **북마녀 TIP** 주변인들의 험담을 의미하며, '수군거리다'보다 더 강력한 느낌을 줄 수 있다.
씨근덕거리다 (씨근덕대다)	충격적인 대답에 눈이 뒤집힌 그녀가 씨근덕거렸다. **북마녀 TIP** 사전적으로 숨소리가 거칠고 가쁘다는 의미지만, 소설 속에서는 인물이 화가 단단히 나 있음을 표현할 때 많이 사용한다. 따라서 '씨근덕대다'를 쓸 때는 대사가 앞이나 뒤에 나와야 한다. 조연에 어울린다.
씨름하다	원고지와 씨름하던 그가 마침내 몸을 일으켰다.
씰룩거리다 (씰룩대다)	입가를 씰룩거리는 통에 들통나고 말았다. **북마녀 TIP**

울룩불룩하게 움직이는 모양이므로, 얼굴(특히 입가)이나 엉덩이와 조합하는 경우가 많다. 좋아서 나는 웃음을 참으려고 애쓰는 모습.

단어	예시 문장
아랑곳하다	새어머니는 아랑곳하지 않고 집안 이곳저곳을 뒤지기 시작했다. **북마녀 TIP** 부정형의 활용 빈도가 매우 높다.
아른거리다	① 희미한 장면이 눈앞에 아른거렸다. ② 문틈으로 검은 그림자가 아른거렸다. **북마녀 TIP** 실제로 존재해서 보이는 경우와 심리적으로 보이는 경우 모두 쓸 수 있다.
안절부절못하다	안절부절못하면서 두리번거리는 꼴을 보니 아무래도 누구를 찾으러 온 모양이었다. **북마녀 TIP** 띄어쓰기 실수를 할 수 있으니 조심할 것. '안절부절하다'는 잘못된 표현이다. 【유의어: 안달하다, 조바심하다】
알랑대다	황제에게 알랑대는 꼴이 참으로 역겨웠다. **북마녀 TIP** 【유의어: 아부하다, 아첨하다】

앞두다	기말고사를 앞둔 늦가을이었다. **북마녀 TIP** 어떤 특정한 일의 직전 시기를 문학적으로 표현.
앞장서다	소년은 그녀의 손을 끌어당기며 앞장서 걸었다. **북마녀 TIP** '앞장서'와 '앞장서서' 모두 올바른 표현이다.
애걸하다	나오지도 않는 목소리를 쥐어짜 간절히 애걸했다.
애달다	① 애단 여인은 온종일 서서 아들을 기다렸다. ② 닿을 듯 말 듯 입술이 움직이지 않아 애가 달았다. **북마녀 TIP** 예시 ②처럼 조사를 쓴 활용형이 사용 빈도가 더 높다.
약조하다	약조했으니 반드시 지키거라. **북마녀 TIP** 매우 중요한 일을 하기로 약속하는 행위를 뜻한다. 일상적인 시간 약속이나 데이트 약속에는 쓰지 않는다. 현대 배경 소설에서는 나이가 지긋한 인물이 한정적으로 쓰는 단어다. 시대극에서는 연령대 상관없이 쓸 수 있다.
어물거리다	황제의 예상치 못한 등장에 시녀들은 어물거리다가 슬그머니 물러섰다. **북마녀 TIP** '꾸물거리다'와 비슷하면서, 말까지 포함하는 의미.
억누르다	① 당장 키스하고 싶은 욕망을 억누르며 그는 악수를 청했다. ② 입술에서 억눌린 신음이 새어나왔다.

예시 ②처럼 피동사로 쓸 수도 있다.

얼룩지다	물컵이라도 엎었는지 원피스 앞쪽이 군데군데 얼룩져 있었다.

얼빠지다	앳된 얼굴의 병사가 얼빠진 얼굴로 그녀를 바라보았다.

정신이 나가 멍한 상태로, 눈에 총기가 없고 흐리멍덩한 상황을 표현한다. '얼이 빠지다'로도 종종 쓰인다.

얼어붙다	갑자기 다가온 입술에 그녀가 얼어붙었다.

몸이 굳어 버리는 모양을 묘사하는 단어. '몸이 굳었다'보다 유려한 표현이다.

에두르다	눈치를 살피며 에둘러 설명했다.

직접적으로 정확하게 말하지 않고 돌려 말하는 방식을 뜻한다.

에워싸다	그녀를 에워싸고 있던 병사들이 모두 물러났다.

【유의어: 둘러싸다】

연연하다	이제는 복수 같은 것에 연연하지 않기로 했다.

한자어이다 보니 여러 뜻이 있으나 보통 부정형을 활용하여 '미련을 두지 않는다'는 의미로 쓴다.

영입하다	그를 영입하기 위한 물밑작전이 시작되었다.
옥죄다	가슴을 옥죄던 속옷이 풀리자 그녀는 당황하고 말았다.
옭아매다	허리에 감긴 팔이 그녀를 옭아매며 조였다.
옹송그리다	유모가 몸을 옹송그리며 바닥에 엎드렸다. **북마녀 TIP** 몸을 최대한 작게 말아 웅크린다는 뜻. '움츠리다'와 서로 대체될 수 없는 표현이니 주의.
외면하다	아이를 외면하기엔 내 성품이 그리 모질지 못했다.
요동치다	별안간 차체가 격렬하게 요동치며 차도를 벗어났다. **북마녀 TIP** 자연현상이나 물건, 몸이 마구 움직이거나 흔들리는 상황에 쓴다. 그러나 혀나 성기의 움직임으로 쓰기엔 의미상 부적합하다.
용납하다	신관들은 황족의 혈통이 바뀌는 것을 용납하지 않았다.
용쓰다	땀을 뻘뻘 흘리며 용써서 집까지 끌고 왔다.
우거지다	풀이 우거진 숲을 빠져나오자 마을 입구가 보였다.
우려먹다	실수 한 번 한 것으로 몇 년을 우려먹는 건지. **북마녀 TIP** '울궈먹다'는 틀린 말이다.

우물거리다	걱정스러운 얼굴로 우물거리던 그녀는 그 자리를 떠나지 않고 계속 맴돌았다.
우물쭈물하다	시선을 피하며 우물쭈물하는 것이 마음에 들지 않았다.
욱신거리다	눈앞이 번쩍하더니 뺨이 욱신거렸다. **북마녀 TIP** 쑤시듯 아플 때 쓰되, 두통이나 복통 외의 다른 신체 부위에서 느껴지는 통증을 표현할 때 주로 사용한다.
울먹하다	울먹한 얼굴로 그를 올려다보고 있었다. **북마녀 TIP** 울음이 터지기 직전의 상태를 뜻한다. 많은 작가와 편집자가 이를 '울멍한', '울망한'으로 잘못 쓰고 있다. 【유의어: 울먹거리다】
울컥하다	울컥한 남자가 이성을 잃고 칼을 휘둘러댔다.
움츠러들다	서늘한 눈과 마주치니 몸이 절로 움츠러들었다. **북마녀 TIP** '움츠러들다'는 저절로 발생하는 맥락이며, '움츠리다'에는 인물의 의지가 담겨 있다.
위축되다	① 그녀는 위축된 목소리로 중얼거렸다. ② 사고난 다리의 근육이 위축되어 재활이 필요했다. **북마녀 TIP** 예시 ①은 힘에 눌려 기가 죽었다는 의미다.
유폐하다	쫓겨난 왕은 작은 섬에 유폐되어 외로운 죽음을 맞이했다.

깊숙이 가둔다는 의미로, 짐승이나 물건에는 쓰지 않으며 특정 인물, 특히 신분이 높았던 인물을 가둘 때 쓴다. 동양풍과 서양풍에서 많이 활용된다.

육박지르다

아까 너무 육박질렀나 하는 죄책감도 밀려왔다.

을러대다

당장 신체 포기 각서에 지장을 찍으라며 을러댔다.

입으로만 협박하는 것이 아니라 온몸으로 위협적인 분위기를 낼 때 쓰인다. 주로 악역이나 덩치 큰 조력자의 언행을 묘사할 때 활용한다.

읊조리다

눈동자를 빛내며 홀로 읊조렸다.

사전적 의미로는 시를 낮은 목소리로 읊는 행위를 뜻하지만, 혼잣말을 하는 상황을 묘사할 때 활용된다.

이죽거리다

영감이 마뜩잖은 눈길로 이죽거렸다.

밉살스럽게 빈정거리는 말투에 활용한다. 원형 '이기죽거리다'는 거의 쓰지 않는다.

일갈하다

단장은 부하들에게 일갈한 뒤 자리를 떠났다.

큰 소리로 고함치듯이 꾸짖는 행동을 의미한다.

일그러지다

남자의 얼굴이 분노로 일그러졌다.

부정적인 감정으로 얼굴이 저도 모르게 찌푸려진 모양. 감정을 적지 않고 그냥 써도 무방하지만, 적는 것도 좋다.

| 일삼다 | 귀족 영애들을 희롱하며 악랄한 짓거리를 일삼 았던 황자가 어느 날부턴가 달라졌다. |

북마녀 TIP

도둑질, 희롱, 겁간, 약탈 등 사회적으로 해로운 행위를 계 속 저지를 때 주로 쓴다. 보통 '○○를 일삼다'의 형태로 활 용한다.

단어	예시 문장
자각하다	남자의 맨몸을 너무 뚫어지게 쳐다보고 있었다 는 걸 뒤늦게 자각했다.
자위하다	어머니는 내 죽음이 자신의 탓이 아니라고 자위 하며 살고 있었다.

북마녀 TIP

성적인 행위의 뜻도 있으나, 스스로 위로하며 합리화한다 는 뜻으로 일상적인 장면에서 충분히 쓸 수 있다.

| **자조하다** | 거절을 당하고 돌아온 남자는 손 안의 반지를 보 며 자조했다. |

북마녀 TIP

자신을 비웃는다는 뜻으로 씁쓸한 뉘앙스가 담겨 있다.

| **작당하다** | 지금 둘이 작당했다고 자백하는 건가? |

북마녀 TIP

'무리를 이루다'라는 뜻으로 두 명 이상이 뜻을 모으고 힘 을 합쳐 나쁜 짓을 꾸미는 상황에 쓴다.

작렬하다	폭탄이 작렬하는 전쟁터 한가운데서 죽어 가고 있었다.
작살나다	김 부장 아주 작살났던데, 네가 한 짓이니?
작열하다	작열하는 태양 아래 뜨거운 사막을 걷던 포로들이 하나둘 쓰러졌다. **북마녀 TIP** '작렬'은 완전히 다른 뜻이라 혼용할 수 없다.
잠복하다	일주일째 나는 주방에서 잠복하며 한밤중에 음식을 훔쳐가는 범인을 기다렸다. **북마녀 TIP** '매복하다'와 유사한 뜻이지만 매복은 전쟁, 전투 상황에 가까울 때만 쓰고, 잠복은 경찰 업무뿐만 아니라 일상적인 상황에서도 활용할 수 있다.
재촉하다	김 부장이 그녀의 등을 떠밀며 재촉했다.
절뚝거리다	한 소년이 다리를 절뚝거리며 걸어왔다.
점찍다	며느릿감으로 점찍어 둔 아이가 따로 있었다.
제압하다	순식간에 남자를 넘어뜨려 제압했다.
조소하다	그녀는 조소하며 부러 눈을 부릅떴다. **북마녀 TIP** 빈정거리듯 웃음을 짓는 모습. '냉소'와는 의미가 살짝 다르다.
조아리다	황태자가 왜 화가 났는지 알 수 없을 땐 일단 고개를 조아려야 목숨을 유지할 수 있다.

신체 부위를 적어 줘야 독자들이 이해하기 쉽다. 신분의 격차가 큰 관계에서 하는 동작이라 현대 배경에는 그다지 어울리지 않는다.

족치다	그 아이를 잡아 족칠 수도 있지만 이번만은 참아 주지.

흔히 '잡아'를 붙여 강조해서 쓰지만, 단독으로도 충분하다.

종용하다	회장은 얼굴을 볼 때마다 맞선을 종용했다.

사전적 의미에 비해 비교적 '강요'의 뉘앙스가 강하다.

주눅들다	처음이라고 너무 주눅들어 있지 말고 궁금한 게 있으면 물어봐.

주름잡다	상대가 영화계를 주름잡는 감독이니 살살 달래는 수밖에 없다.

쥐어박다	어머니만 옆에 없었어도 한 대 콱 쥐어박았을 것이다.

면박을 줄 의도로 주먹으로 한 대 때리는 것이지만 '펀치' 수준으로 가격하는 것은 아니다. 머리나 이마 부위를 때릴 때만 어울린다.

쥐어짜다	그녀는 쥐어짜듯 겨우 소리를 냈다.

말이 나오지 않는 상황에서 억지로 말을 끄집어내는 모습을 극적으로 표현한다.

지껄이다	남자가 담배 연기를 내뿜으며 지껄여 댔다.

직시하다	눈을 피하지 않고 그녀를 직시했다.

북마녀 TIP

【유의어: 똑바로 쳐다보다】

질겁하다	그녀는 질겁하여 남자의 품에서 빠져나왔다.

질색하다	이렇게 질색하며 밀어낼 만큼 내가 싫은 건가.

집어삼키다	커다란 해일이 작은 배를 덮쳐 그대로 집어삼켰다.

집적이다 (집적대다 / 집적거리다)	그저 그가 가진 것을 빼앗아 볼 심산으로 그녀에게 집적이는 것이다.

북마녀 TIP

'찝쩍대다' 역시 쓸 수는 있으나 어감상 맞춤법이 틀린 것처럼 보이므로 추천하지 않는다.

짓무르다	짓무른 눈가를 살며시 쓰다듬었다.

북마녀 TIP

진짜 살갗이 헐어 버린 상처뿐만 아니라 한참 울어서 눈 주변 피부가 벌겋고 축축하게 변한 모습을 표현.

짓씹다	불안한 마음에 저도 모르게 입술을 짓씹었다.

북마녀 TIP

'입술을 자꾸 깨물다'를 대체할 수 있는 표현.

짚이다	아무리 생각해도 짚이는 구석이 없었다.

북마녀 TIP

【유의어: 짐작이 가다, 짐작되다】

짜내다	전혀 고맙지 않았지만 감사인사를 짜내며 억지로 웃었다.
	북마녀 TIP 【유의어: 쥐어짜다】
쩔쩔매다	보좌관이 쩔쩔매며 대답했다.
쭈뼛거리다	아이는 한참을 쭈뼛거리던 끝에 겨우 방으로 들어섰다.

단어	예시 문장
채근하다	김 여사가 그녀를 채근하며 등을 떠밀었다.
	북마녀 TIP '독촉'과 비슷한 의미이지만 조금 더 과한 재촉의 맥락이다.
책잡히다	책잡히지 않기 위해 노력했지만 소용없었다.
	북마녀 TIP 자동사 '책잡다' 역시 쓸 수는 있으나 피동사 형태의 활용도가 훨씬 높다.
처리하다	① 김 집사는 집안 대소사를 도맡아 처리해 주는 사람이야. ② 너는 여자만 처리하면 돼.
	북마녀 TIP 예시 ②처럼 사람을 대상으로 할 경우 살해나 그에 준하는 행위를 의미하며 웹소설에서 많이 쓰인다.

철렁하다	그가 돌아온다는 소식을 듣자마자 심장이 철렁했다.
	북마녀 TIP '심장이 철렁 내려앉다'라는 표현도 관용적으로 쓸 수 있다.
체념하다	그들은 모든 것을 체념하고 죽음을 기다렸다.
	북마녀 TIP 【유의어: 단념하다】
쳐내다	반대파들을 전부 쳐내고 그 자리에 앉았다.
	북마녀 TIP '숙청', '축출'과 같은 의미로 활용한다.
추스르다	며칠을 앓다가 겨우 몸을 추스른 날 아침이었다.
축내다	음식이나 축내는 버러지 꼴이지.
축출하다	외척을 몰아내려는 황제의 계략으로 축출된 사람이 한두 명이 아니다.
	북마녀 TIP '숙청'과 연결되는 단어. 웹소설에서는 의외로 '숙청'보다 '축출'이 더 자주 나온다.
치근덕거리다	치근덕거리는 놈이 있으면 나한테 말해.
	북마녀 TIP 엑스트라나 악역 남성이 여성에게 귀찮게 굴 때 쓴다. 남주인공의 행동 묘사로는 쓰지 않는다. 여성의 행동으로도 어울리지 않는다.
침범하다	중앙선을 침범한 트럭이 그대로 자동차를 덮쳤다.

칭송하다	모든 백성이 황후의 너그러운 인품을 칭송했다.

단어	예시 문장
캐묻다	그는 더 이상 캐묻지 않고 나를 응시하기만 했다.
키들거리다	숲속에서 여럿이 키들거리는 소리가 들려왔다. **북마녀 TIP** '키득거리다'에 비해 조금 더 유려해 보이는 표현이다.

※ '쿵쾅거리다', '킁킁거리다', '킥킥거리다', '꺅꺅거리다' 등 소리와 관계된 동사들이 웹소설에서 활용 빈도가 높다. 그러나 이런 형태의 소리 관련 동사 중 다수는 의성어를 그대로 차용한 경우가 많기 때문에 따로 넣지 않았고, 특이한 경우인 '키들거리다'와 '꺽꺽거리다'만을 대표로 수록하였다.

단어	예시 문장
타고나다	너는 고운 목소리를 타고났으니 언젠가는 쓸 일이 있을 게야.
타박하다	타박하는 말투에 저도 모르게 주눅이 들어 고개를 수그렸다. **북마녀 TIP** 핀잔의 뜻에 상대 탓을 하는 뉘앙스가 추가된다. 특별히 선악 구분은 없어서 자유로이 쓸 수 있다.

타이르다	할머니는 태도를 바꿔 그녀를 타이르기 시작했다.
토닥이다	아기의 등을 조심조심 토닥여 주었다.
통달하다	노인은 세상의 이치를 통달한 눈빛이었다.
툴툴거리다	그가 해 준 건 모르고 툴툴거린 게 내심 미안해졌다. **북마녀 TIP** '투덜거리다', '불평하다'를 대체할 수 있다.
통하다	우리 가문의 저주가 그녀에겐 통하지 않더군. **북마녀 TIP** 일반적인 의미뿐만 아니라 저주, 주문, 약물 등이 특정 인물에게 효과가 있다는 뜻으로도 쓴다.

ㅍ

단어	예시 문장
펄쩍뛰다	늙은이는 결코 아니라며 펄쩍뛰었다. **북마녀 TIP** 인물이 실제로 이 동작을 하는 것은 아니다. 한 단어이므로 붙여 쓰면 된다.
포효하다	① 괴물이 포효하는 소리가 천막 안까지 들렸다. ② 그가 사납게 포효한 순간, 모든 기사들이 일제히 움직였다. **북마녀 TIP**

짐승이나 남성의 거친 고함소리를 묘사할 때 쓴다. 여성 캐릭터에는 잘 사용하지 않는다.

| 피어오르다 | 그녀의 마음속에 의심이 피어올랐다. |

북마녀 TIP

사랑 등 긍정적으로도 쓸 수 있으나 의심, 의구심 등 부정적인 마음에 붙일 때 더욱 극적인 효과가 있다.

단어	예시 문장
하늘거리다	품안의 여체가 힘없이 하늘거렸다.
하사하다	황제는 공을 세운 귀족들에게 영지를 하사했다.

북마녀 TIP

'내리다'로 대체할 수 있다. 그러나 모든 '내리다'를 '하사하다'로 바꿀 수는 없다.

| 할퀴다 | 마구 할퀴는 손톱을 피하지 않고 그대로 눈을 감았다. |
| 함구하다 | 회장님께는 내가 말할 테니 다들 함구하고 있어요 |

북마녀 TIP

입을 다물라는 의미. 명사형으로는 잘 쓰지 않고 동사 중심으로 쓰인다.

| 해지다 | 해진 구두코가 창피해 숨고 싶었다. |

북마녀 TIP

닳아서 겉이 벗겨질 정도로 낡은 상태를 뜻한다. '해어지다'

의 준말이며 '해어지다'보다 '해지다'의 사용 빈도가 훨씬 높다. '헤지다'로 잘못 쓰이는 경우가 많은데 전혀 다른 뜻이다.

허기지다	허기진 채로 잠드는 건 쉽지 않았다.

북마녀 TIP

'배고프다'를 대체할 수 있는 표현. '굶주리다'보다 덜 심각한 일상적인 배고픔을 의미한다.

헛물켜다	번번이 헛물켰지만, 그는 포기하지 않았다.

북마녀 TIP

시간을 써 가며 어떤 노력을 했지만 원하는 결과를 얻지 못하고 헛일이 되는 상황에 쓴다. '헛물키다'는 틀린 표현이다.

헝클어지다	빛을 잃은 머리카락은 정신없이 헝클어져 있었다.

헤집다	온종일 정원을 헤집고 돌아다녔다.

북마녀 TIP

'긁어서 파고 뒤집어 놓는다'는 의미가 가장 강한 단어이지만, 소설 속에서는 이리저리 뒤적이는 수준으로 자주 쓴다.

호통치다	김 판서가 호통치자 마당에 있던 모든 하인이 납작 엎드렸다.

북마녀 TIP

명사형으로 '호통'만 쓰는 경우도 많다. 소설 속에서 '호통치다'는 크게 꾸짖는 행위로, '호령하다'는 여러 사람에게 큰 소리로 명령하는 행위로 분리하여 활용한다.

혼절하다	혼절하기 직전 그녀가 했던 말이 귓가를 맴돌았다.

북마녀 TIP

【유의어: 기절하다, 실신하다, 까무러치다, 정신을 잃다】

홀리다	① 홀린 듯이 여우의 뒤를 쫓아갔다. ② 그를 홀리지 못한다면 일족이 전멸할 것이다. **북마녀 TIP** 능동, 피동의 의미로 모두 쓸 수 있다.
홀짝이다	나는 어색한 티를 내지 않으려고 샴페인을 홀짝였다. **북마녀 TIP** 쭉 들이켜는 것이 아니라 적은 양을 조금씩 마시는 행동. '훌쩍이다'의 작은 버전으로 같은 뜻도 갖고 있지만, 콧물을 들이마시는 것은 '훌쩍이다'로 쓰는 것이 낫고, 음료를 마실 땐 '홀짝이다'를 쓰는 것이 낫다.
후려치다	① 노인이 매서운 눈빛으로 다가와 따귀를 후려쳤다. ② 정실의 자제가 아니라는 이유만으로 그의 존재를 후려쳤다. **북마녀 TIP** 예시 ②의 활용은 '터무니없이 물건 값을 깎는다'는 의미를 사람에 빗댄 것이다.
휘발되다	이제는 그와의 기억이 휘발되고 말았다.
휘어잡다	① 머리채를 휘어잡히며 하루 종일 고초를 겪었다. ② 반란으로 왕이 되었지만 민심을 휘어잡았다. **북마녀 TIP** 멱살이나 머리채를 과격하게 잡는 동작에서 유용하게 쓰인다. 청중, 대중 등 사람들을 제 편으로 만들었다는 긍정적인 뜻으로도 활용 가능하다.
휘젓다	티스푼으로 찻잔을 의미 없이 휘저었다.

흐느적거리다	흐느적거리며 몸을 붙여 오는 여인을 밀쳐냈다.
흐트러지다	그는 언제 어디서든 흐트러진 모습을 보여 주지 않는 완벽주의자였다.
흘겨보다	그녀를 흘겨보던 여자도 서둘러 그의 뒤를 따랐다. **북마녀 TIP** 남자의 행동으로는 어울리지 않는다.
흥청거리다	밤새도록 흥청거리는 인간들 때문에 미칠 것만 같았다.
흩날리다	노인이 걸음을 옮길 때마다 허연 수염이 흩날렸다.
흩뿌리다	쓰레기가 교실 바닥에 흩뿌려졌다.
희번덕거리다	남자의 눈동자가 희번덕거렸다. **북마녀 TIP** 많이들 '희번득'으로 쓰지만, '희번득'은 북한어다.

Part 4

형용사

사람이나 사물의 성질과 상태를 나타내는 단어

이른바 '미사여구'는 지나치게 기교를 부리고 아름답게 꾸민 문장을 의미한다. 아무래도 치렁치렁 사족이 될 만한 꾸밈말이 이에 해당된다. 그래서인지 여러 글쓰기 작법서에서 형용사를 배격하는 모습을 볼 수 있다. 문장의 구성에서 형용사가 대체로 다른 단어를 꾸며 주는 기능을 하는 품사이다 보니 일어나는 현상이다.

한편으로, 많은 소설 작법서들은 '말하지 말고 보여 줘라'고 조언한다. 한마디로 상세하게 묘사를 하라는 뜻이다. 그런데 현실적으로 실전 집필에 들어가면 이것이 상당히 힘들다. 때로는 한두 단어만으로 상태를 표현하고 넘어가야 하며, 때로는 구구절절 상황을 보여주는 것이 불가능하다.

아이러니하게도 이 문제를 해결해주는 품사가 바로 형용사다. 한국어 세계에는 상상을 초월할 만큼 수많은 형용사가 존재한다. 이 사전에서 전체 품사로 2,000개 단어를 선별했지만 형용사만 2,000개를 만드는 것도 가능한 수준이다. 그만큼 단어 스펙트럼에서 형용사를 최대한 많이 확보해 두면, 다채로운 묘사를 진행할 수 있다.

형용사를 과도하게 많이 쓰거나 한정된 형용사 몇 개만 줄창 되풀이하는 것이 큰 문제지 적당히 적재적소에 활용한다면 전혀 문제가 되지 않는다.

또한 형용사를 잘 사용한다고 해서 여러분의 문체가 무조건 미사여구가 심하다고 평가받는 것도 아니고 화려체나 만연체로 정의되는 것이 아니다. 반대로 건조체라고 해서 형용사를 아예 안 쓰는 것도 아니다. 솔직히 말하면 웹소설에서는 스토리의 재미와 그를 뒷받침하는 문장력이 문제일 뿐, 문체는 어느 쪽이든 상관없다.

웹소설을 쓴다면, 웹소설 작가라면 각양각색의 형용사를 많이 확보해 두어야 한다. 활용할 수 있는 형용사가 많을수록 '문체가 유려하다'는 평가를 듣게 될 것이며, 단어의 반복을 확실하게 피하여 독자의 불편감을 최소화할 수 있을 것이다.

▌세련된 소설 문장을 위한 형용사 활용법 ▌

작가의 문장력은 문장 하나하나, 그리고 문장의 자연스러운 이음새를 통해 증명된다. 이를 위해서는 형용사를 주의하여 써야 한다.

첫째, 한 문장에 너무 많은 형용사를 욱여넣는 행위는 피해야 한다.

> 얼음처럼 차가운 분위기의 침묵 속에서 높은 황좌에 앉은 황제가 마침내 침묵을 깨고 피곤한 얼굴로 나가라고 날카롭게 명령하자 모두가 소리 없이 물러났다.

한 문장에 형용사가 많은 상황이라면 문장이 길다는 전제가 먼저

깔리게 된다. 문장이 길어야 형용사를 넣을 수 있는 자리가 생기기 때문이다. 예시로 든 문장은 길기도 하거니와 사족이 심하다. 딱히 비문도 아니고 어떤 상황인지 이해도 되기 때문에 이런 식으로 문장을 쓰는 사람은 스스로 무엇이 문제인지 인지하지 못할 가능성이 크다.

> 얼음처럼 차가운 분위기 속에서 누구도 말을 꺼내지 못했다. 모두가 높은 황좌에 앉은 황제를 바라볼 뿐이었다. 몹시 피곤해 보이는 얼굴이었다. 황제가 마침내 침묵을 깨고 입을 열었다.
>
> "다음에 다시 얘기하지. 다들 물러가도록."
>
> 날카로운 명령에 모두가 소리 없이 물러났다.
>
> ※ 웹소설에서는 종이책과는 달리 대사와 지문 사이에 여백을 주는 경우가 많다.

문장을 쪼개어 재배치하면 문장당 형용사의 수가 적당해진다. 결정적으로 풀어 쓰다 보면 자연히 글자수도 늘어난다. 여러분이 끊임없이 고통받는 '회차당 글자 수 채우기'라는 목표가 자동으로 해결된다는 말이다. 실무적으로 웹 연재를 위한 편집 시 엔터를 칠 구간도 만들어지니 가독성도 좋아진다. 원 문장은 문장이 하나이기 때문에 행갈이를 하고 싶어도 할 수가 없다.

둘째, 여러 형용사가 부사형으로 자주 활용될 수 있다는 점을 알아야 한다.

> 그는 골똘히 생각에 빠져 있었다.

이처럼 '골똘하다'는 부사형으로 주로 쓰인다. 현실적으로 '골똘하다'로 문장이 끝날 일은 없다. 하지만 부사의 형태로 문장에 들어갈 뿐 형용사의 실질적인 기능을 분명히 유지한다. 이 표현들을 잘 사용한다면 문장의 의미가 더 풍성하게 강조될 뿐만 아니라, 캐릭터의 동작이나 상황을 아주 명확하게 독자에게 전달할 수 있다. 이런 단어들은 대부분 부사가 아닌 형용사 파트에 수록하였으며 예시 문장에서도 부사형이 등장하니 참고 바란다.

동사와 마찬가지로 형용사에도 '○○하다'가 많이 존재한다. 형태적으로 동사와 비슷하다 느낄 수 있겠지만 차이점이 크다.

예를 들어 '척박하다'와 '혹독하다'는 '(한자)+하다'의 조합이지만, '빼곡하다', '짤막하다'는 한자어가 아니다. 한자어이든 아니든 형용사 속 ○○은 따로 떼어 명사의 용도로 활용하기 힘들다. '공부하다'의 '공부'를 떼어서 쓸 수 있는 동사와는 달리, 형용사는 한자어인 '혹독하다'조차도 '혹독'을 따로 쓸 수 없다.

간혹 '○○함'으로 명사형을 억지로 만드는 경우도 존재하지만, 한글에서는 문법적으로 아주 어색한 활용이다. 이는 영미권 문법 스타일의 '번역투'에 해당한다. 정말 특별한 경우가 아니라면 소설에서는 쓰지 않는 것을 권한다(보고서 등 실용글쓰기 및 비문학은 제외).

이 어색한 명사형은 특히 소설 속 문장에서 매우 이상하고 어설픈 느낌을 잔뜩 뿌린다. '고독하다'를 명사형으로 바꾸고 싶다면 '고독함'

이 아니라 '고독감'으로 적어줘야 한다. 아니면 '고독한 마음', '쓸쓸한 얼굴' 식으로 형용사 본연의 기능을 할 수 있도록 명사를 붙이고 그 명사를 형용사가 꾸며주도록 문장을 쓰는 것이 옳다.

뿐만 아니라 사전적 의미는 동일하지만 실제로 문장 속에서 쓸 때 미묘하게 다른 맥락으로 읽히는 단어들을 확실히 구별할 수 있어야 한다. 또한 겉으로 보기에 같은 단어처럼 보이지만 아예 의미가 다른 단어들도 많다. 이 파트에서 선별한 형용사 중 맥락상 차이점이 있을 경우에는 '북마녀 TIP'으로 조언을 담았다.

또한, 대다수의 독자들이 잘 알지 못하거나 사장된 고어는 알면 좋지만 굳이 쓸 필요가 없다. 아무래도 무협물이나 동양풍 역사소설에서 이런 단어들이 많이 나오고, 그중 고유명사를 제외하면 형용사 비율이 높은 편이다.

이런 형용사는 가독성을 떨어뜨리고 잘못된 해석을 일으킬 뿐이다. 그러므로 되도록 단어 리스트에 넣지 않는 방향을 권한다. 단어 리스트에 적어 놓아 봤자 쓸 일도 없다.

ㄱ

단어	예시 문장
가녀리다	가녀린 몸이 바들바들 떨고 있었다. **북마녀 TIP** '가느다란'과 비슷하지만, 해당 인물 자체에 더 연약한 이미지를 부여한다. 인물의 체구나 목소리에 붙일 수 있다.
가련하다	겨우 버티는 모습이 가련하고 딱할 뿐이었다. **북마녀 TIP** '가엾다', '불쌍하다'를 대체하면서 대상에 더욱 연약한 이미지를 부여한다. 그래서 남성이나 나이 든 사람한테는 잘 쓰지 않는다.
가물가물하다	① 너무 오래전에 읽은 책이라 기억이 가물가물했다. ② 이틀 밤을 꼬박 새웠더니 정신이 가물가물했다. **북마녀 TIP** 동사와 형용사 양쪽 기능을 다 할 수 있지만, 딱히 중요한 문제는 아니다.
가소롭다	조금만 파 보면 진실이 나올 것을, 가소로운 거짓말이었다.
가증스럽다	저 하나만 살겠다고 책임을 회피하는 모습이 가증스러웠다.
가지런하다	황실 서재에는 고대 마법서와 함께 제국의 역사가 기록된 책들이 가지런히 꽂혀 있었다.
가파르다	가파른 내리막길을 뛰어내려오다가 넘어진 모양이었다.

가혹하다	연약한 그녀가 감당하기엔 너무 가혹한 징벌이 었다. **북마녀 TIP** 심히 모질고 혹독하다는 의미. 성별의 차이가 없는 단어이지만 웹소설에서는 어린이나 여성 캐릭터에만 쓰이다시피 한다.
간교하다	저 여자가 간교한 술수를 부려도 사람들은 알아채지 못했다. **북마녀 TIP** 간사하고 교활하다는 뜻으로, '교활하다'의 의미를 더욱 강조한다. 성별 상관없이 악역의 행동에 쓸 수 있다.
간드러지다	간드러지는 여자 목소리에 병사들의 얼굴이 풀어졌다. **북마녀 TIP** 특이점이 있는 인물이 아닌 이상 남성 캐릭터에는 쓸 수 없다. 여성이어도 여주에겐 어울리지 않는다.
간절하다	간절한 눈빛을 보내 보았지만, 모두가 시선을 피했다.
같잖다	사생아 주제에 회장님 사랑을 받는다고 으스대는 꼴이 같잖았다. **북마녀 TIP** '같지 않다'의 줄임말이 아니다.
거뜬하다	나 같은 여자 하나쯤은 거뜬히 죽이고도 남을 놈처럼 보였다.
거리낌없다	나는 아이의 더러운 손을 거리낌없이 잡았다. **북마녀 TIP**

긍정형인 '거리끼다'를 쓰는 경우는 거의 없다. 부사형으로 자주 쓰지만, 형용사로 끝맺는 경우도 많다.

거북하다	듣기 거북한 말이 귀를 파고들었다.
거침없다	① 사내가 거침없이 걸어왔다. ② 그의 행동은 당당하고 거침이 없었다. **북마녀 TIP** 문장 끝에서 자연스럽게 조사를 붙여 쓰기도 한다.
걸걸하다	최대한 목소리를 걸걸하게 내려고 노력했다.
게걸스럽다	접시에 입을 대고 게걸스럽게 핥아먹었다. **북마녀 TIP** 지저분해 보이는 이미지라 주인공에게 쓸 때는 주의해야 한다. 특수상황이 아닌 이상, 여주의 행동으로는 쓰지 않는다.
겸연쩍다	겸연쩍은 웃음으로 대답을 대신했다.
경박하다	경박한 말투를 보니 예절 교육을 제대로 받지는 못한 것 같았다.
고깝다	내가 거절하지 못할 거라고 확신하는 모습이 고까웠다. **북마녀 TIP** 사전적 의미는 섭섭하고 야속하여 아니꼽다는 뜻인데, '아니꼽다'의 의미에 방점이 찍혀 있다.
고단하다	고단한 얼굴에 잠시 미소가 피어올랐다.

고되다	늦은 밤까지 알바를 전전하는 생활이 고되긴 하지만 충분히 행복했다.
고루하다	고루한 악습을 없애려면 이 방법을 쓰는 수밖에 없었다.
고분고분하다	① 고분고분 말을 들어야 말이지. ② 고분고분하게 굴도록 해. ③ 행동은 고분고분했지만, 눈빛은 무례하기 짝이 없었다. **북마녀 TIP** 부사로도 활용할 수 있다. 예시 ①처럼 분리해서 쓰기도 한다.
고상하다	언제나 고상한 안주인 행세를 했지만, 직원들에겐 뱀 같은 존재였다.
고약하다	계모의 고약한 성미를 견디기엔 너무 심약했다.
고지식하다	고지식한 그는 지금까지 한 번도 여자와 단둘이 있어본 적이 없었다.
고집스럽다	살을 타는 고통 속에서도 그녀는 고집스럽게 버텼다.
고풍스럽다	현관에 들어서니 고풍스러운 인테리어가 눈에 들어왔다. **북마녀 TIP** 사전적으로 '앤티크'와 같은 뜻이지만 쓰임새가 다르다. 현대 배경 스토리에서 고전적인 서양식 가구를 설명할 때 '앤티크'를 쓰고, 한국 전통적인 가구를 설명할 때 '고풍스럽다'를 쓴다. 로판에서는 아예 그 시대 배경이므로 '앤티크'를 쓸 수 없고, '고풍스럽다'를 쓸 일도 없다.

곤혹스럽다	그가 이런 식으로 행동할 때마다 정말 곤혹스러 웠다. **북마녀 TIP** 곤란한 상황을 당해 어찌할 바를 모르는 모습을 표현한다.
골똘하다	그가 골똘히 생각에 빠져 있었다. **북마녀 TIP** 생각에 깊이 잠겨 있는 모습을 부연 설명할 때 쓴다.
곱상하다	곱상한 얼굴에는 어릴 적 고생한 흔적이 전혀 보이지 않았다. **북마녀 TIP** 여성스럽게 예쁘장한 얼굴을 묘사할 때 쓴다. 남성다운 윤곽이 덜하다는 걸 강조하는 표현이다. BL의 수 등 예쁜 남자 혹은 남장여자 캐릭터에 활용한다.
공공연하다	그가 황제의 사생아라는 사실은 공공연한 비밀이었다.
공허하다	말하지 못한 단어가 공허하게 맴돌았다.
공교롭다	공교롭게도 그가 자리에 없던 날에 그 사고가 일어났다.
과격하다	과격한 말투에 흠칫 놀라고 말았다.
과분하다	잠잘 곳을 마련해 준 것만으로도 과분했다.
관대하다	대공 부부는 딸에게 무척 관대한 부모였다.
괘씸하다	생각하면 할수록 괘씸하단 생각이 들었다.

괜하다	괜한 소리 하지 마, 애가 겁먹잖아.
	북마녀 TIP '괜한'의 형태로만 주로 쓰이고 문장의 끝에 위치하긴 힘들다.
괴팍한	성격이 괴팍한 노파였다.
교묘하다	하녀들의 교묘한 괴롭힘은 시간이 갈수록 잔인해졌다.
구차하다	이런 무례한 남자에게 구차하게 매달리고 싶진 않았다.
굼뜨다	굼뜨던 움직임이 갑자기 빠릿빠릿해졌다.
	북마녀 TIP 매우 느린 행동거지를 의미. 독자 입장에서 '느리다'보다 더 답답한 느낌이 든다.
권태롭다	그는 권태로운 얼굴로 소파에 나른히 앉아 있었다.
귀신같다	아무리 표정을 숨겨도 그는 매번 귀신같이 그녀의 기분을 알아맞혔다.
	북마녀 TIP 하나의 단어이므로 띄어 쓰지 않는다.
그럴싸하다	파혼해야 하는 이유를 그럴싸하게 준비해야 했다.
	북마녀 TIP 제법 훌륭하다, 제법 그렇다고 여길 만하다는 뜻. '그럴듯하다'를 대체하여 쓸 수 있는 단어.
그윽하다	은은한 장미향이 집안 전체에 그윽하게 퍼졌다.

(~기) 그지없다	① 회장 부부의 딸사랑은 그지없었다. ② 눈앞에 펼쳐진 학살의 광경에도 황태자는 평온하기 그지없었다. **북마녀 TIP** '한량없다'와는 달리 현대 배경에서도 쓸 수 있다. 단, 대사로 쓰면 어색하므로 지문에서만 쓴다. 너무 남발하면 곤란하고 한 작품에 1~3회 정도 쓰면 괜찮다.
극성맞다	극성맞은 어머니라도 이 세상에 존재하는 게 부러웠다. **북마녀 TIP** 【유의어: 극성스럽다】
극진하다	별안간 극진한 대접을 받으려니 적응이 되지 않았다.
기구하다	이 아이의 운명도 참 기구하단 말이지. **북마녀 TIP** 흔히 운명, 팔자, 신세 등과 결합한다.
기민하다	눈에 띄지 않고 수도까지 가려면 기민하게 움직여야 한다.
기세등등하다	중년 여인이 기세등등하게 삿대질을 해댔다.
기특하다	그 아이 제법 기특하게 굴더군.
까마득하다	그의 목소리가 까마득히 멀어져 갔다.
깍듯하다	비서들 모두 그녀에게 깍듯하게 인사했다.
깜찍하다	① 깜찍하고 앙증맞은 옷이었다.

② 똑똑한 여자라는 건 알았지만 그렇게 깜찍한 거짓말을 하고 도망갈 줄이야.

북마녀 TIP

예시 ①의 의미로는 너무 흔한 단어라 자주 쓰이지 않는다. 예시 ②처럼 상대가 자기 생각보다 영악하게 행동했을 때, 이에 대한 평가로 활용할 수 있다..

꺼림칙하다	아이를 그냥 두고 가는 게 꺼림칙했지만 어쩔 수 없었다.
꼬질꼬질하다	꼬질꼬질한 강아지처럼 귀여운 소년이었다.
꼴사납다	남자는 결국 꼴사납게 넘어지며 바닥을 구르고 말았다.
꼿꼿하다	허리를 꼿꼿하게 세우고 좌중을 바라보았다.
꾀죄죄하다	이렇게 꾀죄죄하게 입었으니 아무도 눈치채지 못할 것이다.
꿉꿉하다	운동화가 흠뻑 젖어 발을 내디딜 때마다 꿉꿉하고 질척였다.
끈질기다	포기할 만도 했지만 그는 끈질기게 흙더미를 치웠다.

단어	예시 문장
나긋나긋하다	언뜻 나긋나긋한 인상이었지만 눈빛을 마주하고 있노라면 그 생각은 금방 사라지고 만다. **북마녀 TIP** '나긋하다'의 의미를 강조한 표현으로, '나긋하다' 역시 쓸 수 있다.
나른하다	나른한 눈빛으로 그녀를 내려다보았다. **북마녀 TIP** 유혹적인 캐릭터를 표현하고 싶을 때 목소리나 눈빛, 자세에 적용할 수 있다. 단, 악역에게 이 단어를 쓸 땐 너무 매력적으로 보일 수 있으므로 유의해야 한다.
나지막하다	황제가 나지막하게 물었다. **북마녀 TIP** 낮고 작은 목소리를 의미. '나직하다'와 동일한 표현. 부사형은 '나지막이'나 '나지막하게'로 적어야 한다. '나즈막하다'는 틀린 말이다.
난감하다	아이의 질문에 어떻게 대답해야 할지 난감했다.
난데없다	① 난데없는 소문에 어떻게 대처해야 할지 몰랐다. ② 난데없이 쏟아지는 정보에 머릿속이 복잡해졌다. **북마녀 TIP** '갑자기'를 대체할 수 있는 표현인데, '어디서 왔는지 알 수 없다'는 뜻이 담겨 있다. 부사형 '난데없이'로 활용 가능하다.
난처하다	여러모로 난처한 상황이지만 참여를 안 할 수는

	없었다
날렵하다	노인은 날렵하고도 날이 잘 선 검을 꺼내 놓았다.
남다르다	회장의 남다른 아내 사랑이 만든 비극이었다.
납덩이같다	고된 훈련을 끝내고 나니 몸이 납덩이같았다. **북마녀 TIP** 몹시 피곤하여 몸이 무겁게 느껴지는 상태. '납덩이처럼 무겁다'라고 표현하기도 한다. 사전적 의미로 얼굴에 핏기가 가신 상태도 포함되지만, 독자들이 그 뜻을 모른다.
낯뜨겁다	낯뜨거운 장면이 나오자 얼굴이 절로 붉어졌다.
낯간지럽다	저런 낯간지러운 말을 하고도 아무렇지 않다니 대책 없이 능글맞은 놈이었다.
냉랭하다	다정한 남편을 바란 것은 아니었지만 그래도 이건 너무 냉랭했다.
냉혹하다	냉혹한 성격이라 들었는데 실제로는 그렇지 않았다.
너그럽다	다행히 병사들은 아이의 행동을 너그럽게 이해해 주었다.
너르다	① 너른 마음으로 이해해 주기로 했다. ② 담장 너머로 너른 들판이 펼쳐졌다. **북마녀 TIP** '너른 마음으로'는 관용구처럼 쓸 수 있다. 문장의 끝에는 쓰지 않는다.
노련하다	그는 노련하게 칼을 휘둘러 어린 기사의 공격을 막아 냈다.

녹진하다	욕조에 오래 있었더니 몸이 녹진해졌다. **북마녀 TIP** 물기가 약간 있어 조금 끈적이는 상황이지만 불쾌한 느낌은 전혀 아닐 때 쓴다.
농밀하다	잘게 내려앉던 키스가 점차 농밀해졌다. **북마녀 TIP** 짙은 스킨십의 의미로 쓸 수 있으나 어감이 그리 야하지 않아 등급 무관하게 쓸 수 있다.
농염하다	그 자리에 있는 모든 남자가 그녀의 농염한 자태에 정신이 빠졌다. **북마녀 TIP** '요염하다'와 비슷한 뜻이지만, 조금 더 성숙미를 뜻하는 표현. 2차 성징이 끝나고 풍만한 몸매를 지닌 여성의 외모를 묘사할 때 활용한다.
눅눅하다	얇고 눅눅한 이불을 덮고 밤새 끙끙 앓았다. **북마녀 TIP** 촉촉하게 젖은 느낌이 결코 아니며, 불쾌하고 부정적인 맥락으로 쓴다. 씬에서는 쓸 수 없다.
눅진하다	눅진한 땀이 밴 이마를 문질렀다. **북마녀 TIP** '녹진하다'보다 조금 더 질척이는 느낌이 강하다. 맥락에 따라 불쾌한 느낌이 크게 가미된다.
느른하다	느른하게 잡아 오는 손길을 피하지 않았다. **북마녀 TIP** 사전적 의미로는 '나른하다'와 '느른하다'가 같은 뜻이지

만, '느른하다'는 힘을 주지 않고 부드럽다는 뜻으로, '나른하다'는 맥(기운)이 풀리고 힘이 없으며 조금은 졸린 상태의 맥락과 유혹의 맥락 둘 다 쓴다.

| 능글맞다 | 더 이상 능글맞고 애교 많던 소년이 아니었다. |

| 능숙하다 | 그는 아주 능숙하게 도끼를 휘둘렀다. |

북마녀 TIP

【반의어: 미숙하다, 서투르다】

ⓒ

단어	예시 문장
다부지다	넓은 어깨와 다부진 근육에 그만 침을 꼴깍 삼키고 말았다.

북마녀 TIP

남주의 몸매(일반적으로 근육질 상체)를 묘사할 때 활용. '단단하다'와 비슷하지만 조금 더 강한 뉘앙스이며, 사람에게만 쓸 수 있다.

다분하다	쟤는 호구 기질이 다분하다니까?
단정하다	단정한 얼굴이 무너지는 모습을 보고 싶었다.
단조롭다	단조로운 목소리였지만 무게감이 있었다.
달갑다	① 이런 식의 고백은 전혀 달갑지 않았다. ② 달가운 척이라도 좀 하지그래?

북마녀 TIP

대체로 부정형을 쓰지만 예시 ②처럼 활용하는 것도 가능하다.

달착지근하다	달착지근한 커피가 아니면 입에 대지도 못했다.

북마녀 TIP

【유의어: 들척지근하다, 달콤하다, 달큰하다】

당혹스럽다	당혹스러운 나머지 뭐라고 대답해야 할지 생각나지 않았다.

북마녀 TIP

동사형도 있으나 거의 쓰이지 않는다. '당혹감'으로 명사형 표현이 가능하다.

대견하다	어머니는 대견하다는 듯 웃고 있었다.

대수롭지 않다	그의 대답을 대수롭지 않게 여기고 지나쳤던 게 큰 실수였다.

북마녀 TIP

'대수롭다'는 거의 쓰지 않으며 이를 부정하는 표현의 활용도가 더 높다.

덤덤하다	눈앞의 충격적인 상황을 모조리 봤을 텐데도 그는 덤덤해 보였다.

북마녀 TIP

【유의어: 담담하다, 무덤덤하다】

데면데면하다	데면데면한 사이였지만 이제부터는 가까워져야 한다.

도드라지다	남자다운 턱선이 도드라졌다.

도톰하다	입술은 꽃잎처럼 붉고 도톰했다.

북마녀 TIP

여성 캐릭터의 입술을 묘사할 때 자주 쓰이며 살짝 볼록하게 나온 사물에 관한 묘사도 가능하다

되바라지다	고 년이 아주 되바라졌다니까?

북마녀 TIP

성격 묘사로 주로 쓰인다. 특히 지지 않고 자기 주장을 펼치는 어린 여성을 부정적으로 평가하는 인물의 대사로 활용한다.

두둑하다	① 옷이라도 두둑하게 껴입었다면 모를까. ② 배짱이 두둑한 사내였다.
두서없다	두서없는 설명이었지만 바로 알아차릴 수 있었다.
둔탁하다	어디선가 둔탁한 소음이 들리기 시작했다.
따끔하다	팀장의 질책이 따끔하긴 했지만, 시간이 지나고 보니 도움이 되는 얘기였다.
딱하다	사정이 딱한 건 안타깝지만 이미 제 손을 떠난 일이었다.
떠들썩하다	떠들썩했던 교실이 물을 끼얹은 듯이 조용해졌다.

단어	예시 문장
마뜩잖다	느릿느릿 움직이는 꼴이 마뜩잖다.

북마녀 TIP

마음에 들지 않는다는 의미를 달리 쓴 표현.

마지못하다

마지못해 온 의사가 진단을 내렸다.

북마녀 TIP

주로 '마지못해'로 쓰인다.

막대하다

임종을 지킨 후 막대한 유산을 받았다.

북마녀 TIP

돈이나 재산이 더할 나위 없이 클 때 관용적으로 쓴다.

막돼먹다

내 예상보다 훨씬 막돼먹은 놈이었다.

북마녀 TIP

'막되다'를 속되게 이른 말로서, '막되다'보다 활용 빈도가 훨씬 높다.

막막하다

막막한 현실에 한숨만 나올 뿐이었다.

막심하다

영지민들의 피해가 막심한 와중에 쓸데없는 장식에 돈을 들일 수는 없었다.

북마녀 TIP

모든 단어에 전부 어울리지는 않는다. '손해', '피해', '후회'에 어울린다.

막연하다

그와의 막연한 미래를 꿈꾸느니 차라리 떠나는 게 낫다.

만만찮다

아이들을 돌보는 일은 생각보다 만만찮았다.

말갛다

말간 눈동자에 슬픔이 깃들었다.

북마녀 TIP

순수해 보이는 눈빛이나 얼굴을 묘사할 때 쓴다.

말끔하다	말끔한 인상에 똘똘해 보였다.
	북마녀 TIP '멀끔하다'도 같은 뜻이지만 주로 남자 캐릭터의 외모를 설명할 때 쓴다.
말캉하다	입이 열리고 말캉한 혀가 보일 때마다 주체할 수 없는 감정에 빠져들었다.
	북마녀 TIP '말랑하다'보다 더 강한 의미로 고구마, 떡 등에 쓸 수 있으나 웹소설 속에서는 신체 부위 특히 점막이 있는 부위를 묘사할 때 주로 쓴다. '물컹하다'도 사실상 같은 뜻이지만, 매력적인 여주를 묘사할 때는 '말캉하다'가 더 어울린다.
매끄럽다	옷감 아래로 투명하고 매끄러운 살결이 비쳤다.
매섭다	① 미소가 가득했던 얼굴이 돌연 매섭게 변했다. ② 창밖에선 매서운 바람이 불고 있었다.
	북마녀 TIP 두려움을 줄 정도로 매몰차고 날카로운 경우를 의미한다. 예시 ②처럼 날씨에도 적을 수 있는데 주로 바람에 붙인다.
매정하다	여자는 매정하게 거절하며 자리를 떴다.
	북마녀 TIP 쌀쌀맞고 인정 없게 딱 자르는 태도를 의미한다.
매캐하다	시체를 태우는 냄새가 매캐하게 번져 갔다.
머쓱하다	머쓱한 눈빛으로 물었다.
먹음직스럽다	홍시가 잘 익어 먹음직스러웠다.

멀뚱멀뚱하다	그녀는 남자가 일하는 모습을 멀뚱멀뚱한 눈으로 바라보았다. **북마녀 TIP** '멀뚱하다'의 의미를 더욱 강조한 단어.
멋쩍다	멋쩍은 얼굴로 현관 앞에 서 있었다. **북마녀 TIP** '어색하다', '쑥스럽다'를 대체할 수 있는 표현. 조금 더 문학적인 어감이 있다.
명료하다	그가 지금 그녀에게 전달하고자 하는 바는 명료했다.
모질다	이렇게까지 모질게 굴 필요는 없잖아. **북마녀 TIP** '독하다', '심하다'를 대체할 수 있는 표현.
목메다	학대당했던 시절을 떠올리니 눈물이 차오르고 목멘 소리만 흘러나왔다. **북마녀 TIP** '목메이다'는 잘못 쓴 것.
못지않다	친누나 못지않게 동생을 아끼고 보살폈다.
몽롱하다	밤에 잠 한숨 못 잤더니 머리가 몽롱했다.
무감하다	무감하고 나른했던 말투가 순간 날카로워졌다.
무던하다	단장의 성격은 무던한 편이었지만 훈련에서는 결코 봐주는 일이 없었다. **북마녀 TIP** 까다롭지 않다는 의미. 【유의어: 수더분하다】

무덤덤하다	그녀는 남의 일인 양 무덤덤하게 대답했다.
무력하다	그저 무력하게 당하는 수밖에 없었다.
무방비하다	저런 무방비한 얼굴로 시커먼 놈들 사이에 혼자 앉아 있는 것도 마음에 들지 않았다. **북마녀 TIP** 사전적으로는 전투 상황에서의 태도를 의미하지만, 여성향 웹소설에서는 순진한 여성의 몸가짐이나 표정을 묘사할 때도 쓰인다.
무색하다	국내 최대라는 말이 무색하게 허접한 공간이었다. **북마녀 TIP** 앞에 나오는 표현에 어울리지 않거나 그에 준하지 않다는 맥락으로 쓴다.
무성의하다	무성의한 대꾸에 화가 나기 시작했다. **북마녀 TIP** 【유의어: 성의 없다】
무심하다	① 무심한 말투를 가장했지만, 눈빛만은 형형했다. ② 넌 사람이 어떻게 그렇게 무심할 수가 있니? **북마녀 TIP** 예시 ①은 무감정과 무관심이 섞여 있으며, 예시 ②는 온전히 무관심의 뜻. 웹소설에서는 츤데레 남주의 행동을 표현할 때 예시 ①처럼 자주 활용.
무자비하다	무자비한 처벌에 모두가 혀를 내둘렀다.
무탈하다	아이가 무탈하게 잘 자라기만을 간절히 바랐다.

무해하다	최대한 무해한 아이의 얼굴로 공작을 올려다보았다. **북마녀 TIP** 과거에는 거의 쓰이지 않았으나 근래 유행하는 단어. 나쁜 의도가 전혀 없으며 해를 끼치지 않고 순수한 상태를 의미. 남성 캐릭터라면 다정남일 때 활용 가능하다.
묵직하다	달라붙는 묵직한 감각에 여자는 흠칫 놀랐다.
물컹하다	물컹한 감촉에 그녀가 뒤로 물러났다. **북마녀 TIP** 사물뿐만 아니라 혀나 손이 닿는 촉감을 묘사할 때도 활용할 수 있다. 악역의 스킨십일 경우 불결하고 역겨운 맥락에 추가된다.
뭉근하다	뭉근하게 끓인 수프를 가지고 올라왔다.
미련하다	진짜 가족이 되고 싶다고 생각했다니, 너무 미련했다.
미미하다	아무도 눈치채지 못할 만큼 미미한 변화였다.
미심쩍다	미심쩍기는 했지만, 물증이 없으니 믿어야 했다.
밋밋하다	여인은 장식 없이 밋밋하고 수수한 드레스를 입고 있었다.

ㅂ

단어	예시 문장
반반하다	제법 반반한 얼굴이었지만 관심을 주고 싶진 않았다.
발그레하다	취기가 올라왔는지 볼이 발그레했다.
발칙하다	꽤 발칙한 면이 있는 여자였다.
방만하다	황태자는 방만한 자세로 앉아 거드름을 피웠다.
방정맞다	그 방정맞은 입을 다물어야 목숨을 부지할 수 있을 것이다.
배다르다	배다른 동생의 모친은 그에겐 거의 누나뻘이었다.
버겁다	그의 뒷배경을 감당하는 것이 결혼생활 내내 버거웠다.
버석하다	버석하게 마른 입술이 겨우 움직였다.
벅차다	① 저축한 돈만으로는 이 상황을 해결하기 벅찼다. ② 동생의 합격 소식을 들으니 가슴이 벅차 말을 잇지 못했다. **북마녀 TIP** 부정적인 의미와 긍정적인 의미가 모두 있는 단어.
번거롭다	번거롭게 본가까지 오지 않아도 된단다.
번듯하다	이제 번듯한 직장도 있으니 두려울 것이 없었다.

번지르르하다	황제의 말은 언제나처럼 번지르르했다. **북마녀 TIP** 겉만 그럴듯하고 실속은 없는 상황을 표현할 때 쓴다. '번지르르'를 써야 할 상황에 '번드르르'를 쓰면 틀린 것.
변변찮다	차린 음식은 변변찮아도 배는 채울 수 있을 거요.
별스럽다	살다 보니 별스러운 꼴을 다 보겠구나.
보잘것없다	보잘것없는 나를 그가 선택할 리 없었다.
볼썽사납다	부장은 볼썽사나운 자세로 소파에 걸터앉아 있었다. **북마녀 TIP** 보기 흉하고 역겹다는 뜻으로 조금 더 문학적인 표현이다.
볼품없다	나뭇가지는 잎을 잃고 볼품없이 말라비틀어져 있었다.
봉긋하다	봉긋한 가슴이 눈에 들어와 얼른 시선을 돌렸다. **북마녀 TIP** 원래 야한 뜻은 아니지만 여성 캐릭터의 부피 있는 가슴을 묘사할 때 주로 쓰인다. 등급 검수에 크게 문제는 없다.
부당하다	황제의 부당한 처사에 낯빛이 달라졌다.
부득이하다	부득이한 사정으로 취소하겠다고 전하세요.
부자연스럽다	부자연스럽게 어깨에 손을 얹었다. **북마녀 TIP** 【반의어: 자연스럽다】

부지런하다	새벽부터 주방에 들어선 그녀는 부지런히 손을 놀렸다.
분주하다	후작의 결혼식을 준비하느라 성 안의 모든 사람들이 분주하게 움직였다.
불미스럽다	불미스러운 일이 일어난 탓에 연회는 급히 중단되었다.
불순하다	이런 불순한 마음을 내보인다면 그녀는 분명 도망칠 것이다. **북마녀 TIP** 순수하지 않다는 뜻으로 웹소설에서 크게 유행한 단어.
불온하다	불온한 손길에 가슴이 떨려 왔다. **북마녀 TIP** 성적인 사심이 들어 있는 시선 혹은 스킨십을 표현한다.
비굴하다	놈은 비굴한 자세로 머리를 조아렸다.
비루하다	황실에 들어가기엔 너무나 비루한 혈통이었다.
비밀스럽다	책장을 옆으로 옮기자 비밀스러운 공간이 모습을 드러냈다. **북마녀 TIP** 【유의어: 은밀하다】
비정하다	저렇게 비정한 사람은 누구의 아버지도 될 수 없다.
비참하다	비참하게 죽는 악역이 되고 싶진 않았다.

비통하다	비통한 눈물을 뒤로하고 운구차가 출발했다.
빠듯하다	어머니 병원비와 사채 이자를 넣고 나면 월세를 내는 것도 빠듯했다.
빳빳하다	그녀가 상처받았을 걸 생각하니 뒷목이 빳빳해졌다. **북마녀 TIP** 부사형은 '빳빳이' 혹은 '빳빳하게'로 쓴다.
빼곡하다	그녀가 쓴 메모가 냉장고에 빼곡하게 붙어 있었다.
뻐근하다	온몸이 뻐근했지만 정신만은 맑았다.
뼈저리다	그가 얼마나 상심했는지 뼈저리게 느꼈다. **북마녀 TIP** 주로 동사를 꾸미는 형태로 쓰인다. 【유의어: 뼈아프다】
뽀로통하다	뽀로통한 눈으로 바라보자 소년이 시선을 피했다. **북마녀 TIP** '뿌루퉁'과 같은 뜻. '뽀루퉁'은 맞춤법이 틀린 것. '뽀로통'은 틀린 것은 아니지만 부었다는 의미가 추가된다.
삐뚤빼뚤하다	나는 삐뚤빼뚤한 글씨로 가문의 이름을 적어 보았다. **북마녀 TIP** 소근육이 발달하지 않은 어린아이가 낙서를 하거나 글을 쓸 때 활용 가능. 육아물에서 쓰기 좋다.

단어	예시 문장
사근사근하다	시종일관 사근사근한 말투였다.
사사롭다	사사로운 감정에 이끌려서는 안 된다.
사치스럽다	평민에게 목욕은 사치스러운 행위였다. **북마녀 TIP** 부정적인 뉘앙스가 크다. 【유의어: 호사스럽다】
살갑다	생각 없이 너무 살갑게 굴어 버렸다.
살뜰하다	본부장은 평소 자기 사람을 살뜰히 챙기기로 유명했다.
삼엄하다	무사들이 삼엄하게 경계를 서고 있었다. **북마녀 TIP** '경비', '경계' 등 어딘가를 지키는 행위와 주로 결합하여 강조한다.
상스럽다	언행이 상스러운 걸 보니 가정교육을 제대로 못 받은 모양이군.
새삼스럽다	새삼스럽게 이 남자가 대단해 보였다.
새초롬하다	새초롬한 얼굴로 창밖을 바라보고 있었다.
색스럽다	붉고 도톰한 입술이 몹시 색스러웠다. **북마녀 TIP**

	사전적 정의로는 다채롭다는 뜻에 가깝지만, 웹소설에서는 야해 보이는 이미지를 표현할 때 쓰인다.
생경하다	예전과 같은 얼굴이지만 서늘한 말투는 생경하기만 했다.
서글서글하다	① 서글서글한 인상의 사내였다. ② 그 젊은이 서글서글하게 굴어서 동네 어르신들이 좋아했지. **북마녀 TIP** 성품을 이야기할 땐 상냥하고 너그러움을 뜻하며, 생김새를 이야기할 땐 눈, 코, 입이 크고 시원해 보이는 외모를 의미한다.
서늘하다	서늘한 눈매로 그녀를 내려다보았다. **북마녀 TIP** 일반적인 날씨뿐만 아니라 눈길, 손길 등 인물의 차가운 행동을 표현할 때 쓸 수 있다. '냉정하다', '냉혹하다'와 유사하지만 감정적으로 비교적 얕은 어감이다.
서투르다	① 서투른 척 연기하는 것 같지는 않았다. ② 새로 들어온 하녀의 서툰 손길이 따가웠다. **북마녀 TIP** 예시 ②처럼 '서툴다' 또는 '서툰'으로 줄여 쓰는 것도 가능하다.
선득하다	저를 바라보는 차가운 시선에 가슴이 선득해졌다. **북마녀 TIP** '서늘하다'와 실상 같은 뜻이지만, 조금 다른 어감. 주인공의 감정일 땐 두려움의 맥락이 추가된다.
선량하다	아무리 선량한 인간도 권력의 단맛을 맛보고 나면 달라지는 법이지.

선명하다	유년 시절에 학대받은 기억이 아직도 선명했다.
섣부르다	① 괜히 섣부른 행동으로 일을 그르치지 마라. ② 섣불리 움직이지 말고 대기하도록. **북마녀 TIP** 형용사와 부사형 모두 자주 활용된다. '섣부르게'도 가능하다.
성가시다	그는 성가시다는 듯 시종을 밀어냈다.
성마르다	성마른 손길을 피해 달아났다. **북마녀 TIP** 참을성이 없고 조급하다는 뜻으로, 약간 신경질적인 맥락도 있다.
성하다	① 성치 않은 몸으로 돌아다니더니 결국 탈이 난 것이다. ② 흠씬 두들겨 맞아 성한 데가 없었다. **북마녀 TIP** 부정형이 주로 쓰인다.
소원하다	우리 사이가 소원해진 것이 정말 나 때문일까?
소홀하다	대접이 이렇게 소홀하다니 아버지가 살아 있다면 있을 수 없는 일이었다.
속절없다	여인의 눈에서 속절없이 눈물이 흘러나왔다. **북마녀 TIP** 어찌할 도리가 없어서 감정적으로 처절한 상태를 표현. 로코물이나 코믹한 장면에는 어울리지 않는다.

송구하다 **(송구스럽다)**	송구합니다만, 대신들이 분명 반발할 것입니다. **북마녀 TIP** 서양풍 배경에서는 쓰지 않는 것이 좋다.
수려하다	그 외양이 몹시 수려하여 사내들의 가슴까지 뛰게 했다. **북마녀 TIP** 빼어나게 아름답다는 뜻으로 인물의 외모나 경치에 쓴다. 남녀 캐릭터 모두에게 활용 가능하다.
수북하다	하얀 눈이 수북하게 쌓였다. **북마녀 TIP** '소복하다'에 비해 센 표현으로 더 두툼한 느낌이 든다.
수상쩍다	실실 웃으며 다가오는 꼴이 수상쩍었다. **북마녀 TIP** '수상하다'와 같은 뜻으로 조금 더 멋을 부린 표현.
수치스럽다	수치스럽지만 감내해야 할 일이었다.
순조롭다	순조로웠던 인생이 신녀가 나타나면서 갑자기 꼬이게 생겼다.
순탄하다	그의 삶이 순탄했을 것 같지는 않았다.
스산하다	어두운 복도 끝에서부터 또각또각 걸음소리가 스산하게 울려 퍼졌다. **북마녀 TIP** 어수선하고 쓸쓸하며 으스스한 느낌까지 있는 상태를 말한다.

시니컬하다	변함없이 시니컬한 태도를 보는 것도 지겨웠다. **북마녀 TIP** '냉소적'과 같은 의미로, 둘 다 많이 쓴다.
시답잖다	황태자는 내 의견을 시답잖게 여기는 듯했다. **북마녀 TIP** '시답지 않다'의 줄임말이지만, 긍정형인 '시답다'는 거의 쓰지 않는다.
시시껄렁하다	시시껄렁한 농담을 받아 줄 여력은 없었다. **북마녀 TIP** '시시하다'보다 더 짓궂고 속된 이야기가 섞여 있을 때 쓴다.
시시콜콜하다	시시콜콜한 정보까지 전부 토해 내야 했다.
시장하다	그렇잖아도 시장했던 참이라 눈앞의 빵조각을 집어 들었다.
시큰둥하다	겉으로는 시큰둥하게 대답하면서도 속으로는 불안감이 밀려왔다.
시큰하다	① 엄마를 생각하면 이따금 콧등(콧날)이 시큰해 졌다. ② 그녀는 시큰한 발목을 조심조심 돌려 보았다. **북마녀 TIP** 콧속이 찡해지면서 눈물이 나올 것 같은 신체 반응을 표 현. 사전적 의미로는 예시 ②와 같이 쓴다.
신랄하다	공작의 신랄한 비난에 모두가 입을 다물었다.
신성하다	신성한 신전에 그런 불결한 놈들을 데리고 들어 오다니.

	북마녀 TIP 고결하고 거룩하다는 의미이지만 '고결하다', '거룩하다'보다 더 자주 쓰인다. '거룩하다'는 동양풍에 어울리지 않지만, '신성하다'는 모든 배경에서 쓸 수 있다.
실없다	실없는 대화가 이어지는 통에 눈이 자꾸만 감겼다.
심드렁하다	그다지 관심이 생기진 않았기에 심드렁하게 대답했다.
심란하다	마음이 심란해서 그런지 누워도 잠이 오지 않았다.
심상찮다	병사들의 움직임이 심상치 않았다. **북마녀 TIP** '심상하다'의 부정형으로 '심상치 않다'로 풀어 써도 된다. 긍정형은 거의 쓰이지 않는다.
쌀쌀맞다	쌀쌀맞게 대답하니 더 물어볼 수도 없었다. **북마녀 TIP** '쌀쌀하다'와 같은 뜻이지만, 날씨에는 '쌀쌀맞다'를 쓸 수 없다.
쌉싸름하다	쌉싸름한 맛이 입안 가득 퍼졌다. **북마녀 TIP** 본래 '쌉싸래하다'의 비표준어였으나, 현재는 복수 표준어로 인정되었다. '쌉쌀하다'보다 글맛을 살린 표현이다.

단어	예시 문장
아늑하다	그리 넓진 않지만 깔끔하고 아늑한 집이었다. **북마녀 TIP** '따뜻하고 포근하다'는 뜻이지만, 궁궐이나 저택처럼 넓은 공간을 아늑하다고 묘사하면 어울리지 않는다.
아득하다	충격적인 소식에 정신이 아득해졌다.
아릿하다	아릿한 고통에 절로 미간이 찌푸려졌다. **북마녀 TIP** '찌르듯이 아프다'는 의미를 지닌 '아리다'의 변형.
악랄하다	잔혹하고 악랄한 그들이 어떻게 나올지 모를 일이었다.
악착같다	그녀는 악착같이 밤낮으로 일해서 돈을 모았다. **북마녀 TIP** '억척같다', '억척스럽다'와 유사하지만, '억척'은 나이가 지긋한 느낌이 들기 때문에 젊은 여주에게 잘 쓰지 않는다.
안락하다	남주에게 걸리지만 않는다면 내 삶이 훨씬 안락해질 것이다.
암담하다	암담한 현실이었지만 어떻게든 살아보려고 애썼다. **북마녀 TIP** 희망이 없고 매우 절망적인 상태를 의미한다.
앙상하다	앙상한 뼈마디만 잡히는 것이 아무래도 영양실조가 아닐까 의심스러웠다.

앙증맞다	아이가 앙증맞은 팔다리를 버둥거렸다.
앙칼지다	두 눈을 부릅뜨고 앙칼지게 외쳤다.
애꿎다	그녀는 애꿎은 냉장고만 괜히 뒤적거렸다.
애잔하다	황후는 애잔한 눈빛으로 백작 부인을 바라보았다.
애처롭다	눈물을 삼키며 애처롭게 팔을 붙잡았다. **북마녀 TIP** '애처로이'로도 쓸 수 있다.
애틋하다	왜 그리 애틋한 눈길로 쳐다보는지 그녀는 알 수 없었다.
야릇하다	야릇하면서도 낯선 전율이 온몸을 지배했다.
야멸차다	야멸찬 대답을 들으니 더 이상 매달릴 수 없었다. **북마녀 TIP** '냉정하다'를 대체하면서, 선을 긋고 딱 끊어낸다는 맥락이 추가된다.
야박하다	이웃끼리 그렇게 야박하게 굴면 못 써.
야비하다	야비한 눈길이 그녀의 전신을 훑었다. **북마녀 TIP** 악역 남성 캐릭터에 어울리는 표현. 웬만하면 남주인공을 묘사할 땐 쓰지 않는 것이 좋다.
야속하다	친부는 야속하게도 엄마의 연락을 끝까지 받지 않았다.

야트막하다	마차가 야트막한 언덕길로 접어들었다.
	북마녀 TIP '얕다'의 작은 버전으로, 실제로 활용할 시 '낮다'를 대체한다. 낮은 위치가 아니라 낮은 높이에만 쓴다.
얄팍하다	그런 얄팍한 속임수에 내가 당할 것 같아?
	북마녀 TIP 어떤 물질의 두께가 얇다는 뜻과 함께 생각의 깊이가 없고 뻔히 들여다보이는 상황에서 활용한다.
어눌하다	바닥에 주저앉은 노인이 어눌하게 말을 이어 갔다.
어둑하다	그녀는 어둑한 골목길에 홀로 남겨졌다.
	북마녀 TIP '어두운'과 실상 같은 뜻이지만 보다 세련된 느낌이 드는 표현.
어련하다	① 어련히 잘하겠지 별 걱정을 다 하네. ② 폐하께서 하신 일인데 어련하시겠습니까.
	북마녀 TIP 걱정할 필요 없이 당연히 잘될 것이라는 의미이지만, 맥락상 비아냥거리는 뉘앙스로 쓰는 것도 가능하다.
어림없다	그 빚을 다 갚으려면 쥐꼬리만 한 월급으로는 어림없었다.
어지간하다	① 어지간해서는 그녀를 부르거나 일을 시키지 않았다. ② 아무튼 너도 참 어지간하다 얘.
	북마녀 TIP 예시 ②처럼 핀잔, 타박의 맥락으로 쓰기도 한다.

어쭙잖다	어쭙잖게 남의 일에 간섭 말고 네 앞가림이나 제대로 해.
	북마녀 TIP '어줍짢다'는 틀린 표현이다.
언짢다	언짢아진 공작이 책상 위를 신경질적으로 톡톡 두들겼다.
얼떨떨하다	예상치 못한 고백을 들으니 얼떨떨할 뿐이었다.
얼얼하다	아까 맞은 얼굴이 얼얼했다.
여상하다	나는 여상하게 반응해 주기로 했다.
	북마녀 TIP 평소와 다름없다는 의미. '이상하다'와 완전히 다른 뜻이므로 절대로 혼동해서는 안 된다.
엿같다	엿같은 상황을 피할 수 없다면 즐길 수밖에.
영락없다	아버지가 밖에 정부를 두었던 것은 영락없는 사실이었다.
영민하다	영민한 그녀가 눈치 못 챌 리 없었다.
	북마녀 TIP 영특하고 민첩하다는 의미로, 특히 어떤 상황에서 빠르게 무언가를 파악할 수 있다는 맥락이 들어 있다.
영악하다	순진했던 소년은 영악한 후계자로 거듭났다.
영특하다	그는 황자들 중에서도 유난히 영특했다.
예리하다	남자는 예리한 눈빛으로 집안을 살폈다.

온데간데없다	뒤를 도는 순간 그녀의 미소가 온데간데없이 사라졌다.
온전하다	① 엄마가 온전했던 시절에는 언제나 저녁을 함께 먹었다. ② 엄마의 물건은 온전히 그 자리에 남아 있었다. **북마녀 TIP** 예시 ①은 '건강하고 멀쩡하다', 예시 ②는 '그대로 고스란히'의 뜻.
온화하다	온화한 목소리를 들으니 마음이 놓였다.
옹졸하다	새아버지는 옹졸하고 편협한 사람이었다. **북마녀 TIP** '너그럽다'의 반대말이면서 생각이 좁고 소심하다는 의미도 포함한다. 【유의어: 좀스럽다】
완강하다	완강한 거절에도 남자는 과일 바구니를 병실 앞에 놓고 갔다.
완곡하다	완곡하게 표현했지만 확실히 선을 긋는 거절이었다.
완연하다	오랜만에 만난 어머니는 병색이 완연했다. **북마녀 TIP** 동음이의어가 많으나, '뚜렷하다'는 의미로만 쓴다.
외람되다	외람되오나, 폐하께 한 말씀 올릴까 합니다. **북마녀 TIP** 최대치의 예의를 차려 극존대를 하는 상황에서 쓴다.

외설스럽다	외설스러운 단어들이 귀에 박혔다.
요사스럽다	젊은 여주인이 요사스러운 시선으로 그를 쳐다 보았다.
우둔하다	자기 입으로 우둔함을 드러낸 격이었다.
우람하다	우람한 어깨에 살포시 손을 올려 보았다. **북마녀 TIP** 주로 어깨와 팔뚝, 허벅지 부위를 묘사할 때 활용한다. 배 나 가슴이 우람하다고 쓰면 어색하다.
우렁차다	그는 우렁찬 목소리로 외쳤다.
우묵하다	우묵하게 그림자 진 눈매가 더욱 깊어졌다.
우스꽝스럽다	아까 그의 앞에서 우스꽝스러운 일을 벌인 기억 이 떠올라 얼굴이 빨개졌다.
우악스럽다	우악스러운 손이 내 턱을 잡고 놓아주지 않았다. **북마녀 TIP** 위협적인 남자 캐릭터의 동작에 적합하다. 악역과 주인공 모두 쓸 수 있고 특히 눈이 돌아간 남주의 거친 행동에 활 용 가능하다.
울적하다	울적한 마음을 달래고자 정원으로 나왔다.
위태롭다	제 상황이 위태롭다는 것은 알지만 다른 방법이 없었다.
위풍당당하다	위풍당당하게 행진하는 기사들 뒤를 아이들이 졸졸 따라갔다.

유하다	너한테만 유하게 군 거야. 다른 사람한텐 안 이래.
	북마녀 TIP
	【유의어: 유순하다】
육중하다	① 육중한 성문이 천천히 열리고 황제를 실은 마차가 모습을 드러냈다.
	② 남자가 육중한 몸을 흔들며 다가왔다.
	북마녀 TIP
	아주 무겁고 투박하다는 의미이며, 예시 ②처럼 인물에 쓸 경우 부정적인 뉘앙스. 만약 남주인공이 키가 크고 몸집이 크며 근육질이라 실제로 무게감이 있더라도 이 단어는 쓰면 안 된다.
으리으리하다	으리으리한 성문 앞에서 주눅이 들고 말았다.
으슥하다	으슥한 구석에 그가 버려둔 것들을 쌓아 두었다.
은밀하다	첩자가 은밀히 다가와 소식을 전했다.
을씨년스럽다	수년간 버려져 있던 저택은 을씨년스러웠다.
음산하다	음산한 목소리가 어둠 속에서 울려퍼졌다.
	북마녀 TIP
	살짝 부정적인 뉘앙스가 있으므로 남주인공의 상태로 쓸 때는 주의를 요한다.
음습하다	처음 본 인간과 그런 음습한 행위를 하다니 미쳐도 단단히 미쳤던 것이다.
음울하다	통장을 건네는 동생의 목소리가 왠지 음울했다.

음험하다	남자의 눈동자가 음험하게 빛났다. **북마녀 TIP** 위협적이고 위압적인 남주인공을 묘사하거나 '욕망' 자체를 꾸며준다. 특히 스킨십 장면 전후에 유용하다. '음흉하다'와 유사한 의미이지만, 부정적인 뉘앙스가 적어 쓰임새가 다르다.
음흉하다	① 박 부장의 음흉한 속셈은 예전부터 알고 있었다. ② 그의 음흉한 눈빛을 못 본 척하고 방으로 쏙 들어왔다. **북마녀 TIP** 부정적인 느낌이 강해서 주인공을 묘사할 때 쓰지 않는다. 단, 에필로그나 외전에서 약간 유쾌한 성적 분위기를 만들 때는 예시 ②처럼 예외로 쓸 수 있다.
의뭉스럽다	하녀의 의뭉스러운 대답을 듣고 나니 성질이 나기 시작했다.
의연하다	화면 속의 남자는 의연함을 잃지 않았다.
의젓하다	어린 황녀가 의젓하게 의자에 앉아 있었다. **북마녀 TIP** 보통 어린 사람이 점잖은 태도를 보일 때, 혹은 어렸던 사람이 나이를 먹어 태도가 달라졌을 때 쓴다.

단어	예시 문장
잘다	여자의 눈동자가 잘게 흔들렸다.
	북마녀 TIP
	일반적으로 식재료를 쎄는 행위를 뜻하지만, 인물의 세밀한 동작을 표현하는 것도 가능하다. 형용사보다는 부사형으로 주로 쓰인다.
장황하다	황녀의 미모에 대한 찬사를 장황하게 늘어놓았다.
저릿하다	감질나는 손길에 등줄기가 저릿해졌다.
저열하다	공작 영애에 관한 저열한 소문이 나돌기 시작했다.
	북마녀 TIP
	단순히 나쁜 수준이 아니라 질 낮고 지저분하며 다분히 해칠 의도가 있는 상태를 뜻한다.
적나라하다	그의 얼굴에 고통과 슬픔이 적나라하게 드러났다.
	북마녀 TIP
	숨김없이 보여 준다는 뜻. 부사로 쓰지 않고 형용사로 쓰는 것도 가능하다.
절박하다	절박한 사정을 전부 털어놓으며 읍소했지만, 그의 얼굴엔 아무런 변화가 없었다.
절실하다	단돈 오만 원도 그녀에겐 절실했다.
정갈하다	최 여사가 과일이 정갈하게 담긴 접시를 내려놓았다.
정교하다	세밀하고 정교한 장인의 솜씨에 감탄을 금치 못했다.

정숙하다	정숙하다 못해 숨이 막히는 옷차림이었다.
정중하다	정중한 사과에 마음이 서서히 풀리기 시작했다.
조마조마하다	방금 한 통화 내용을 전부 들었을까 봐 조마조마했다.
주제넘다	주제넘게 당신이 나설 문제가 아니야.

자기 신분이나 위치를 망각하고 건방진 태도를 의미. 한 단어이므로 띄지 말고 붙여 쓸 것.

중후하다	중후한 인상과는 달리 가느다란 목소리가 흘러나왔다.
지긋하다	사내는 머리가 희끗희끗하여 나이가 지긋해 보였다.
지독하다	① 쓰레기 냄새가 지독했다. ② 인사를 건네는 얼굴이 지독하게 슬퍼 보였다.

일반적인 쓰임새뿐만 아니라, 감정이나 모양에 덧붙여 의미를 극대화할 수 있다.

진득하다	정체를 알 수 없는 진득한 액체가 고여 있었다.
질척이다 **(질척거리다)**	그가 질척이는 목소리로 속삭였다.

'질컥이다'도 표준어이며 같은 뜻.

질펀하다	질펀하게 뒹굴어 놓고 모른 척하는 게 우스웠다.

	사전적 의미로는 야한 단어가 아니지만, 진한 성관계를 암시할 수 있다.
집요하다	대답을 기다리며 집요하게 그녀의 눈을 바라보았다.
짤막하다	공작의 물음에 영애는 짤막하게 대답했다. **북마녀 TIP** '짧다'의 연장선상에 있는 단어로, 사실상 동의어.
쬐끄맣다	아이는 쬐끄만 발가락을 꼼지락거렸다. **북마녀 TIP** '쪼끄마하다'의 비표준어이지만 구어체로 매우 자주 쓰이며 표준어가 오히려 비표준어로 보일 정도라 써도 크게 문제는 없다. 아이가 등장하는 웹소설에서 아이의 신체 부위를 묘사하는 용도로 활용한다.

단어	예시 문장
착실하다	나는 내 의무를 착실히 이행해야 한다.
착잡하다	곱게 키운 딸을 그 냉혈한에게 보내려니 마음이 착잡했다.
처연하다	속눈썹에 눈물을 매단 채 처연하게 대답했다.
처절하다	그런 처절한 엔딩으로 생을 마감하고 싶진 않다.
처참하다	막상 처참하게 무너진 꼴을 보니 속이 편치 않았다.

척박하다	척박한 땅이라 풀 한 포기 제대로 나지 않았다.
천박하다	얼굴은 볼 만하게 생겼지만 행동이 몹시 천박했다.
천연덕스럽다	부끄러워하는 것치곤 천연덕스럽게 잘하더군.
천하다	천한 신분으로 미모가 출중해 봤자 팔자만 사나워질 뿐.
철통같다	철통같은 호위를 과연 뚫을 수 있을지 의문이 들었다. **북마녀 TIP** 방위, 보호, 호위, 경계 등 주로 '지킨다'는 개념을 묘사한다.
청아하다	작지만 청아한 목소리가 흘러나왔다.
초라하다	자신의 초라한 옷차림이 문득 창피해졌다.
촉촉하다	촉촉하게 젖은 눈망울로 응시했다. **북마녀 TIP** '축축하다'와 같은 의미이지만 어감상 훨씬 부드럽게 읽힌다. 눈동자, 혀, 머리카락 등 신체 부위를 묘사할 때는 '촉촉한'을 써야 낭만적인 느낌이 강해진다. '축축하다'는 날씨, 물건 등에만 쓸 것. 악역의 상태나 신체 부위를 설명할 때도 '축축하다'를 쓴다.
추악하다	남편의 추악한 비밀을 이제라도 알았으니 다행이었다.
출중하다	그 가주의 능력이 출중한 것은 알고 있었지만, 미남이라는 건 몰랐다. **북마녀 TIP** 일반적으로 외모나 재능을 설명할 때 쓴다.

치열하다	지난 삶은 꽤 치열하게 살았지만 결국 실패했다.
치욕스럽다	치욕스러운 꼬리표를 달고 평생 살아야 했다.
치졸하다	남편의 치졸하고 비겁한 태도에 질려 더 이상 바라는 것이 없었다.
침통하다	저택에 모인 이들의 얼굴은 침통하기 짝이 없었다.

단어	예시 문장
케케묵다	케케묵은 과거 따위는 잊어버릴 테다.
큼지막하다	큼지막한 손이 다가와 그녀를 붙잡았다. **북마녀 TIP** '커다랗다'를 대체할 수 있는 표현.

단어	예시 문장
탐욕스럽다	백작은 탐욕스럽게 눈을 번뜩였다.
태연하다	① 거짓이 만천하에 드러났는데도 황제는 태연했다. ② 그녀는 태연한 척을 하려 노력했지만 손이

	자꾸만 떨렸다.
	 장르소설 특성상 '태연한 척'이 자주 쓰인다.
태평하다	태평하게 잠들어 있는 모습을 보니 긴장이 풀렸다.
터무니없다	그가 한 이야기는 전부 터무니없는 거짓말이었다.
토실토실하다	토실토실한 아기의 팔을 살며시 만져보았다.
통쾌하다	통쾌하게 한 방 먹여 주고 나니 아주 만족스러웠다.
퉁명스럽다	줄곧 퉁명스러운 말투로 대답했다.
튼실하다	튼실한 팔뚝이 모든 짐을 가벼이 들었다.

단어	예시 문장
파리하다	병이라도 걸린 듯 안색이 파리했다.
	북마녀 TIP 낯빛에 핏기가 전혀 없고 초췌한 모습. 몸이 마르고 얼굴이 야위어 수척한 상태를 겸한다. 즉, 통통한데 파리하다고 묘사하면 어울리지 않는다.
평탄하다	이번 인생도 평탄하게 흘러가진 않을 것 같다.
푹석하다	잠이 덜 깨어 푹석한 얼굴을 살며시 만져 보았다.
	북마녀 TIP

'푸석푸석하다'도 가능하다.

풍만하다	풍만한 몸매를 드러내는 드레스를 입고 있었다. **북마녀 TIP** 글래머러스한 여성의 몸을 묘사할 때 쓴다. 특히 가슴이 큰 경우를 지칭한다.
풍족하다	빙의 후 밤낮으로 애쓴 끝에 가문의 살림은 이전보다 풍족해졌다.
피폐하다	그녀의 삶을 피폐하게 만든 건 바로 가족이었다.

단어	예시 문장
하찮다	여자 마음 하나 못 잡고 빌빌대는 꼴이 하찮고 한심했다.
한량없다	기다렸던 연락을 받게 되어 기쁘기 한량없습니다. **북마녀 TIP** '그지없다'와 같은 뜻. 대사나 서간문(편지)에 귀족 이상 신분의 극존대 말투로 활용한다. 서양풍보다는 동양풍에 훨씬 더 어울린다. 지문에서 쓰는 것도 가능하긴 하지만 어감상 어색할 수 있으니 주의한다.
한미하다	비록 출신은 한미하지만 탁월한 재주로 입궁할 수 있었다. **북마녀 TIP** 가난하고 변변찮은 집안이나 가문을 설명할 때 쓴다.

해묵다	해묵은 과거였지만 여전히 현재에 영향을 주고 있었다.
해쓱하다	언니의 해쓱해진 얼굴이 자꾸만 떠올랐다. **북마녀 TIP** 【유의어: 핼쑥하다】
허름하다	차림새는 허름했지만, 눈빛만은 날카롭게 살아 있었다.
허망하다	그를 만나지 못하고 결국 허망하게 돌아섰다.
허물없다	김 주임과는 입사 동기로 지금은 허물없는 친구 사이였다. **북마녀 TIP** 서로 체면을 따지지 않을 만큼 친한 관계를 나타낼 때 쓴다. '막역하다'도 같은 의미이지만 조금 어려운 단어다.
허술하다	허술한 변명은 전혀 통하지 않았다.
허탈하다	허탈하게 웃고 말았다.
험난하다	지난 인생은 지독히도 외롭고 험난했다.
험상궂다	그가 험상궂은 얼굴로 다가서자 그녀는 움찔 몸을 떨었다.
험하다	① 길이 멀고 험하여 영애에겐 무리일 것이다. ② 험한 인상과는 달리 행동은 친절했다. **북마녀 TIP** 예시 ②처럼 사람의 얼굴이나 이미지를 묘사할 때 '험악하다'를 대체할 수 있는 표현이다.

헤프다	당신을 헤픈 여자라고 생각한 적은 없었어.
협소하다	협소한 공간이지만 이 정도로도 충분했다.
형편없다	형편없는 음식이지만 억지로 입에 넣었다.
형형하다	안경을 벗으니 짙은 눈동자가 형형하게 빛나고 있었다. **북마녀 TIP** 작고 귀여운 반짝임이 아니라, 강한 의지와 위협적인 태도가 다분할 때 쓴다.
호락호락하다	① 그 사람이 그렇게 호락호락한 위인은 아니지. ② 너 내가 그렇게 호락호락한 사람으로 보여? **북마녀 TIP** 긍정형을 쓰더라도 맥락 자체가 부정적인 상황일 때만 활용한다.
호쾌하다	전화 너머로 호쾌한 목소리가 울렸다.
호탕하다	뒤에서 호탕한 웃음소리가 들려 돌아보았다.
호화롭다	늙은 공작이 누워 있는 방은 넓고 호화로웠다. **북마녀 TIP** '사치스럽다', '호사스럽다'와 사전적 의미는 흡사하지만, 딱히 부정적인 맥락으로 쓰이는 단어는 아니다.
혹독하다	혹독한 훈련을 그만둔 지 오래였지만 몸은 여전히 기억하고 있었다.
확고하다	경의 뜻이 그렇게 확고하다면 그리 하시오.

홧홧하다	① 그의 입술이 지나간 자리마다 홧홧한 전율이 흘렀다. ② 밤새 괴롭힘 당한 곳이 아직도 홧홧했다. **북마녀 TIP** 달아오르고 뜨거운 기운을 의미하며, 맥락상 살짝 쓰리고 아픈 듯한 느낌이 추가된다. 예시 ②처럼 스킨십 후의 신체 상태를 암시할 수 있다.
황폐하다	황폐한 정원이 눈에 들어왔다. **북마녀 TIP** 【유의어: 황량하다】
후미지다	점집은 후미진 골목에 위치해 있었다.
후줄근하다	이렇게 후줄근한 모습으로 그 앞에 서고 싶지 않았다.
흉측하다	① 소년의 흉측한 등을 보고 나면 다들 거리를 두었다. ② 남자가 흉측한 아래를 덜렁거리며 달려들었다. **북마녀 TIP** 부정적인 표현이므로 남주인공을 묘사할 때 쓰면 곤란하다. 대신 여주인공이 성폭행 위기에 처한 장면에서 악역에게 쓸 수 있다.
흉포하다	짐승처럼 흉포하게 달려들었다. **북마녀 TIP** 남자 캐릭터가 상대를 압도하는 움직임을 보일 때 쓴다.
흉흉하다	황실에 관한 민심이 흉흉했다.

흔쾌하다	그는 나의 제안을 흔쾌히 받아들였다.
	북마녀 TIP
	'흔쾌'는 맞춤법이 틀린 것.
흡족하다	황제가 흡족한 눈빛으로 내려다보았다.
흥건하다	바닥이 흥건하게 젖어 있었다.
희박하다	그가 살아 돌아올 가능성은 희박했다.
힘겹다	바닥에 주저앉았다가 힘겹게 일어섰다.

접미사 '~적'에 관하여

국립국어원에 따르면 개화기 이전 우리말에서 접미사 '~적'을 찾아보기 어렵다. 다시 말해 '~적'은 일제강점기 이후 활용 빈도가 폭발적으로 늘었다. 실제로 이 접미사가 붙은 표현은 일본어에서의 용법과 유사하다. 그래서 많은 글쓰기 교육서나 글쓰기 강사들이 이를 일본식 표현으로 규정하고 퇴고 시 글에서 이 표현을 삭제하라고 조언한다.

하지만 글을 쓰다 보면 현실적으로 '~적'이 안 나올 수가 없다. 실생활에서 말과 글로 자연스럽게 사용되고 있고, 단어에 따라서는 '~적'을 대체할 만한 표현이 없는 경우도 많다.

이는 논설문, 설명문 등 비문학뿐만 아니라 소설도 마찬가지다. 한글로 쓰는 소설에서 이를 완전히 배제하는 것은 사실상 불가능하고 모든 독자가 이를 감안하면서 특별한 불편감 없이 읽는다. 그나마 소설에서는 '~적'을 쓸 일이 그다지 흔하지는 않기 때문에 비문학에 비해 등장 횟수가 적다. 따라서 무조건 배제하려고 애쓰지 않아도 된다. 활용 빈도가 높은 '~적'을 알아두고 적재적소에 활용하는 것이 더 중요하다.

대신 작가라면 소설 속 문장에 어울리는 '~적'이 생각보다 많지 않다는 점을 염두에 두어야 한다.

비문학 글에서는 사실상 고유명사에 '적'을 붙여 새로운 단어를 만드는 것이 맥락에 따라 허용되기도 하지만, 소설에서 '~적'은 무척 튀는 표현이다. 너무 자주 쓰면 소설답지 않은 문장이 된다. 또한 비문학에 비해 소설 속 문장에서는 '~적'을 풀어서 설명하는 것이 가능할 때가 훨씬 많다. 할 수 있는 한 풀어서 쓰되, 소설에 어울리는 '~적'을 기억해 둔다면 집필 시 고민을 덜하게 될 것이다.

단어	예시 문장
가급적	가급적 오래, 대학을 졸업할 때까지만이라도 버티고 싶었다. **북마녀 TIP** '할 수 있는 만큼 최대한'의 뜻이다.
가시적	내 능력을 가시적으로 입증하고 싶었다. **북마녀 TIP** '눈으로 볼 수 있다'는 뜻으로, 어떤 성과를 증명하는 상황에 쓴다.
간헐적	간헐적으로 오던 통증이 어느 순간부터는 계속 이어졌다. **북마녀 TIP** 시간간격을 두고 반복해서 발생하는 상태를 의미한다. '때때로'나 '종종'에 비해 그 주기가 매우 짧다.

감동적	누군가에겐 감동적인 장면이겠지만 저들의 속을 알고 있는 나는 헛웃음만 났다.
객관적	객관적으로도 그녀는 정말 아름답고 단아한 여자였다.
결정적	① 그가 CCTV에 찍혔다는 것이 결정적인 증거였다. ② 언제나 차갑게 굴면서 결정적일 땐 다정했다. **북마녀 TIP** 예시 ②의 경우 중요한 시점을 의미한다.
고압적	그의 고압적인 말투에 남자가 진땀을 흘리며 굽실거렸다. **북마녀 TIP** 카리스마 있고, 실제로 권력을 갖고 있는 남주의 태도를 설명할 때 쓴다.
고혹적	고혹적인 눈매가 일순 찌푸려졌다.
구시대적	이게 무슨 구시대적 발상인 건지.
국가적	국가적으로 큰 손해가 될 일이었다.
굴욕적	그에게 손을 벌리는 건 굴욕적이었지만 다른 방법이 없었다. **북마녀 TIP** '굴욕스럽다'로 대체할 수 있다.
귀족적	귀족적인 미소를 꾸며내며 그를 맞이했다.

우아한 태도와 예의를 갖췄다는 의미. 그러나 신분을 뜻하는 단어에 전부 '적'을 붙일 수는 없다. 황실적, 양반적, 노예적 등과 같은 표현은 사용하지 않는다.

| 극단적 | 그건 너무 극단적인 시도 아닐까? |

| 기계적 | 여인은 아이를 기계적으로 안아 들었다. |

| 기본적 | 기본적으로는 신전에 속하는 건물이었다. |

북마녀 TIP

써도 문제는 없으나 비문학스러운 표현이라 안 쓰는 방향이 좋다.

| 기적적 | 아버지의 병이 과연 기적적으로 완치될 수 있을까? |

ㄴ

단어	예시 문장
노골적	나를 바라보는 노골적인 시선에 몸을 움직일 수 없었다.

북마녀 TIP

대놓고 행동하는 뜻이 담겨 있다. 상대를 향해 성적인 마음을 품은 시선, 몸짓, 손길 등을 표현.

㉢

단어	예시 문장
단도직입적	그녀는 말을 돌리지 않고 단도직입적으로 물었다. **북마녀 TIP** 이 한자어는 단독으로 쓰기보다는 '~적'을 붙여 활용한다.

ㅁ

단어	예시 문장
매혹적	매혹적인 몸짓으로 무희가 서서히 다가왔다.
몽환적	그녀는 몽환적인 밤바다를 오랫동안 바라보며 서 있었다.
무의식적	무의식적으로 주머니 속 반지를 만지작거렸다. **북마녀 TIP** 【반의어: 의식적】

ㅂ

단어	예시 문장
반사적	반사적으로 발을 내딛고 말았다.
본능적	친아버지가 유산 때문에 저를 받아줬다는 걸 본능적으로 알고 있었다.

불가항력적	불가항력적인 신음이 흘러나왔다.
	북마녀 TIP
	사람의 힘으로는 저항할 수 없다는 뜻.
비관적	이건 비관적인 게 아니라 현실을 생각하는 것뿐이다.
비교적	그녀는 비교적 한미한 가문 출신이었다.

단어	예시 문장
상식적	좀 더 상식적으로 행동하는 게 어떨까?
생리적	생리적인 눈물이 주룩 흘러내렸다.
	북마녀 TIP
	눈물이 나올 만한 감정 상태가 아닌데 신체적인 통증 등으로 인해 자동으로 눈물이 나올 때 쓴다.
수동적	그렇게 수동적으로 행동하지 마.
순간적	순간적으로 커진 눈동자를 들키고 말았다.
순종적	그녀는 순종적으로 고개를 끄덕였다.
습관적	습관적으로 입술을 뜯으려다가 멈췄다.
심리적	인형을 안고 자면 심리적으로 안정될 것이다.

◎

단어	예시 문장
암묵적	귀족들은 이미 암묵적으로 합의를 한 듯했다.
야만적	마을 사람들은 자기들이 저지른 야만적인 행동을 숨기기 위해 노력했다.
야생적	그가 움직일 때마다 단단한 복근이 야생적으로 꿈틀거리고 있었다.
역동적	역동적인 근육이 물결치듯 꿈틀거렸다.
외설적	크게 부푼 근육질의 가슴이 유난히 외설적으로 보여 고개를 돌렸다. **북마녀 TIP** 타인의 몸이나 행동이 야하게 느껴질 때 사용하는 표현.
우호적	두 나라는 우호적인 관계를 유지해 왔지만, 황제가 독살된 후 분위기가 달라졌다.
의례적	의례적으로 안부를 물으며 방안을 두리번거렸다. **북마녀 TIP** 그 상황에 맞게 격식을 갖추기는 했지만, 영혼 없이 행동하는 뉘앙스가 담겨있다.
이례적	그 나이에 임원 자리에 오른다는 건 이례적인 일이었다.
이국적	이국적인 외모가 돋보이는 남자였다.

그 나라의 평균적인 외모나 풍경과는 크게 다른 모습일
때 쓴다.

| 이질적 | 지나치게 화려하고 치렁치렁한 드레스는 이질
적인 느낌마저 들었다. |

북마녀 TIP

'성질이 다르다'는 뜻으로 상황이나 분위기, 인물에 어울
리지 않을 때 활용한다.

| 일방적 | 호감도 없는 남자의 일방적인 고백은 무시하는
게 상책이다. |

| 일시적 | 일시적인 감정일 뿐, 시간이 지나면 사라질 것이다. |

단어	예시 문장
작위적	작위적인 울음소리를 내며 우는 척을 해댔다.
저돌적	저돌적으로 다가섰지만 그녀는 눈 하나 깜빡이지
않았다.

북마녀 TIP

뒤에 '덤비다', '다가서다', '달려들다' 등 거센 움직임의 동
사를 붙이고 이를 강조한다.

| 적극적 | 유난히 적극적으로 구애하는 놈이 있어 얼굴을
기억해 두었다. |

| 전폭적 | 최 회장의 전폭적인 지지로 쉽게 임원이 될 수 있었다. |

북마녀 TIP

전체에 걸쳐 완전히 어떤 행동을 한다는 의미로 해당 행위를 매우 강하게 한다는 뉘앙스가 담겨 있다.

| 절대적 | ① 귀족들은 그에게 절대적인 충성을 바쳤다.
② 이 집에서 그녀의 명령은 절대적이었다. |

북마녀 TIP

예시 ①은 어떠한 조건이나 제약이 붙지 않는다는 뜻이고, 예시 ②는 비교할 상대가 없다는 뜻이다.
【반의어: 상대적】

정기적	정기적으로 배달되는 음식으로 연명했다.
정치적	정치적 야망이 컸기에 도저히 양보할 수 없었다.
주기적	주기적으로 결계를 점검하는 것이 내 일이다.

단어	예시 문장
치명적	아버지의 부재는 치명적이었다.

단어	예시 문장
파격적	젊은 대표는 취임하자마자 파격적인 인사를 단행했다. **북마녀 TIP** 격식과 관례를 깨뜨린다는 의미.
표면적	표면적으로는 안주인 행세를 했지만 실제로는 모두가 그녀를 무시했다. **북마녀 TIP** 겉으로 나타나는 상태를 뜻한다. 맥락상 공식적으로 알려진 경우와 실제 상황이 다를 때 비교를 위해 쓴다.
필사적	필사적으로 매달리는 팔다리를 하나하나 툭툭 떼어냈다.
필연적	필연적으로 두 가문은 서로 반목할 수밖에 없었다.

단어	예시 문장
헌신적	여주인공에게 헌신적인 남자였다.
현실적	현실적으로 그게 가당키나 한 얘기니? **북마녀 TIP** 【반의어: 비현실적】

호의적	호의적인 반응에 용기를 얻었다.
회의적	다들 계약이 불발될 거라고 생각하는지 회의적인 눈빛이었다.

북마녀 TIP

의심을 품고 비관하는 태도를 의미한다.

Part 5

부사

다른 말 앞에 놓여 뜻을 더욱 분명하게 하는 단어

부사는 옆에 있는 동사나 형용사를 꾸며 주며 그 문장의 의미를 더욱 극대화하는 기능을 한다. 속도감의 차이, 빈도의 차이, 정도나 밀도의 차이, 감정 상태의 차이를 가감하여 작가의 의도를 명확하게 독자에게 전달한다.

  실제로 동사나 형용사를 쉽고 평이한 단어로 쓰면서도 필력 좋다고 알려진 작가들의 작품을 살펴보면 부사를 잘 활용하는 모습을 확인할 수 있다. 그야말로 '한 끗' 차이를 만들어 주는 품사가 바로 부사다.

> ① 한 아이가 일어섰다.
>
> ② 한 아이가 냉큼 일어섰다.

  이처럼 부사 하나를 덧붙인 것만으로도 문장 ①과 ②의 차이는 극명해진다. 독자는 부사를 통해 인물이 처한 상황과 주변 환경, 그리고 인물의 행동을 더욱 뚜렷이 인지하게 된다.

  단, 소설 속 문장에서 부사 2~3개가 한꺼번에 연달아 들어가거나 부사의 위치가 떨어져 있더라도 한 문장에 부사의 수가 3개를 넘어가는 것은 과도한 활용이다. 특히 웹 연재 및 유통을 위해 문장을 짧게 쓰면서 이렇게 부사가 많이 들어간다면 결코 좋은 문장이 될 수 없다. 아주 특별한 상황에서 강조를 위한 의도로 넣는 것이 아닌 이상 적절한 배치가 필요하다.

글을 쓰는 누구에게나 글버릇이 있다. 그 글버릇 중에는 자주 반복하여 쓰는 단어가 필시 존재할 것인데, 많은 경우 부사다.

자, 가슴에 손을 얹고 자신이 시도 때도 없이 많이 쓰는 단어가 무엇일지 생각해 보자. 명사, 동사, 형용사는 글의 내용에 따라 천차만별로 달라진다. 그러므로 글의 내용 및 장르와 관계없이 사용 빈도가 가장 높은 품사는 부사일 수밖에 없다.

북마녀의 글버릇은 '사실', '굉장히', '물론'을 많이 쓴다는 것이다. 이것은 말버릇이기도 하여 유튜브 영상에서도 물론(!) 자주 쓰고, 사실(!) 전작 《억대 연봉 부르는 웹소설 작가수업》에서도 퇴고 시 이 단어들을 제거하느라 고생해야 했다. 굉장히(!) 좋지 않은 버릇이기 때문에 줄이려고 부단한 노력 중이다. 방금 두 문장에서 3개의 부사를 제외하더라도 의미는 달라지지 않고 충분히 전달된다. 글자수를 늘리기 위해 불필요한 부사를 추가하는 것은 사족이다. 자기 버릇을 알아야 없앨 수 있으므로 자신의 원고를 객관적인 눈으로 뜯어보자.

이 사전에서 거의 다루지 않은 의성어와 의태어 역시 부사와 같은 역할을 하며 머릿속으로 장면을 그려볼 수 있게끔 도와준다. 다만 의성어와 의태어는 반복이 아니어도 너무 자주 등장하면 글 자체가 부담스러워지고, 작가가 이 표현에 집착하는 것처럼 보일 가능성이 있다.

문단 하나가 문장 5개로 구성되었다고 가정했을 때 의성어나 의태어가 3~5개라면 너무 많은 것이다. 또한 연이은 문장 3개에서 매번 의성어와 의태어가 나오는 것도 무리수로 보인다. 평소 의성어와 의태어를 많이 쓰는 편이라면 줄이는 연습을 해야 하고, 반대로 의성어와 의태어를 아예 쓰지 않는 타입이라면 조금씩 넣는 연습을 하면 좋겠다.

이 파트에서는 웹소설에서 활용도가 높은 부사들을 선별하여 수록하되, 일반인 누구나 허구한 날 쓰는 단어들은 제외하였다. '너무', '많이', '매우' 같은 단어들은 오히려 퇴고 시 없애는 게 관건이지 이 사전에 선별되어야 할 이유가 없다. 선별된 단어 중 유의어가 있는 경우 흔해 빠진 일상적 부사를 소설에 어울리는 부사로 바꾸면서 반복을 피하는 용도로 활용하길 바란다.

원고를 쓰면서 뭔가를 더하여 인물의 의도를 더욱 강조하고 싶을 때 적당한 표현이 생각나지 않는다면 이 파트를 펼쳐 적절한 부사를 찾아보면 되겠다. 참고로, 부사는 소설에 국한되지 않고 에세이 및 비문학 글에서도 활용도가 높기 때문에 소설뿐만 아니라 에세이를 쓰는 작가 지망생에게도 매우 유용하리라 자신한다.

단어	예시 문장
가까스로	입술이 부딪히는 것을 가까스로 모면했다.
가령	가령 내가 너를 양자로 삼고 싶다 한다면 너는 어떻게 하고 싶니? **북마녀 TIP** 가정법에 쓰며, '설령'과는 달리 부정이나 긍정 어느 쪽에 사용해도 무방하다.
가차없이	날카로운 말투가 심장을 가차없이 찔러댔다.
간혹	간혹 그의 말을 이해하지 못할 때면 입술을 앙다물곤 했다. **북마녀 TIP** '가끔', '간간이'를 대체할 수 있는 표현.
갈기갈기	드레스가 갈기갈기 찢어져 눈 뜨고 볼 수 없는 몰골이었다.
갈팡질팡	갈팡질팡 어쩔 줄 모르던 그녀가 결국 마음을 굳게 먹고 병원으로 들어갔다.
감쪽같이	감쪽같이 내 눈을 속이고 뒤에서 뭘 한 거지?
거듭	사모님 음식 솜씨가 최고라며 거듭 칭찬했다. **북마녀 TIP** 한 자리에서 여러 번 해당 행동을 되풀이하는 것을 의미한다. 예를 들어 어제 하고 오늘 또 하는 경우에는 쓸 수 없다.
걸핏하면	오빠는 걸핏하면 그녀를 찾아와 돈을 뜯어갔다.

고스란히	그녀에게 던지듯 줬던 돈봉투가 서랍 속에 고스란히 남아 있었다.
고작 /고작해야	그 작은 머리로 생각해 낸 변명이 고작 그건가?
공연히	심심할 때마다 공연히 트집을 잡아 그녀를 괴롭히곤 했다.
괜스레	괜스레 부채를 펄럭이며 웃었다. **북마녀 TIP** 구어체에서도 많이 쓰이는 '괜히'와 같은 뜻으로서, 조금 더 멋을 부린 문어체 표현. 대사에 '괜스레'를 쓰면 어색해 보이므로 주의!
구태여	남자가 구태여 이유를 알려 주며 확인사살을 했다.
그냥저냥	그냥저냥 밥은 굶지 않고 살 수 있을 거야. **북마녀 TIP** '이냥저냥'도 가능하지만 활용 빈도가 낮다.
그러게	그러게 며칠만 더 쉬었다 가자고 했잖아! **북마녀 TIP** '그러기에'의 준말이지만, 소설 속 대사 및 지문에서 원형은 거의 쓰이지 않는다.
그럭저럭	겨울이 될 무렵이면 아버지의 빚 문제도 그럭저럭 털어 낼 수 있을 것이다.
극구	김 비서가 극구 만류했지만 그를 막을 수는 없었다. **북마녀 TIP** '온갖 말을 다하여'라는 뜻으로, 열정적으로 그 행동을 했음을 강조한다.

기꺼이	나도 도움을 많이 받았기에 그의 요청을 기꺼이 받아들였다.
기껏	기껏 살려 놨더니 이게 무슨 짓이야!
기어이	기어이 네가 이 집안을 말아먹는구나!
까딱하면	까딱하면 성벽이 무너질 수도 있으니 조심해야 한다. **북마녀 TIP** '자칫하면', '자칫'과 같은 뜻.
까무룩	소설을 읽다가 까무룩 잠들고 말았다. **북마녀 TIP** 잠들거나 기절하는 상황에서 쓴다.
깍듯이	남자는 회장에게 깍듯이 머리를 숙였다. **북마녀 TIP** 정중하고 예의 바른 태도를 의미. 인사에 해당되는 동작에 써서 관계와 성격을 명확히 한다.
깡그리	오빠는 집안에 숨겨 둔 현금을 깡그리 가져갔다.
꼬박꼬박	입으로는 불만을 내뱉으면서도 시키는 일은 꼬박꼬박 했다. **북마녀 TIP** '꼬박'은 어떤 상태를 그대로 버텼다는 뜻, '꼬박꼬박'은 어김 없이 빠뜨리지 않고 매번 그런다는 뜻.
꽤나	꽤나 활발하고 밝은 아이였다. **북마녀 TIP**

	'깨나'와 혼동하는 경우가 많은데 같은 개념이 아니다. '깨나'는 '돈깨나', '나이깨나'와 같이 앞쪽에 명사를 붙여 쓴다.
꼿꼿이	알면서도 꼿꼿이 고집을 부리는 모습이 귀여웠다.
끊임없이	귓가에 아기 울음소리가 끊임없이 밀려들었다.

단어	예시 문장
남김없이	남은 음식을 남김없이 먹어치웠다. **북마녀 TIP** '빠짐없이'와 서로 대체 가능한 경우도 있으나 맥락에 따라 다르니 주의.
낱낱이	네놈들의 죄를 낱낱이 밝혀낼 것이다. **북마녀 TIP** '낱낱히'가 아니라 '낱낱이'라고 써야 맞다.
냉큼	저녁상을 명하자 하녀들이 냉큼 대령했다.
넌지시	넌지시 떠보았지만 별 소득이 없었다.
느닷없이	계부는 우리가 잊을 만하면 느닷없이 찾아와 행패를 부렸다. **북마녀 TIP** '갑자기', '별안간'을 대체할 수 있는 표현.

단어	예시 문장
다짜고짜	김 과장이 눈을 번뜩이며 다짜고짜 밀어붙였다.
단박에	소식을 듣자마자 황 여사의 얼굴이 단박에 환해졌다.
단숨에	남자는 마지막 잔을 단숨에 비우고는 탁 하고 내려놓았다.
당최	어찌된 일인지 당최 알 수가 없었다. **북마녀 TIP** '전혀'보다 더 극적인 느낌을 강조할 수 있다.
대강	사이즈는 대강 짐작되는 대로 말해 주었다.
대거	하녀들이 대거 물갈이되었으며 그 자리는 공작 부인의 사람들로 채워졌다.
대뜸	대뜸 돈부터 요구하는 모습이 의심스러웠다.
덕지덕지	집안 곳곳에 차압 딱지가 덕지덕지 붙었다.
덩그러니	테이블 위에는 장갑 한 짝만 덩그러니 놓여 있었다. **북마녀 TIP** 형용사 원형인 '덩그렇다'는 활용 빈도가 낮은 편이며 주로 부사로 쓴다.
덩달아	소년도 덩달아 긴장하여 몸을 움츠렸다. **북마녀 TIP** '남이 하는 걸 따라서 한다'는 뜻의 동사 '덩달다'의 활용형.

	하지만 일반적인 동사로 쓰이는 경우는 없고 오직 '덩달아'만 쓰인다.
도리어	도와주려 했건만 도리어 고통만 주고 말았다.
도무지	그녀를 어디서 만났었는지 도무지 기억이 떠오르지 않았다.
도통	도통 속내를 알 수 없는 노인네였다. **북마녀 TIP** 보통 부정형 문장에 쓴다.
돌연	약혼식이 돌연 취소되었다. **북마녀 TIP** '갑자기'를 대체할 수 있는 표현이며, 예기치 못한 상황에서 급히 일어난 일일 때 쓴다.
두루두루	본부장이 능력은 없지만 업계에 두루두루 인맥이 많았다.
두서없이	급한 마음에 두서없이 물어보고 말았다. **북마녀 TIP** 부사뿐만 아니라 형용사로도 자주 쓴다.
득달같이	득달같이 손을 내밀었지만 황녀는 누구의 손도 잡지 않았다.
때때로	때때로 그가 심한 집착을 내비칠 때면 잘 달래는 수밖에 없었다. **북마녀 TIP** '종종', '가끔'을 대체할 수 있는 표현. '때로는'으로 적을 수도 있다.

단어	예시 문장
마냥	마냥 행복해 보이는 그녀를 보는 게 힘들었다. **북마녀 TIP** '~처럼'의 의미로 '마냥'을 쓰는 것은 잘못된 쓰임이다.
마음껏	곁에 두고 마음껏 탐할 것이다.
마저	입에 담고 있던 음식을 마저 삼켰다.
막상	막상 하녀들이 깨워 대니 일어나기 싫었다.
맥없이	맥없이 늘어진 몸을 소파에 그대로 눕혔다. **북마녀 TIP** 기운이 없다는 뜻이며 몸이 축 늘어진 느낌을 강조한다. 몸뿐만 아니라 낯빛도 좋지 않은 상태다.
맹세코	맹세코 도망가려던 게 아닌데 꼼짝없이 의심받게 되었다.
머지않아	전쟁은 머지않아 끝날 것이다.
멍하니	그의 손이 움직이는 모습을 멍하니 응시했다.
모름지기	마법사는 모름지기 인간을 위해 마법을 행해야 하는 법. **북마녀 TIP** '마땅히'와 같은 뜻으로 뭔가를 가르치고 계도하는 뉘앙스의 문장에서 잘 활용된다. 등장인물뿐만 아니라 작가 자신의 신념을 지문을 통해 쓸 수 있다.

모조리	모조리 죽여 버리겠다고 설친 것도 아니다.
	북마녀 TIP
	'모두', '전부'를 대체할 수 있는 표현.
모처럼	모처럼 상쾌한 아침이었다.
	북마녀 TIP
	'오랜만에'를 대체할 수 있는 표현.
목청껏	백성들은 목청껏 그의 이름을 불러 댔다.
못내	혼자 덩그러니 남겨지고 나니 못내 서러웠다.
	북마녀 TIP
	'서글프다', '서럽다', '아쉽다' 등 서운한 감정 표현에 붙여 감정을 부각할 수 있다.
무심코	무심코 상자를 연 남자의 얼굴이 벌겋게 물들었다.
무참히	① 다음날 새벽, 남자는 무참히 살해된 채로 발견되었다. ② 한나절 곱게 말린 옷감이 구둣발 아래 무참히 짓밟혔다.
	북마녀 TIP
	일반적으로 끔찍하고 참혹한 살해의 광경을 묘사할 때 쓰인다. 단순히 한 번 정도 찔려서는 무참한 수준이 아니다. '짓밟히다', '밟히다', '살해당하다', '처형당하다', '난자당하다' 등 매우 강한 공격형 어조의 동사와 어울린다.
묵묵히	묵묵히 듣고만 있던 회장이 마침내 입을 뗐다.
물끄러미	나를 물끄러미 바라보는 눈동자에 아무 감정도 실려 있지 않았다.

물씬	고급스럽고 우아한 분위기를 물씬 풍겼다.
미처	미처 빼놓지 못한 팔찌가 주머니에서 달그락거렸다.

 북마녀 TIP

'아직', '채'를 대체할 수 있는 표현. '아직'보다 더 급하게 부정적인 맥락을 강조할 수 있다.

ㅂ

단어	예시 문장
바득바득	바득바득 떨어지지 않으려는 아이를 쳐냈다.
밥먹듯이	회장의 외동딸은 밥먹듯이 클럽에 드나들었다.

북마녀 TIP

비유적인 표현이기는 하나 로판에서는 '밥'이란 단어가 어색할 수 있으니 주의.

번갈아	두 사람을 번갈아 보던 직원이 입을 열었다.
번번이	잘난 아들이 맞선에 나갈 때마다 번번이 퇴짜를 맞다니 믿을 수 없었다.

북마녀 TIP

'매번'을 대체할 수 있는 단어.

별달리	별달리 대접할 것이 없지만 많이들 드세요.

북마녀 TIP

'별반'과 비슷한 뜻이지만 '다르지 않다'에 붙이면 이상하다.

별반	그녀가 입은 순백색 드레스는 웨딩드레스와 별반 다르지 않았다.
	북마녀 TIP 보통 '별반 다르지 않다'로 조합하여 쓴다.
본디	그 자리는 본디 황후가 나서야 하는 것이었다.
부러	나는 남자를 향해 부러 온화한 미소를 보냈다.
	북마녀 TIP 뜻이 완벽하게 같지는 않지만 '일부러'를 대체할 수 있으며 생략을 통한 멋이 있다.
부리나케	돈이 아쉬우니 부리나케 찾아온 꼴이 우스웠다.
	북마녀 TIP '서둘러', '급히'를 대체할 수 있는 단어.
부쩍	아버지도 부쩍 늙으셨어, 연락 좀 자주 해.
불과	불과 한 달 전까지만 해도 이곳에는 거대한 저택이 들어서 있었다.
	북마녀 TIP 뒤에 기간이나 숫자를 넣어서 그 정도밖에 안 된다는 뜻으로 쓴다. '겨우' '고작'을 대체할 수 있는 단어.
불쑥	단단한 손이 뒤에서 불쑥 나와 문을 잡았다.
불현듯	지난밤의 기억이 불현듯 떠올랐다.
붕붕	어린아이는 아니라며 고개를 붕붕 흔들었다.
	북마녀 TIP 작은 몸이 빠르지만 조금 둔탁하게 움직일 때 쓴다. 아이

가 나오는 장면에서 아이의 움직임을 귀엽게 묘사할 수 있다. 단어 자체의 어감이 귀여워서 육아물에 활용하기 좋다.

비로소	구름이 걷히고서야 비로소 달빛 아래 남자의 얼굴이 드러났다.
빠짐없이	그녀의 물건을 하나도 빠짐없이 가져가 버렸다. **북마녀 TIP** '전부', '모두', '다'를 대체할 수 있는 단어.
빤히	남자가 그녀를 빤히 보고 있었다. **북마녀 TIP** '빤히 보다'는 '응시하다'를 대체할 수 있는 표현.

ㅅ

단어	예시 문장
사정없이	사정없이 후려치자 아이의 뺨이 금방 벌겋게 부어올랐다.
살포시	옷자락을 살포시 잡은 손이 눈에 들어왔다.
샅샅이	가족, 친구, 지인들까지 전부 샅샅이 조사해.
새삼	새삼 그가 다정하게 저를 대했다는 걸 깨달았다. **북마녀 TIP** 다시금 새롭게 어떤 깨달음이 있을 때 활용한다.
서슴없이	어머니는 서슴없이 통장을 꺼내와 내밀었다.

선뜻	선뜻 부정하지 못하고 눈동자를 굴렸다.
선선히	① 바람이 선선히 불어오고 있었다. ② 노인은 보석함을 선선히 내주었다. **북마녀 TIP** 예시 ①은 시원한 느낌이 들 만큼 서늘하다는 뜻. 예시 ②는 시원스러운 태도를 의미하며 '선뜻'과 유사한 표현.
설령	설령 하객들이 나를 비웃더라도 나는 끝까지 결혼식장을 지킬 것이다. **북마녀 TIP** 가정법에 쓰며, 부정적인 뜻을 가진 문장에 활용한다. 【유의어: 설사】
설핏	① 머릿속으로 어떤 장면이 설핏 스쳐갔다. ② 책을 붙잡고 있다가 설핏 잠이 들었다. **북마녀 TIP** '얼핏'과 '설핏'은 비슷한 뜻으로 쓸 수 있지만, 얼핏은 선잠이 든 장면에서 쓸 수 없다.
손수	남자는 악녀를 손수 처리할 정도로 여주인공을 사랑했다.
송두리째	아빠는 노름으로 재산을 송두리째 날렸다.
순순히	이번만큼은 순순히 물러날 생각이 없었다. **북마녀 TIP** '잡히다', '물러나다' 등 상대가 위해를 가하는 상황에 많이 쓰이는 동사들과 자주 조합된다.
순전히	내가 죽임을 당한 것은 순전히 남편의 잘못 때문이었다.

술술	시녀는 황후의 비밀을 술술 불어 버렸다.
스멀스멀	기억을 떠올리자 공포감이 스멀스멀 올라오기 시작했다. **북마녀 TIP** '스물스물'은 비표준어.
슬그머니	슬그머니 시선을 올렸다가 마주치고 말았다.
시시때때로	시시때때로 트집을 잡으니 안심할 수 없었다. **북마녀 TIP** '때때로'보다 훨씬 더 자주 발생할 때 활용한다.
실낱같이	실낱같이 남아 있던 희망마저 사라지고 말았다.
쏜살같이	문이 열리자마자 그녀는 쏜살같이 뛰쳐나갔다.

단어	예시 문장
아등바등	내가 아등바등 밤잠 못 자 가며 일해서 모아 둔 돈이었는데.
아무렇게나	남자는 들고 있던 책을 아무렇게나 내던졌다. **북마녀 TIP** 조사 '나'를 붙여 뜻을 더욱 강조한다.
알뜰살뜰	이렇게 알뜰살뜰 챙겨 주다니 눈시울이 절로 붉어졌다.

암암리에	국경에서 암암리에 추진된 계획을 황태자가 알 리 없었다. **북마녀 TIP** '암암리'는 명사지만 일반적으로 부사형만 쓰인다.
애써	눈물을 애써 감추며 유품을 정리했다. **북마녀 TIP** 사전에는 없지만 동사인 '애쓰다'가 부사처럼 활용되는 형태로, 그 행동을 하기 위해 매우 노력하는 모습을 강조한다.
어렴풋이	필름이 끊기긴 했지만 부축해 주던 손길이 어렴풋이 기억났다.
어렵사리	어렵사리 일자리를 구할 수 있었다. **북마녀 TIP** '매우 어렵게'보다 문학적인 표현.
얼결(에)	얼결에 대답한 것뿐인데, 그의 표정이 좋지 않았다. **북마녀 TIP** '얼떨결에'와 같은 뜻. '얼떨결', '얼결'을 명사로 따로 쓰는 경우는 거의 없고, 보통 부사로 활용한다.
얼추	이번에 국경에서 일어난 일은 얼추 들으셨지요?
얼핏	언젠가 빨래터에서 얼핏 들은 적이 있는 소문이었다.
엄밀히	엄밀히 따지면 그녀는 이제 황실 소속이 아니었다. **북마녀 TIP** 형용사로도 쓰일 수 있지만, 부사의 사용 빈도가 더 높다.

엉겁결에	소년은 엉겁결에 입으로 들어온 빵을 베어 물었다. **북마녀 TIP** 인물이 자신도 모르는 사이에 행동할 때 붙이는 표현. '엉겁결'을 명사형으로 따로 쓰지는 않는다.
여태	한나절을 응접실에서 기다렸으나 여태 말 한마디도 나누지 못했다.
연거푸	연거푸 자신을 빼고 모였다는 말을 들으니 짜증이 올라왔다. **북마녀 TIP** 【유의어: 거듭, 연신, 연달아】
연신	농부는 연신 허리를 숙이며 그녀를 배웅했다.
영	그녀에겐 영 어울리지 않는 차림새였다.
영영	앞으로 살아가면서 그를 만날 일은 영영 없을 테지. **북마녀 TIP** '영원히'를 대체할 수 있는 단어.
오죽	사내 녀석이 오죽 못났으면 부인이 그렇게 도망을 쳤겠어? **북마녀 TIP** '얼마나'를 대체할 수 있는 단어.
온통	정원은 온통 붉은 꽃으로 뒤덮여 있었다.
와락	얼굴을 와락 구기며 비꼬기 시작했다. **북마녀 TIP** 갑작스러우면서도 과감한 동작을 의미한다. 변화가 작을

	땐 어울리지 않는다.
요컨대	요컨대 황후가 그 기사를 총애한다는 것이었다.
용케	이런 상황에서도 용케 제정신이 박혀 있구나.
	북마녀 TIP 발화자가 해당 인물의 행동이나 상황을 매우 기특하고 장하다고 여길 때 쓴다. 자기 자신에게 쓰는 것도 가능하다.
유난히	그녀는 유난히 눈에 띄는 옷을 입고 있었다.
유달리	유달리 깨끗한 드레스가 눈에 들어왔다.
유독	수많은 여인 중 유독 그녀만 눈에 띄었던 것은 허름한 드레스 때문이었다.
유심히	그는 저녁 내내 아이의 행동을 유심히 지켜보았다.
은근슬쩍	은근슬쩍 몸을 기대며 칭얼거렸다.
이내	그녀는 눕자마자 이내 잠이 들어 버렸다.
이상하리만치	어머니가 사라진 이맘때면 아버지는 이상하리만치 예민하게 굴곤 했다.
	북마녀 TIP '이상하게'를 대체할 수 있는 문학적 표현. '이상하다'의 부사적 활용형이다.
일일이	일일이 다 받아 줄 필요 없어.
일제히	단호하게 거절하자 모든 시선이 일제히 그녀에게 쏠렸다.

여러 명이 한꺼번에 동시에 같은 행동을 하는 상황에서
쓴다.

일찌감치	일찌감치 저녁을 먹고 방으로 올라왔다.

'일찍'을 대체할 수 있는 표현.

단어	예시 문장
자그마치	제국을 떠난 지 자그마치 십오 년이 넘었다.

'자그만치'는 틀린 표현이다.

자못	자못 진지한 말투에 말을 꺼내기가 더욱 조심스러워졌다.
작작	① 거짓말 좀 작작 해. ② 술 좀 작작 마시고 다녀!

'지나치지 않게'라는 뜻이지만 실제로는 남을 말리거나 타
박할 때 쓰기 때문에 '아예 하지 말라'는 뜻에 더 가깝다.

잠자코	회장이 원하는 대로 잠자코 따라 주었지만 이번 만큼은 물러설 수 없었다.
족히	준비를 끝내려면 족히 두 시간은 걸릴 텐데.
좀처럼	동기들은 그녀의 승진을 좀처럼 납득하지 못했다.

부정형 표현과 붙는다.

【유의어: 도무지, 도통】

죽은듯이	내시들이 전부 죽은듯이 엎드려 있었다.

'쥐죽은듯이'에서 줄어든 표현이다.

지그시	① 그도 침대에 누워 눈을 지그시 감았다. ② 그녀는 입술을 지그시 깨물다가 결국 입을 열었다.

지긋이	① 지긋이 앉아 공부하는 꼴을 못 봤다. ② 나이가 지긋이 들어 보이는 남자였다.

예시 ①은 참을성 있고 끈덕짐을 의미하고, 예시 ②는 나이가 들어 보이는 것을 강조하는 표현이다.

지나치게	말괄량이 같았던 영애가 오늘은 지나치게 얌전했다.

지레	지레 겁먹고 물러나려는 그녀를 잡아야 했다.

지지리(도)	① 평생 지지리 운이 없었지만 이렇게까지 될 줄이야. ② 지지리도 못난 놈.

구어체에서 쓰이는 단어이지만 지문에도 쓸 수 있다. 장점이나 좋은 내용엔 쓸 수 없고, 해결 방법이 없는 운명적 문제를 한탄할 때 쓴다.

짐짓	자꾸만 웃음이 났지만 짐짓 모른 체하며 물었다.

단어	예시 문장
차마	묵직한 죄책감에 차마 발길이 떨어지지 않았다.
철석같이	원래대로 돌아갈 수 있을 거라 철석같이 믿고 있었다. **북마녀 TIP** '철썩같이'는 틀린 말이다.

단어	예시 문장
켜켜이	서재에는 켜켜이 먼지 쌓인 책들이 주인을 기다리고 있었다. **북마녀 TIP** '켜'는 포개어진 물건의 층이며, '켜켜이'는 켜마다, 즉 켜와 켜 사이를 의미한다.

단어	예시 문장
턱없이	내 마음을 표현하기엔 턱없이 부족했다.
톡톡히	① 네가 아주 집안 망신을 톡톡히 시키는구나? ② 우리 가문을 얕본 대가를 톡톡히 치르게 해

	주지. ③ 걔는 부모 덕을 톡톡히 본 거지 자기 능력으로 이룬 건 아니잖아. **북마녀 TIP** 비판, 망신, 힘든 상황 등 부정적인 상황의 정도가 심하다는 뜻. 예시 ③처럼 유·무형 재산이 넉넉할 때도 쓸 수 있다.
툭하면	툭하면 주먹을 휘두르는 아버지 탓에 멍이 가실 날이 없었다.

단어	예시 문장
퍽	황후가 퍽 다정한 웃음을 띠고 다가왔다.
평생토록	그와 함께 지냈던 시간은 평생토록 기억될 것이다. **북마녀 TIP** '죽을 때까지', '영원히'를 대체할 수 있는 표현으로 '평생'의 의미를 강조한다.
필시	겁먹은 황제는 필시 후문으로 도망치리라.

단어	예시 문장
하나같이	사촌들은 하나같이 콧대 높고 싱격이 더러운 놈들이었다.

하물며	친딸에게도 저러는데 하물며 양녀인 나에게는 어떻겠는가.
하필(이면)	골라도 하필이면 제일 낡은 걸 고른단 말이냐.
한결	그와 대화를 나누었더니 기분이 한결 나아졌다. **북마녀 TIP** '한층 더'와 유사하지만, '전에 비하여'의 의미가 강조된 단어. 이전의 상황과 뚜렷하게 달라질 때 쓴다.
한결같이	꼬박 6년을 한결같이 걸어 다녔다. **북마녀 TIP** '변함없이'와 유사한 뜻이다. '한결'과는 완전히 다른 의미이므로 서로 대체될 수 없다.
한껏	몸을 한껏 웅크리고 체온을 유지하려 애썼다.
한낱	그녀가 소중하게 보관했던 것은 한낱 휴지조각에 불과했다. **북마녀 TIP** '겨우', '고작'을 대체할 수 있는 표현. 다음에 나올 단어를 격하하거나, 아예 하찮은 존재에 견주는 맥락.
한바탕	이모는 말을 잇지 못하고 또 한바탕 눈물을 쏟았다.
한참이나	그는 여자의 얼굴을 한참이나 물끄러미 응시했다. **북마녀 TIP** 원형 '한참'의 활용형으로 인물의 감정 상태를 더욱 강조한다.

행여(나)	행여나 오물이 조금이라도 묻을까 손끝도 닿지 않으려 했다. **북마녀 TIP** '혹시', '혹시나'를 대체할 수 있는 단어. '나'를 붙였을 때 더 강조된다.
허겁지겁	아이는 허겁지겁 음식을 입안으로 쓸어 넣었다.
허둥지둥	허둥지둥 짐을 챙긴 김 대리가 팀장의 뒤를 따랐다. **북마녀 TIP** '허겁지겁'과 '허둥지둥'은 조급하고 다급한 의미로 쓰지만, 허둥지둥에 '갈팡질팡' 즉 어쩔 줄 모르는 맥락이 들어 있다. 때문에 '허둥지둥 먹었다'는 어울리지 않는다.
헐레벌떡	정신을 놓고 있던 직원이 그녀의 부름에 헐레벌떡 달려왔다.
홀랑	① 옷을 홀랑 벗고 침대로 뛰어들었다. ② 사업을 하겠다더니 황 여사의 쌈짓돈까지 홀랑 날려 버렸다.
화들짝	나는 화들짝 놀라 자리에서 일어섰다가 도로 앉았다.
홧김에	무릎 꿇은 남자가 홧김에 불을 질렀다며 고개를 숙였다.
황급히	놀란 그녀가 황급히 몸을 일으켰다. **북마녀 TIP** 주로 행동을 꾸며 주는 부사로 쓰이고, 형용사 자체로는 쓰이지 않는다.

회까닥	머리가 회까닥 돈 것처럼 서랍 속 물건을 전부 끄집어냈다.
	북마녀 TIP
	글자 자체가 낯설어 보이지만 속된 표현일 뿐 쓸 수 있는 단어. 정신이 이상해진다는 의미 한정으로 '확', '완전히'를 대체할 수 있다.
휑하니	휑하니 비어 있는 옆자리가 쓸쓸했다.
흠칫	흠칫 놀란 몸이 저절로 떨어져 나갔다.
힐긋	한숨을 쉬며 그를 힐긋 쳐다보았다.
	북마녀 TIP
	'힐긋'보다 더 센 느낌을 주는 '힐끗'도 가능하다.
힘껏	힘껏 밀어 보았지만, 바위는 움직일 생각을 하지 않았다.

15금에도 신체 묘사가 들어간다

머리부터 발끝까지 묘사를 위한
신체 부위 단어 모음

웹소설은 웹 연재를 기본으로 전제하기 때문에 출간 전 플랫폼의 등급 검수를 받아야 한다. 무료 연재 플랫폼에서도 19금 내용을 올릴 경우 따로 등급을 적시하게 되어 있다. 현실적으로 음란성의 강도와 분량을 기준으로 이 등급을 분류하고 있다 보니 내용상 주인공들의 스킨십 장면이 어느 정도로 야한가를 중점으로 체크할 수밖에 없다.

이 문제가 변질되어 많은 작가 지망생이 19금은 야한 장면을 마음껏 쓸 수 있고 15금에서는 스킨십 내용을 쓰면 안 된다고 착각한다.

그러나 15금 웹소설에서도 스킨십 장면이 충분히 들어갈 수 있다. 다만, 그 수위가 낮을 뿐이다. 어디를 어떻게 하겠다는 건지 명확하게 지칭하지 않으면서도 글을 읽는 독자가 맥락상 어떤 상황인지 알 수 있게 하는 것이다. 이는 웹소설 시장의 특성 때문에 자동으로 생긴 고급 스킬 중 하나인 '빙빙 돌려 쓰기'다. 현재 15금 플랫폼에서 인기를 끌고 있는 작가 중 다수가 이 스킬을 갖고 있다(여기서 19금화 수정도 가능한 작가는 독자층을 넓힐 수 있으므로 매출을 더 끌어올릴 수 있다).

그렇다면 스킨십 외의 장면에서는 신체 관련 묘사가 필요 없을까?

또한 스토리 전체에서 스킨십 장면이 아예 없는 이야기 역시 신체 관련 묘사가 필요 없을까?

두 질문에 대한 답은 모두 NO다.

소설 속 인물은 가만히 앉아서 혹은 차렷 자세로 서서 말하지 않는다. 제아무리 냉혹한 북부대공이어도, 응접실 소파에 가만히 앉아 있어도 얼굴근육은 움직이고 주먹을 불끈 쥘 수 있다. 울기 직전의 얼굴과 황홀경에 찬 얼굴이 같을 수 없으며, 불안감에 떠는 사람과 울분에 찬 사람은 다른 움직임을 보인다. 작가는 그것을 묘사해야만 한다.

웹소설에 아무리 대화가 많다 한들 이는 여타의 소설과 다를 바 없다. 상대의 대사를 들은 직후의 반응, 어떤 대사를 하면서 취하는 제스처, 감정을 발산하는 비의도적인 몸짓언어까지 소설 속 인물도 현실의 인간들처럼 많은 동작을 하고 저도 모르게 신체 변화를 겪는다. 이는 작가가 독자에게 반드시 선보여야만 하는 것들이다.

예를 들어 속으로 그러고 싶지 않으면서도 이별을 먼저 선언하고 또 아무렇지 않은 척 받아들이는 장면에서 서로 주고받는 대사와 생각만 나온다면 어떨까. 독자는 이들의 불안과 슬픔과 고통을 절절히 느끼지 못할 것이다. 머릿속으로 장면이 재생되지 않기 때문이다. 인간은 로봇이 아니기에 몸으로 감정이 흘러나온다. 이를 보여 주는 것이 작가의 몫이다. 독자는 이 묘사를 통해 인물의 명확한 감정과 생각을 이해하고 받아들인다.

덧붙여 이런 움직임 등의 신체 묘사를 넣지 않고서는 웹소설 시장에서 원하는 분량을 채운다는 것이 그리 쉽지 않을 것이다. 충분한 글량을 이끌어 내기 위해서라도 신체 묘사는 필수다.

그런데 생각보다 신체 묘사는 어렵다. 솔직히 말하자면 신체 묘사가 얼굴의 표정에만 집중되어 있는 경우를 부지기수로 볼 수 있다. 특히 입꼬리에 집착하다시피 대사마다 입꼬리만을 반복하여 묘사하는 작품도 적지 않다. 이미 데뷔한 작가들도 이 표현력이 확장되지 못하여 '슬픈 얼굴', '냉정한 표정', '입꼬리를 올리며'에 멈춰 있는 경우가 허다하다.

이 페이지에서 소개하는 신체 부위 명칭을 여러분이 모를 리 없다. 하지만 신체의 움직임이나 변화, 만지는 부위를 생각할 때 한정적인 부위, 한정적인 단어만을 떠올리지 않는가.

머릿속을 환기하는 차원에서 보도록 하고, 원고를 집필하면서 스스로 신체 묘사가 반복된다고 느끼는 즉시 이 페이지를 펴고 다시 생각해 보자. 더 드라마틱한 동작이 떠오를 것이다.

인간의 감정과 행동은 얼굴에서만 나오는 게 아니라는 사실을 명심하자. 그놈의 입꼬리를 벗어나 다양한 신체 부위를 묘사하길 바란다. 다른 부위가 붉게 물들고, 또 다른 부위를 만지고, 또 다른 부위가 눈에 밟혀야 한다.

※ 이 사전 전체의 등급 문제로 19금에 해당되는 부위는 제외하였음을 밝힌다. 진한 스킨십에 들어가기 위한 전 단계인 가벼운 스킨십 및 15금에서 허용되는 부위를 포함하여 정리했다.

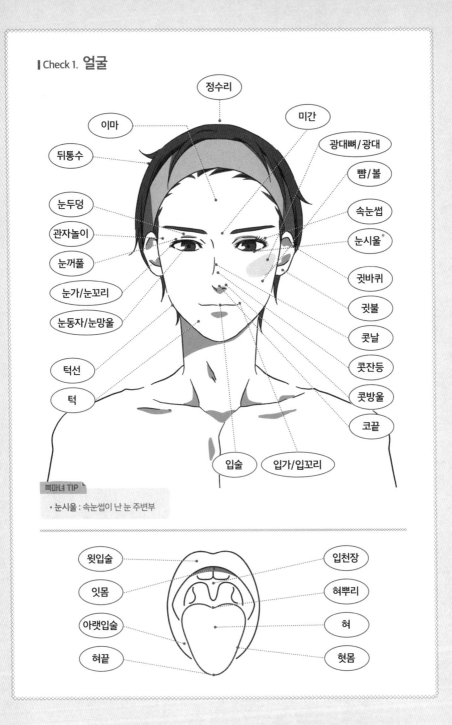

정수리

이마

미간

뒤통수

광대뼈/광대

뺨/볼

눈두덩

속눈썹

관자놀이

눈시울*

눈꺼풀

귓바퀴

눈가/눈꼬리

귓불

눈동자/눈망울

콧날

콧잔등

턱선

콧방울

턱

코끝

입술

입가/입꼬리

복마녀 TIP

• 눈시울 : 속눈썹이 난 눈 주변부

윗입술

입천장

잇몸

혀뿌리

아랫입술

혀

혀끝

혓몸

▌Check 2. 상체 & 손

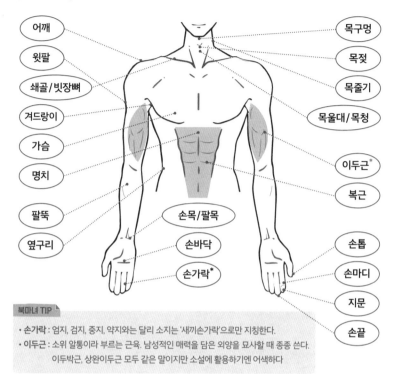

어깨
윗팔
쇄골 / 빗장뼈
겨드랑이
가슴
명치
팔뚝
옆구리

손목 / 팔목
손바닥
손가락*

목구멍
목젖
목줄기
목울대 / 목청
이두근*
복근
손톱
손마디
지문
손끝

북마녀 TIP

• 손가락 : 엄지, 검지, 중지, 약지와는 달리 소지는 '새끼손가락'으로만 지칭한다.
• 이두근 : 소위 알통이라 부르는 근육. 남성적인 매력을 담은 외양을 묘사할 때 종종 쓴다.
  이두박근, 상완이두근 모두 같은 말이지만 소설에 활용하기엔 어색하다

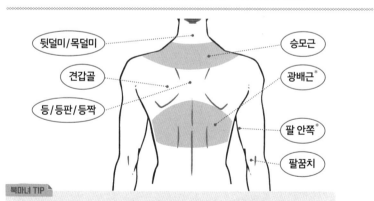

뒷덜미 / 목덜미
견갑골
등 / 등판 / 등짝

승모근
광배근*
팔 안쪽*
팔꿈치

북마녀 TIP

• 팔 안쪽 : 전투형 캐릭터가 아닌 이상 여성 인물의 팔은 정확한 용어를 쓰기보다는 풀어서 쓴다.
• 광배근 : 광배근은 등쪽에 위치한 근육이다. 가슴 근육과 혼동하여 쓰지 말 것.

▍Check 3. 하체 & 발

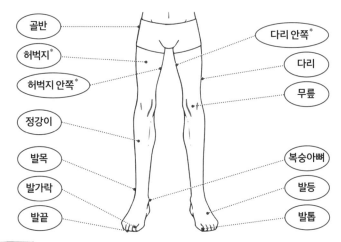

골반
허벅지*
허벅지 안쪽*
정강이
발목
발가락
발끝

다리 안쪽*
다리
무릎
복숭아뼈
발등
발톱

복마녀 TIP

* **허벅지** : 넓적다리는 이제 사어에 가깝고, 대퇴부도 어색하다.
* **허벅지 안쪽** : 정확한 용어를 쓰기보다는 풀어서 쓴다.
* **다리 안쪽** : 사타구니나 가랑이는 감흥이 떨어지는 용어라 되도록 쓰지 않는다. 웬만하면 다리로 통칭.

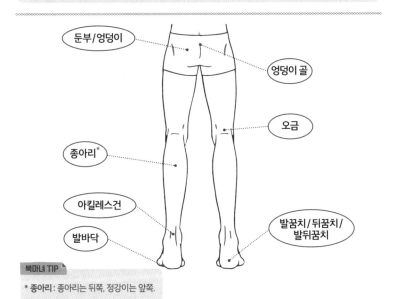

둔부/엉덩이
엉덩이 골
오금
종아리*
아킬레스건
발꿈치/뒤꿈치/
발뒤꿈치
발바닥

복마녀 TIP

* **종아리** : 종아리는 뒤쪽, 정강이는 앞쪽.

Check 4. 피부 등

단어	북마녀 TIP
점막	입 안, 질 안, 항문 안의 부드럽고 촉촉한 속살을 지칭.
맨살	속살이나 점막과는 달리 성적인 의미가 약하다. 본격적인 스킨십 장면보다는 일상적인 상황에서 쓸 수 있다. 예) 맨살이 닿은 채 꼼짝 못하고 있으려니 입안이 말라 왔다.
속살	보통 옷 안쪽의 살을 의미. 입 안쪽의 살은 속살이라고 지칭하면 어색하다.
나신/전라/알몸	남자주인공을 묘사할 땐 '알몸'이 어울리지 않는다. '알몸'은 어감상 여주가 본인 입장을 쓸 때 유효하다.
피부/살결	살성, 즉 살갗의 성질을 묘사할 때 쓴다.
혈관/핏줄	두 단어는 동의어로서 '혈액이 흐르는 줄기'를 뜻하지만 쓰임새가 다르다. 인체 내부의 핏줄은 '혈관'이라고 부르는 것이 낫다. 그러나 겉으로 보이는 핏줄은 '핏줄'이라고 쓴다. 예를 들어 핏줄이 솟은 이마, 팔에 퍼런 핏줄이 돋은 팔을 묘사할 때 '혈관'이라고 쓰면 상당히 어색하다.
힘줄	이마, 팔뚝에 힘을 주었을 때 줄기처럼 드러나는 부분을 지칭할 때 힘줄과 핏줄이 혼용되는 경향이 있다.
뼈마디	진짜 뼈라기보다는 '관절'을 대체하는 단어.

Part 6

명사

사물, 사람, 장소, 눈에 보이지 않는 것의 이름

소설 속에는 수많은 명사가 존재
한다. 명사는 그야말로 무언가의 '이름'이며, 문장 속에서 주어와 목적
어로 기능한다.

　명사는 하나의 사물에만 적용하는 고유명사와 여러 사물에 보편적
으로 쓸 수 있는 보통명사로 나눌 수 있다. 넓은 의미로 인물과 물건,
장소의 이름까지도 전부 명사이기 때문에 글을 쓰지 않더라도 사람들
의 머릿속 단어 스펙트럼에는 명사가 충분히 들어 있다.

　그렇기 때문에 사람들은 큰 두려움 없이 글쓰기에 도전한다. 하지
만 자신감을 온몸에 두른 채 원고 집필을 시작했을 때 생각 외로 막히
는 위치가 바로 명사다. 의외의 상황일 것 같지만 예외 없이 모든 이
들이 명사 부분에서 막힌다.

　다른 품사와는 달리 명사는 스토리에 따라 폭발적으로 사용량이 늘
어나기도 한다. 예를 들어 법조계나 병원을 배경으로 하는 판타지물
이나 사내 연애 스토리라면 해당 업계의 전문용어나 은어들이 나오게
되고, 그래야 스토리의 특색이 더 살아난다.

　꼭 특징적인 업계를 소재로 삼지 않더라도 각 스토리에서는 어떤

단어들이 지속적으로 쓰일 수밖에 없다. 로판을 쓰고 있고 '마정석(마력을 지닌 돌)'을 찾는 것이 인물의 목표라면 끊임없이 마정석이 언급된다. 이런 상황에서는 특정 단어(명사)가 반복되는 문제를 피해 가기 힘들 것이다. 인물의 이름은 대명사로 바꿔 가며 적는 것이 반복을 피하는 요령이 될 수 있다. 그러나 물건의 이름은 대명사로 바꾸는 게 오히려 어색해지는 경우도 많다.

반복 언급이 불가피하다면 그렇게 진행해야겠지만, 되도록 하나의 문장 및 하나의 문단 안에서 같은 명사가 나오지 않게 하는 것을 원칙으로 하자. 그렇게 한다면 과도한 반복을 피할 수 있을 것이다.

주어와 목적어의 쓰임새 외에도 명사를 활용할 수 있다. 인물의 심리를 묘사하거나 상황을 설명할 때 특징적인 명사를 활용하면 그 의미가 더욱 디테일하게 강조된다.

> 남자는 죽은 듯이 누워 있었다.
> 남자는 시체처럼 누워 있었다.
> 남자는 반송장처럼 누워 있었다.

예시 문장은 모두 같은 뜻이고 모두 쓸 수 있는 표현이다. 여기서 '시체'는 우리가 너무나 잘 아는 단어이므로 단어 스펙트럼에 들어 있을 것이다. 그러나 스펙트럼에 '반송장'이 들어 있는 경우는 흔치 않다. 둘 다 들어 있는 사람은 단어를 고르면 된다. 이렇게 단어를 자유롭게 활용할 수 있다면 비슷한 표현이라도 극적으로 더욱 디테일하게 상황을 보여 줄 수 있을 것이다.

특히 비유적인 표현을 할 때 다양한 명사가 아주 유용하게 쓰인다. 참고로, 웹소설을 포함한 장르소설에서는 은유법이 잘 통하지 않고 독자들이 이해하기 힘들다. 장르소설에서의 은유는 정말 흔히 쓰이는 표현만 활용하거나, 확실히 이해되도록 써야 한다.

직유법을 쓰고 싶다면 반드시 남들이 많이 쓰는 진부한 비유만을 사용하지 않아도 된다. 자신만의 탁월한 비유를 만들어 보되, 누가 읽어도 성립되는 비유를 생각해 보자. 이로써 작가로서의 정체성, 특별한 문체와 감성이 만들어지는 것이다.

이 사전은 '이 상황에서 쓰는 물건을 무엇이라고 부르는가?'에 대한 대답을 해 줄 수 없다. 앞에서 적었듯이 세상에는 너무나 많은 물건이 존재하고, 스토리에 따라 쓰이는 물건이 천차만별이기 때문이다. 머릿속에서 그 물건의 형상은 떠오르지만 이름을 알지 못한다면 그림 사전 등을 활용하거나 인터넷 검색을 활용하는 것이 효과적이다. 생각보다 많은 사람들이 그 물건의 이름을 모르고, 놀랍게도 다들 유사한 단어로 검색을 하기 때문에 답이 금방 나온다.

그래서 이 파트에서는 물건의 이름(고유명사)보다는 다른 명사들을 모으는 데 더 집중했다. 심리 묘사를 더 임팩트 있게 할 수 있도록 도와주고, 같은 뜻의 문장이어도 조금 더 '소설스러운' 문장을 쓸 수 있게 도와주는 단어들을 모아 보았다(단, 여러분이 웹소설을 읽으면서 단어 리스트를 작성할 때는 몰랐던 물건의 이름을 적어 두는 게 좋다).

또한 수록된 명사들은 웹소설을 포함한 장르소설에서 두루두루 쓸 수 있다. 시대적 배경과 공간적 배경이 다르고, 스토리가 다르더라도 기본적으로 자주 쓰이는 명사들이다. 뿐만 아니라 웹소설의 주요 장르 중 한 장르에서 꼭 한 번은 나오는 단어들도 함께 모았기 때문에 유용하게 활용할 수 있을 것이다. 특정 배경에 어울리지 않는 단어일 경우 관련 정보를 '북마녀 TIP'으로 적어 두었다.

특히 인간관계나 사람의 심리에 관한 명사들은 배경 상관없이 여러 장르에서 쓸 수 있는 경우가 훨씬 많다. 초보 작가들을 위해 단어의 올바른 사용법 이해를 돕는 조언도 곳곳에 덧붙였으니 참고 바란다.

한편으로, 한국어에 수많은 한자어가 존재한다는 사실을 잊지 말아야 한다. 우리말도 분명히 많지만, 한자어도 그만큼 많다. 1990년대 초반까지만 해도 신문을 펼치면 한자어에 한자를 병기하거나 한글 없이 한자만 적혀 있는 모습이 일상적인 광경이었다. 당시 신문에서 조사와 '했다'를 빼면 대부분 한자만 쓰여 있었을 정도로 한국어에서 한자어는 어마어마한 비중을 차지한다.

현대 한국 사회에서 한자어는 한자어라는 사실을 망각할 만큼 우리말과 글에 자연스럽게 녹아들어 있다. 한글을 모국어로 사용하는 사람이라면 한자를 굳이 적지 않고 한글만 적어 두어도 그 뜻이 무엇인지 알 수 있는 한자어가 무궁무진하다. 두세 글자짜리 한자어인 명사가 유난히 그러하다.

그래서 이 사전에서는 두세 글자 한자어를 한자어 파트가 아닌 명사 파트에 넣었다는 점을 먼저 밝혀 두겠다. 그중 '○○하다'의 형태로 동사나 형용사의 쓰임새가 더 큰 단어들은 대부분 분리하여 해당 파트에 수록하였다.

단어	예시 문장
가관	하녀의 대답은 더욱 가관이었다. **북마녀 TIP** 타인의 언행이나 상태가 부정적인 상황에서 이를 비웃는 뉘앙스로 쓴다. '아름다운 경치'라는 뜻도 있으나 이 의미로 쓰면 오해를 일으킬 수 있다.
가난뱅이	구질구질한 가난뱅이 냄새가 나는 집이었다.
가식	내게 보여 줬던 그 다정한 눈빛이 전부 가식이었던 것이다. **북마녀 TIP** '거짓'을 대체할 수 있는 표현으로 다분히 의도적이라는 맥락.
가십거리	귀부인들이 좋아할 가십거리 아닌가. **북마녀 TIP** '가십'은 소문에 대한 기사를 뜻하지만 실제로는 기사 외에도 입소문으로 전해진 스캔들의 맥락이 있다. '거리'를 붙여 저질스러움을 강조한다. 동양풍에선 쓸 수 없다.
감감무소식	심부름을 보낸 하녀는 반나절이 지났는데도 감감무소식이었다.
개차반	인성은 비록 개차반이지만, 얼굴만큼은 수려한 남자 아닌가. **북마녀 TIP** 인성이나 언행이 몹시 더러운 사람을 뜻한다.
객기	객기를 부려도 정노껏 부려야지.

제 분수와 상황에 맞지 않는 용기를 부릴 때 쓴다. '용기'보다 사뭇 부정적인 맥락이므로 서로 대체할 수 없다.

거지꼴	거지꼴로 다니면서 내 얼굴에 먹칠을 해?
거짓부렁	네놈이 그동안 해 왔던 말이 전부 거짓부렁이라는 게 만천하에 드러났다.

북마녀 TIP

동양풍이나 현대물에서 쓸 수 있다. 사투리가 아닌 구어체라 표준어를 쓰는 사람도 사용 가능하다.

걸림돌	가장 큰 걸림돌은 계부를 여전히 사랑하는 어머니였다.

북마녀 TIP

'방해물', '장애물'의 딱딱한 느낌을 상쇄시키는 표현. 물리적인 상황보다는 사회적 신분이나 커리어와 관련된 맥락에서 쓴다.

겉치레	겉치레만 번지르르하면 뭐 해? 실속이 없는데.
결계	결계가 외부인의 출입을 가로막고 있었다.
결백	다행히 그는 자신의 결백을 믿어 주는 것 같았지만, 혹시 모를 일이다.

북마녀 TIP

'무죄'와 같은 뜻이라 대체로 서로 바꿔 쓸 수 있지만 일상적인 장면에서는 '결백'이 훨씬 잘 어울린다.

결투	설마 나에게 결투를 신청하는 것은 아니겠지?

북마녀 TIP

주로 일대일의 싸움으로 조건과 형식을 정하여 승패를 결정한다. 결투 신청은 서양의 풍습이라 동양풍에서는 어색할 수 있다. 물론 현대물에서도 등장할 수 없는 장면이다.

경외	그 자리에 있던 모든 이들이 신녀를 경외의 눈으로 바라보았다.
고서	서재에는 선대 공작들이 모아 놓은 고서가 잔뜩 꽂혀 있었다.
고주망태	고주망태 꼴로 그에게 술주정을 부렸다니, 쥐구멍에라도 숨고 싶었다.

곤두박질

① 무거운 몸이 절벽 아래로 곤두박질치고 말았다.
② 지금 회사 주가가 곤두박질치고 있는데, 어떻게 할 거냐고!

> **북마녀 TIP**
>
> 실제 움직임뿐만 아니라 비유적인 표현도 가능하다. 보통 주식 등 그래프나 사회적인 위치와 커리어, 평판 등이 떨어졌을 때 활용한다.

곤욕

사생아라는 이유로 갖은 곤욕과 박대를 감내해야 했다.

> **북마녀 TIP**
>
> 참기 힘든 일이나 모욕을 뜻하며 '곤혹'과는 의미가 좀 다르다. 명사형 '곤욕'이 자주 쓰인다.

공치사

① 공치사를 들으려고 한 행동은 아니지만, 내심 기뻤다.
② 남자는 자기 덕분이라며 공치사를 늘어놓았다.

> **북마녀 TIP**
>
> '남의 공을 칭찬한다'는 뜻과 '본인이 해준 것을 스스로 생색내며 자랑한다'는 뜻 모두 쓸 수 있다.

과찬	과찬의 말씀입니다. **북마녀 TIP** 칭찬하는 말을 들었을 때 예의로 답하는 말.
관례	관례대로 두 사람의 침실을 분리하기로 했다.
굉음	귀를 찢는 굉음이 울려 퍼졌다. **북마녀 TIP** '굉음' 자체로 '요란한 소리'라는 뜻이 있으나, 앞에 디테일을 추가해 주어야 이해하기 수월하다.
교제	공작 영애는 평민 남자와 비밀리에 교제 중이었다. **북마녀 TIP** 원래 성별과 상관없이 다양한 상황에서의 친목 관계를 의미하지만, 근래에는 명확한 연애가 성립할 때만 한정적으로 쓴다. 한자어이지만 동양풍에선 의외로 어울리지 않는다.
구경거리	구경거리가 된 기분이었다.
구설수	구설수에 오른 적 없을 정도로 사생활이 깔끔한 배우였다. **북마녀 TIP** 부정적인 이슈로 인하여 남의 입에 오르내리는 상황에 쓴다. 연애 문제만은 아니고 무례, 갑질을 비롯한 사회생활, 도박, 약물, 범죄 등을 두루 포함한다.
구실	붉은 눈의 아이들을 죽이기 위한 구실이었다.
국혼	비록 사생아이지만, 황족이니 국혼으로 이용해 먹을 것이다.

왕뿐만 아니라 왕자. 공주, 왕손에 이르기까지 왕실 전체의 혼인을 이른다.

군더더기	군더더기 없이 깔끔한 보고에 본부장은 흡족한 얼굴이었다.

굴욕감	수치심과 굴욕감으로 눈물이 뚝뚝 떨어졌다.

어감상 모욕감보다 더 강한 느낌.

궁리	그저 달아날 궁리만 하는 아버지가 한심했다.

귀동냥	아가씨의 시중을 들며 귀동냥으로 글을 배웠다.

귀띔	미리 귀띔이라도 해 드려야 할 것 같은데요.

귀티	온몸에 귀티가 흐르는 소녀였다.

값비싼 치장을 했다는 맥락의 '부티'와는 달리, '귀티'는 조금 더 고급스럽고 우아한 이미지를 나타낸다. 즉 싸구려 옷을 입은 사람도 외모나 행동에서 귀티가 흐를 수 있다.

귀환	기사단이 무사히 귀환하자 성 안 사람들의 얼굴에도 꽃이 피었다.

그림자	고작 열일곱이었던 소년이 황태자의 그림자가 되었다.

특정 인물의 신변을 밀착 보호하는 역할을 비유. 호위무사처럼 남들 눈에 보이는 경우도 있으나, 몸을 숨겨 사람들이 그 존재를 모르는 경우도 있다.

금수	이런 금수만도 못한 놈이 있나!
	북마녀 TIP
	'짐승'을 대체할 수 있는 단어이지만, 예시의 쓰임새 외에는 쓰지 않는다.
금슬	남들 눈에는 그저 금슬 좋은 부부로 보일 뿐이었다.
	북마녀 TIP
	부부간의 사랑을 뜻할 경우 '금실'도 표준어로 인정하지만 본딧말인 '금슬'을 권장한다.
기별	기별도 없이 자네가 웬일인가?
	북마녀 TIP
	'소식', '연락'을 대체할 수 있는 단어. 배경 무관 쓸 수 있으나 대사에서 젊은 층이 쓰면 어색할 수 있다. 동양풍에서는 연령대 상관없이 활용 가능하다.
기시감	황제의 발치에 쓰러져 울고 있는 그녀를 보자 묘한 기시감이 들었다.
기우	괜한 기우에서 나온 말은 아닐 것이다.
	북마녀 TIP
	'미래에 대한 쓸데없는 걱정'을 의미한다.
꼬리표	살인자의 딸이란 꼬리표를 평생 달고 살아야 했다.
꿍꿍이	저 웃는 얼굴에 무슨 꿍꿍이를 감추고 있는지 모를 일이었다.

단어	예시 문장
나름	① 인생은 자기 하기 나름이니 어떻게든 살아남을 것이다. ② 내 나름대로 해 볼 테니 넌 너대로 움직여.
나부랭이	고작 입사 6개월 차인 사원 나부랭이가 뽑힌다는 게 가당키나 한 얘기인가. **북마녀 TIP** 해당 대상을 비하하는 표현으로, 직전에 낮은 위치의 명사가 나와야 한다. 자기 자신에게도 쓸 수 있다.
낙인	① 몸에 새겨진 낙인을 감추는 건 불가능했다. ② 이미 배신자라는 낙인이 찍혔는데 누가 날 믿어줄까. **북마녀 TIP** 예시 ①은 진짜 불에 달구어 몸에 찍은 쇠도장 자국. 예시 ②와 같이 바꾸기 어려운 불명예스러운 평판을 비유적으로 표현할 수 있다.
난관	여느 소설처럼 이 소설에도 악역과 난관이 존재했다. **북마녀 TIP** '어려운 고비'를 뜻한다. 【유의어: 위기, 어려움, 곤경】
난봉꾼	그로 말할 것 같으면 이 나라에서 그 이름을 모르는 사람이 없는 천하의 난봉꾼 아니었던가. **북마녀 TIP** 바람둥이와 비슷한 뜻이지만, 단순히 여러 여자를 많이 만나고 연애를 하는 수준을 넘어 기루 등 각종 성판매업소를

자주 출입하고 뭇 여인들을 희롱하는 식으로 심각한 망나니를 의미한다. 모든 배경에서 쓰인다.

남장	남장을 했지만, 옷을 벗게 된다면 당장 들킬 것이다. **북마녀 TIP** 웹소설 캐릭터 설정 특성상 남성의 여장은 그리 흔하지 않다.
낭패	그러다가 너무 일찍 죽어 버리기라도 하면 낭패다.
낯짝	그 놈 데려와 봐. 낯짝 좀 보게. **북마녀 TIP** 얼굴, 낯을 속되게 이르는 말. 상대를 살짝 깔보는 뉘앙스가 들어 있다.
내심	내심 잘 보이고 싶은 마음에 한 행동이었다. **북마녀 TIP** 명사이지만 문장 내에서 부사처럼 기능한다.
내외	형님 내외는 금슬이 좋다고 소문이 자자하던데요 **북마녀 TIP** '부부'를 대체할 수 있는 표현.
냉혈한	세상에 이런 냉혈한이 존재할 수 있다니.
녹발	어머니는 나와 달리 아름다운 녹발을 가진 미인이었다. **북마녀 TIP** 초록색에 가까운 머리색을 의미한다. 단, 머리색은 'O발'로 적기 보다는 풀어 쓰는 것을 권장한다.

누더기	이 따위 누더기 같은 옷을 나한테 입으라는 거야?
눈치	갑자기 아이들이 들이닥치자 유모는 깜짝 놀란 눈치였다.

단어	예시 문장
달음박질	소년이 달음박질로 언덕을 내려왔다. **북마녀 TIP** 급히 뛰는 움직임을 의미하며 일반적인 '달리기'에 비해 화급함을 강조할 수 있다.
당과	불시에 끈적한 당과가 입안으로 들어왔다. **북마녀 TIP** 동양풍에서 쓰는 단어로 다른 배경에서는 사용이 어렵다.
대꾸	질색하며 대꾸하는 꼴을 보니 어지간히 싫은 모양이었다. **북마녀 TIP** 긍정적인 대답이 아니라, 반항적이고 불만스럽거나 공손하지 않은 태도의 답변일 때 쓴다.
도리질	아무리 도리질을 쳐도 그는 결코 봐주지 않았다.
도탄	도탄에 빠진 백성들이 참다 못해 성으로 몰려와 돌을 던지기 시작했다.
도피처	그와의 결혼이 그녀에게는 유일한 도피처였다.

뒤죽박죽	머릿속이 뒤죽박죽이라 답이 떠오르지 않았다.
뒷감당	여기서 네가 빠지면 뒷감당은 누가 하라고? **북마녀 TIP** '감당'에서 파생된 단어로서, '뒷수습'과 유사한 맥락이 담겨 있다. 책임을 지고 해결한다는 뜻.
뒷배	오빠가 뒷배 봐 준다고 아주 살판났지?
뒷전	그녀는 수능도 뒷전으로 미루고 돈 벌 궁리를 했다.
뜻밖	나를 챙겨 주는 건 뜻밖이었지만, 잠깐의 친절에 신경 쓸 여력이 없었다.

단어	예시 문장
마구잡이	마구잡이로 머리채를 쥐고 흔들었다.
마나(mana)	집중할수록 체내의 마나가 뜨거워지며 혈관을 달궜다. **북마녀 TIP** 초자연적인 영력을 의미하며, 웹소설에서는 몸속의 기운을 컨트롤하여 타인을 공격하거나 치료할 수 있는 개념으로 쓰인다.
마물	마력의 영향으로 대륙 곳곳에서 흉포한 마물들이 출몰하기 시작했다. **북마녀 TIP**

사전에서는 '물건'의 개념이지만 로판에서는 움직이는 존재를 지칭한다. 마력을 흡수해 자연적으로 탄생하거나 마력이 있는 인물이 일부러 만들어낸 괴물이다.

마수	동굴에는 잠든 마수들이 쓰러져 있었다. **북마녀 TIP** 사실상 마물과 같은 뜻으로 '몬스터'를 대체하는 용어.
마정석 (마석 / 마요석 / 마광석)	광산에서 마정석이 발견되었다는 보고가 들어와서 오후에 가 보려고. **북마녀 TIP** 마력을 지닌 돌(보석)의 개념이며 작가의 세계관에 따라 이름과 기능이 달라진다. 보석처럼 특정 지역에 묻혀 있거나, 마법사나 마계의 존재가 만들어 낸다.
만찬	저녁 만찬에 초대된 귀족 중 내가 아는 얼굴은 없었다. **북마녀 TIP** 손님 혹은 여러 사람이 모여 하는 저녁 식사. 단, 독자가 모를 수 있으므로 저녁이라는 언급이 필요하다.
망정	내 눈에 띄었기에 망정이지 병사한테 들켰다면 바로 죽었을 거야. **북마녀 TIP** '~기에', '~니까', '~어서'와 결합하는 의존명사. '망정이지'의 꼴로 흔히 쓴다.
매한가지	그녀도 황당하기는 매한가지였다. **북마녀 TIP** '마찬가지'를 온전히 대체할 수 있는 단어로서, 조금 더 고급스럽게 쓸 수 있나.

멸시	멸시 어린 눈빛이 그녀를 짓밟았다.
모략	내 뒤에서 그런 끔찍한 모략을 꾸미고 있었다니. **북마녀 TIP** '계략'과 유사한 단어이지만, 사실을 왜곡하거나 거짓을 만들어 내는 방식임을 강조한다. 동양풍과 서양풍에서 대체어로 쓸 수 있다. 현대물에서는 '중상모략'이 낫다.
모르쇠	그는 아무것도 모르겠다는 표정을 지으며 모르쇠로 일관했다. **북마녀 TIP** 모르는 척 시치미를 뗄 때 사용한다.
모멸감	모멸감으로 온몸의 피가 차갑게 식는 기분이었다. **북마녀 TIP** 경멸은 내가 하는 것, 모멸은 내가 당하는 맥락으로 쓴다. 【유의어: 모욕감】
모종	계약 결혼 과정에서 모종의 거래가 오갔을 것이다. **북마녀 TIP** 보통 '모종의 ○○' 식으로 활용하며 '거래', '계약', '담합' 등 정확히 알 수는 없으나 비밀스러운 중대사에 덧붙인다.
몰골	이런 초라한 몰골을 보이기는 싫었다.
몸놀림	귀족 영애치고는 몸놀림이 매우 날렵했다.
무심결	감춰 왔던 속내를 무심결에 드러내고 말았다. **북마녀 TIP** '저도 모르게', '생각 없이'를 대체하는 단어.

묵례	기사는 기사단장과 가볍게 묵례를 주고받았다. **북마녀 TIP** 많은 작가들이 '묵례'와 '목례'를 혼동하여 '목례'를 많이 쓴다. '묵례'는 고갯짓을 하는 인사, '목례'는 눈짓으로 하는 인사다. 고개를 숙일 땐 묵례를 써야 한다.
문양	접시마다 다양한 문양이 새겨져 있었다. **북마녀 TIP** '무늬'를 조금 더 고급스러운 느낌으로 대체할 수 있다.
문외한	저는 이쪽으로 문외한이니 알아서 해 주셔도 됩니다. **북마녀 TIP** 사전적 정의로는 '어떤 일이나 분야에 전문적인 지식이 없는 사람'이지만 지식이 전무한 수준일 때만 쓴다.
문장	가문의 문장이 커다랗게 그려진 마차가 저택 앞에 멈춰 섰다. **북마녀 TIP** 각 가문을 상징하는 그림 따위를 지칭하는 말.
미망인	미망인은 곧 쓰러질 듯 창백한 얼굴로 조문객을 맞이하고 있었다. **북마녀 TIP** 남편을 사별로 잃은 아내를 지칭하는 단어. 이혼여성은 포함하지 않는다. 당사자에게 미망인이라고 부르는 건 예의 없는 행동이다. '과부'도 같은 뜻이지만 격하되는 어감이 있어 잘 쓰지 않는다.

단어	예시 문장
반송장	남자는 반송장이 되어 누워 있었다. **북마녀 TIP** '송장'은 곧 시체를 뜻한다. 거의 죽기 직전으로 숨만 붙어 있는 상태를 강조한다.
반죽음	반죽음이 되도록 사내의 얼굴에 주먹을 꽂았다.
번화가	번화가에 처음 와 보는 사람처럼 두리번거렸다.
별당	그 별당의 문이 열리는 일은 없었다. **북마녀 TIP** 본채와 별도로 지은 집으로 동양풍에만 쓰이는 단어. 주로 양반의 병약한 자녀나 부인, 첩이 머문다.
별채	별채에서 시간을 보내는 게 차라리 마음은 편했다. **북마녀 TIP** 별당과 같은 의미로 모든 배경에서 쓸 수 있다. 가사도우미, 하인 등 아랫사람들이 머물거나 정부, 사생아 등 가족 중 숨겨진 사람을 머물게 한다. 현대 배경에선 '별관'으로 쓸 수도 있다.
보금자리	어떻게 만든 보금자리인데 이렇게 빼앗길 수는 없다.
보폭	그가 큰 보폭으로 성큼성큼 걸어왔다. **북마녀 TIP** 키 큰 남자의 압도적인 이미지를 묘사할 때 활용하기 좋다.

복병	이런 복병이 숨어 있을 줄이야.
	복마녀 TIP
	전투 장면이 아니어도 일상적인 장면에서 활용 가능하다.
본거지	산적들의 본거지를 어렵게 찾을 수 있었다.
	복마녀 TIP
	등장 인물이 자기 자신이 속한 집단을 언급하는 경우에는 쓰지 않는다.
본분	네 본분을 잊지 말고 처신 똑바로 해.
본처	똑같은 본처 자식인데, 왜 그렇게 차별하는 거야?
	복마녀 TIP
	【유의어: 본부인】
볼멘소리	저도 모르게 볼멘소리로 대꾸하고 말았다.
불나방	근처에 있던 사람들이 불나방처럼 모여들었다.
	복마녀 TIP
	사전적 정의로는 '부나비'를 뜻하는 복수 표준어. 그러나 실제 쓰임새는 다르다. 불빛에 달려드는 수많은 나방과 같은 모습을 묘사할 때 활용하며, 반드시 인원이 다수여야 한다. 한 명이 달려드는 상황엔 어울리지 않는다.
불도저	그는 불도저처럼 일을 밀어붙이기로 유명했다.
	복마녀 TIP
	흙이나 땅을 밀어내는 건설기계 장비의 실제 명칭(영어)이지만, 소설 속에서 관용적인 비유로 쓰인다. 개념상 시대극에는 쓰지 말아야 한다.
불찰	도련님, 다 제 불찰이니 이 아이는 용서해 주세요

불한당	이렇게 불한당 취급을 받게 될 줄이야.
	북마녀 TIP 남을 괴롭히고 재물을 빼앗는 건달 무리를 뜻하며, 특히 여자에게 건들거리며 집적대는 경우나 그런 이미지일 때 쓴다.
비밀리	그는 비밀리에 숙부가 회사에서 저지른 비리를 검토했다.
	북마녀 TIP 주로 '비밀리에'로 쓴다.
비위	비위가 상한 나머지 도저히 그 자리에 앉아 있을 수 없었다.
	북마녀 TIP '상하다'와 결합하여 자주 쓰인다. 타인의 행동이나 주변 상황이 아니꼽고 거슬려 역겨워하는 심리를 강조한다.
빈말	빈말이라도 같이 보자는 말을 해 주길 바랐다.
빈손	방에 들어갔던 그는 한참 후에야 빈손으로 나왔다.
빈틈	조금이라도 빈틈을 보인다면 남자는 나를 죽일 것이다.
빌미	괜한 행동으로 회사 사람들에게 빌미를 주기는 싫었다.
	북마녀 TIP '꼬투리'와 유사한 단어로서, 문제가 일어날 만한 원인을 상대에게 제공하는 개념을 뜻한다.
빙의	주인공의 몸에 빙의한 신세지만, 주인공의 기억이 전부 나는 것은 아니었다.

ㅅ

단어	예시 문장
사생아	귀족인 아버지와 평민인 어머니 사이에서 태어났으니 사생아의 운명을 피할 수 없었다.

단어	예시 문장
사자후	그는 분노의 사자후를 토해 냈다.

단어	예시 문장
사양	이제 익명으로 물어뜯기는 건 사양이다.

단어	예시 문장
사탕발림	나의 외모를 찬양하던 그 사람들의 말은 모두 사탕발림이었단 말인가.
산산조각	죽어도 그에게 손을 내밀지 않겠다던 다짐은 산산조각이 나 버렸다.

살기	그는 나를 향한 살기를 감출 생각이 없어 보였다.
	북마녀 TIP 실제로 죽이거나 해치진 않더라도 상대에 대한 극도의 증오와 분노 상태일 때 쓴다.
생존	이것이 이 소설 안에서의 생존 방식이었다.
생채기	얼굴에 울긋불긋 작은 생채기가 여럿 나 있었다.
	북마녀 TIP 할퀴거나 긁혀서 생긴 작은 상처를 뜻하기 때문에 심각한 상처나 자상일 땐 쓸 수 없다.
설렁줄	설렁줄을 몇 번이나 잡아당겼지만, 아무도 오지 않았다.
	북마녀 TIP 아랫사람을 부르기 위해 종을 매달아 놓은 줄. 현대의 '벨'과 같은 용도. 서양풍에 어울린다.
설정값	이것이 작가가 그녀에게 준 설정값이었다.
	북마녀 TIP 원작 소설이 따로 있는 '책빙의' 세계관일 때 활용할 수 있다. 실제로 어떤 수치는 아니며 작가가 캐릭터에 부여한 설정을 의미한다.
성력(신성력)	신관들이 성력을 불어넣자 소녀의 호흡이 돌아왔다.
	북마녀 TIP 사전에 등재된 뜻이 아니라 로판에서 만들어진 단어. 주로 신적인 존재 혹은 그 존재를 모시는 신녀, 성녀, 신관들의 영적 능력(초능력)을 의미한다.
소용돌이	눈앞이 소용돌이처럼 빙빙 돌며 어지러워졌다.

소행	어느 놈의 소행인지 몰라도 방법이 너무 잔인했다. **북마녀 TIP** '부정적인 결과를 낳은 잘못'을 뜻하며, 이미 저질러진 상황일 때만 쓴다. 미래에 저지를 예정인 짓에는 쓸 수 없다.
속셈	무슨 속셈인지 모르겠지만, 달라지는 건 없어.
수고비	심부름을 해 주는 아이에게 수고비는 줘야 하지 않겠는가.
수호	알고 보니 그 마물들은 신전의 수호 아래 잠들어 있었던 것이다.
숙명	그것이 소설 속 주인공의 숙명이다. **북마녀 TIP** '운명'과 비슷한 단어로, 피할 수 없는 운명적인 상황을 강조한다.
술수	그런 뻔한 술수에 놀아난 내가 바보였다. **북마녀 TIP** 【유의어: 꾀, 속임수】
시늉	듣는 시늉도 하지 않고 보고서를 읽는 데 집중했다. **북마녀 TIP** '척'을 대체할 수 있는 단어.
실소	기가 막힌 나머지 실소가 새어 나왔다.
쓴소리	면전에 대고 쓴소리를 하는 건 쉽지 않은 일이다.

단어	예시 문장
아부성	신입사원의 뻔한 아부성 멘트에 부장이 홀랑 넘어갔다. **북마녀 TIP** 사회생활용으로 윗사람에게 쓰는 말. '아부성 인사', '아부성 멘트', '아부성 칭찬'식으로 활용한다.
아집	황제의 얼굴은 아집으로 똘똘 뭉쳐 있었다.
악다구니	황 여사가 아들을 향해 악다구니를 썼다.
악바리	그 집 딸이 그렇게 악바리라면서? **북마녀 TIP** 사전적 의미와는 살짝 다른 뉘앙스로 쓰인다. 환경과 조건이 받쳐 주지 않는 상황에도 불구하고 이 악물고 끝까지 버티며 노력하는 경우이고 선역과 악역 모두에 쓸 수 있다.
악행	놈이 그동안의 악행을 반성할 리 없었다. **북마녀 TIP** '소행'과는 달리 미래의 행동으로도 활용 가능하다. 반대말인 '선행'은 소설에서 쓰이는 일이 드물다.
안간힘	① 그녀는 안간힘을 다하여 그의 품에서 떨어져 나왔다. ② 나는 넘어지지 않기 위해 안간힘을 썼다. **북마녀 TIP** '안간힘을 쓰다'와 '안간힘을 다하여', '안간힘으로' 세 가지 활용이 가능하다.

안성맞춤	조용히 얘기를 나누기에 안성맞춤인 곳이었다.
안식처	내게는 이 초라한 곳이 유일한 안식처였다.
안주인	성의 안주인 역할을 제대로 했으면 좋겠는데.
안채	아들 내외는 안채로 올라와 회장과 함께 저녁을 먹었다. **북마녀 TIP** 담장 안에 여러 채의 집이 있을 때 안쪽에 있는 집. 상류층 저택 묘사 시 활용한다. 반의어는 바깥채이지만 거의 쓰지 않는다.
앙숙	저 사내는 그녀와 앙숙이며 서로 못 잡아먹어 안달 난 사이였다. **북마녀 TIP** 앙심을 품고 서로 미워하는 관계여야 하기 때문에 일방적으로 미워하고 괴롭힐 땐 쓸 수 없다.
앞섶	그녀는 굳은 얼굴로 자신의 앞섶을 여몄다. **북마녀 TIP** 꼭 한복이 아니어도 옷의 여미는 부분을 설명할 때 쓸 수 있다. 그러나 로판에는 어울리지 않는다.
야욕	사내의 마음에 검은 야욕이 숨어 있다는 사실을 아무도 알지 못했다. **북마녀 TIP** '야망'과 비슷해 보이지만 훨씬 더 부정적이고 거창한 욕심이라는 맥락을 품고 있다. 예를 들어 시험에 합격해 출세하겠다는 목표는 야망 수준이지만, 황제를 암살하거나 타국을 멸망시키려는 생각은 야욕으로 적을 수 있다.

약탈	그들이 원하는 것은 협상이 아니라 약탈이었던 것이다.
어림짐작	어림짐작으로도 백 명은 넘을 것 같았다.
억겁	억겁의 세월처럼 느리게 흘러갔다. **북마녀 TIP** 서양풍보다는 동양풍과 현대물에 어울린다.
억측	억측일 수도 있겠지만, 어젯밤 찾아온 사람이 있었어. 아무래도 너를 보러 온 것 같아. **북마녀 TIP** 근거가 확실하지 않은 상황에서 추측할 때 덧붙이는 표현.
업보	이 몸이 쌓은 업보는 결국 내가 해결하는 수밖에 없다.
엉망	드레스가 갈기갈기 엉망으로 찢겨 있었다.
여벌	① 여벌로 옷을 좀 챙겨 왔어요. ② 나에겐 여벌의 목숨이 있으니 걱정되지 않았다. **북마녀 TIP** 일반적으로 옷을 이야기하지만, 다른 것에도 쓸 수 있다.
여식	그 집안의 여식이 그렇게 곱다면서? **북마녀 TIP** 현실에서는 거의 쓰이지 않는 단어이지만, 소설 속에서는 대사 및 지문에서 모두 쓸 수 있다. 단, 대사에서는 장년층 이상이 써야 어색하지 않다.
역린	건드려서는 안 되는 역린을 내가 무심코 들춰낸 게 아닐까.

연통	그쪽으로 연통을 좀 넣어 주겠나? **북마녀 TIP** 연락을 대체할 수 있는 단어. 원래 편지 방식을 말하지만 현대 배경에선 전화를 뜻한다. 나이가 지긋한 인물의 대사에 어울린다.
연회	황제는 날마다 연회를 열고 귀족들의 동태를 살폈다. **북마녀 TIP** 동양풍과 서양풍 모두 가능하다. 서양문화권의 특성상 연회 중 커플로 춤을 추는 일이 흔히 일어난다.
염치	① 염치없지만 부탁 좀 할게. ② 너도 염치가 있다면 내 아들한테 달라붙지는 않겠지. **북마녀 TIP** 긍정형으로 쓰더라도 사실상 부정적인 맥락이다.
예법	환영회가 열리기 전 반드시 모든 예법을 숙지해야 합니다. **북마녀 TIP** 높은 신분의 사람이 공식적인 자리에서 보여줘야 하는 언행과 매너를 통칭한다. 현대물에는 어울리지 않는다.
오명	사기꾼이라는 오명에서 벗어나기 위해 애를 썼다. **북마녀 TIP** '꼬리표', '낙인'과 유사하게 부정적인 평판을 표현.
오찬	다음날 점심 오찬 중에 소식이 전해졌다. **북마녀 TIP** 손님 혹은 여러 사람이 모여 하는 점심 식사. 단, 독자가 모를 수 있으므로 점심이나 낮이란 언급이 필요하다.

옥살이	그 연약한 몸으로 옥살이를 견딜 수 있을 리 없었다. **북마녀 TIP** 【유의어: 감옥살이】
요절	저번 생도 요절했는데, 이번 생까지 일찍 죽고 싶지 않았다. **북마녀 TIP** 통상적으로 10~20대의 죽음을 요절이라고 지칭한다. 30대도 물론 젊지만 요절이라 하기엔 무리가 있다.
우두머리	우두머리부터 베어야 저 마수들이 정신을 못 차릴 것이다. **북마녀 TIP** 일반적으로는 악한 집단의 리더를 지칭할 때 쓴다. '대장', '두목'과 유사하지만 이 단어들보다 조금 더 거친 느낌이 있다. 대장 본인이 자신을 소개할 때도 가능.
운운	합방도 하지 않고서 후계 운운하는 것은 참으로 뻔뻔한 말씀 아닙니까? **북마녀 TIP** 해당 발언이 매우 부적절하다는 것을 강조하는 부정적인 맥락이다. 보통 '○○ 운운하다'로 쓴다.
울화(울화통)	울화통이 치밀다 못해 눈앞이 핑그르르 도는 기분이었다.
원망	그녀는 원망의 눈초리로 남자를 쏘아보았다.
위세	유일한 후계자라는 이유로 망나니 황태자의 위세는 대단했다.

유수	시간은 유수처럼 흘러 마침내 계약 종료의 날이 찾아왔다. **북마녀 TIP** 세월이나 시간이 빠르게 흘러감을 강조한다. 자주 쓰는 '쏜살같이', '강물'을 대체할 수 있다.
은인	나와 엄마의 은인인 사람을 함부로 대할 수는 없었다.
의욕	잠을 푹 자고 나니 의욕이 다시금 생겨난 기분이었다.
의중	표정만으로는 황제의 의중을 파악할 수 없었다. **북마녀 TIP** '속마음', '생각'을 대체할 수 있는 단어.
이물감	눈꺼풀을 들어올릴 때마다 이물감이 들었다. **북마녀 TIP** 몸 안에 무언가 다른 것이 들어간 느낌을 의미하므로, 자기 몸이 아닌 다른 존재나 물건이 서로 끼어 있는 상황에서는 쓸 수 없다.
이채	그의 눈동자에 이채가 깃들었다. **북마녀 TIP** 인물의 눈빛에 색다른 광채가 보인다는 뜻. '깃들다', '서리다', '띠다', '돌다' 등의 동사를 붙일 수 있다.
이치	죄를 지었으니 벌을 받는 것은 당연한 이치다.
이판사판	어차피 이판사판인 지경이라 무작정 덤벼드는 수밖에 없었다.

	북마녀 TIP 한자어는 아니지만, 서양풍 소설의 대사로 썼을 때는 살짝 이상해 보일 수 있다.
인기척	아무 인기척도 느껴지지 않을 때까지 숨죽이고 기다렸다.
인근	인근에는 민가가 없어서 한참 더 걸어야 할 것이다. **북마녀 TIP** '근처'를 대체할 수 있는 표현.
인영	흐릿한 시야 속에서 걸어오는 남자의 인영이 보였다.
일개	명색이 공작가의 영애인데, 일개 시녀만도 못한 취급을 받게 될 줄이야. **북마녀 TIP** 서열이나 신분이 낮고 하찮은 존재의 앞에 붙여 그 이미지를 강조한다.
일당백	모두 일당백을 하는 용병들로 뽑았다. **북마녀 TIP** 비슷하게 '일당십', '일인당천'이란 단어도 있으나 쓰지 않는다. 숫자를 자의로 늘리지 말 것.
일말	일말의 동정심마저 바닥난 얼굴이었다. **북마녀 TIP** 주로 '일말의'로 쓰인다.

단어	예시 문장
자부심	그의 몸짓에는 황실기사단의 자부심이 깃들어 있었다. **북마녀 TIP** '자긍심'은 신분과 혈통에 조금 더 가깝다.
잔상	반나절이 지났는데도 아침에 본 얼굴의 잔상이 남아 있었다.
잠결	잠결에 흘러나온 한마디가 그의 귀에 들어왔다.
저의	네놈이 숨긴 저의가 무엇인지 금방 밝혀지겠지. **북마녀 TIP** 겉으로 드러나지 않은 속내를 의미하며, 발화자가 해당 인물을 경계하고 부정적으로 바라볼 때 쓴다.
적의	적의를 품은 눈동자가 그를 주시했다. **북마녀 TIP** 【유의어: 적개심, 적대심】
적임자	그 일에 적임자이지만, 떠날 몸이라 맡을 수 없었다. **북마녀 TIP** '적임'으로 써도 같은 뜻으로 활용 가능하다.
전리품	그녀는 그가 이번 전쟁으로 얻어 낸 가장 값진 전리품이었다.
전속	전속으로 배정된 하녀들이 눈치를 보고 있었다. **북마녀 TIP**

	전속 비서 등 현대에서도 사용할 수 있지만, 동양풍에는 어색하다.
정부	아내 몰래 정부를 두고 평생을 숨겼다. **북마녀 TIP** '첩'은 본부인이 인지하거나 인정한 축에 속한다. '정부'는 본부인이 모르거나 남편이 밖에서 몰래 사귀는 경우를 뜻한다. 정부는 동양풍에서 쓰지 않는다.
정욕	정욕을 겨우 억누르고 있다는 것을 그녀는 전혀 알지 못했다. **북마녀 TIP** '욕망', '욕정'과 같은 단어로서 성적인 욕망을 뜻한다. 직접적인 느낌이 덜하고, 어감상 문학적인 뉘앙스가 있다.
정체	그녀의 정체는 죽은 황녀의 숨겨진 딸이었다.
정화	마수의 피로 더럽혀진 공간을 정화하려면 그녀가 필요했다.
졸지	졸지에 왕의 후궁으로 끌려갈 판이었다. **북마녀 TIP** 흔히 '졸지에'로 쓰인다.
조바심	아무것도 하지 못하고 그저 연락만 기다리려니 조바심이 나 미칠 지경이었다. **북마녀 TIP** '조바심하다', '조바심치다' 처럼 붙여 쓸 수 있는 동사가 있지만, 명사로 활용하는 빈도가 더 높다.
주축	두 사람을 주축으로 회장을 몰아내기 위한 물밑 작전이 시작되었다.

중심이 되어 큰 영향을 미치는 존재. 한 명 혹은 여러 명, 집단도 가능하다.

| **쥐새끼** | 그 쥐새끼 같은 놈이 빠져나갔다 이거지? |

약삭빠르고 교활하면서 잘 빠져나가는 인간을 속되게 이르는 말. 그러나 악역이 주인공을 향해 말해도 상관없다. 다른 욕설에 비해 어감이 약하기 때문에 욕설 검수 기준을 통과한다.

| **증표** | 이것은 두 가문이 혼인으로써 평화를 유지한다는 언약의 증표다. |

| **지름길** | 아무래도 그는 지름길의 존재를 알지 못하는 듯했다. |

| **지척** | 남자가 지척까지 가까워질 무렵, 그녀는 고개를 들었다. |

아주 가까운 거리를 뜻하지만 코앞은 아니고 몇 걸음 앞 정도일 때 쓴다. 이웃집이나 같은 동네에 거주하는 상황에서도 활용 가능하다.

| **진위** | 증언의 진위 여부를 가려내려면 당신이 그 자리에 있어야 해. |

단어	예시 문장
차선책	황제에게 나란 존재는 차선책일 뿐이다. **북마녀 TIP** 차선책보다 우선순위는 '최선책'이다.
책봉	황태자로 책봉되었던 제1황자가 세상을 떠났다. **북마녀 TIP** 원래는 동양풍 단어이지만, 서양풍에서 이를 대체할 단어가 별달리 없으므로 그대로 쓴다.
처분	① 남은 보석을 모두 처분하여 여윳돈을 만들어 두었다. ② 보석을 훔치다 걸린 하녀의 처분은 나중으로 미뤄졌다. **북마녀 TIP** 예시 ①은 갖고 있던 것을 버리거나 남에게 파는 식으로 처리하는 행동을 뜻한다. 예시 ②는 특정 대상을 어떻게 처리할지 결정하는 행동이며, '처벌'의 맥락으로 쓴다.
철옹성	철옹성같이 단단했던 자신을 구원해 준 건 그녀였다. **북마녀 TIP** 단독으로 쓰는 것보다는 활용형인 '철옹성같이'로 많이 쓴다.
초야	그와 나는 부부였지만, 초야조차 치르지 않았다. **북마녀 TIP** 동양풍과 서양풍 배경으로 쓸 때 '첫날밤'이란 단어 자체가 상당히 어색하고 오글거리므로 이를 대체하여 쓴다. 현

	대 배경에서도 '첫날밤'이 오글거리는 건 마찬가지라 최근에는 아예 관련 단어를 적지 않는 편.
추문	모 의원에 관한 추문은 결국 사실로 밝혀졌다. **북마녀 TIP** 좋지 않은 소문을 의미. 예를 들어 열애설은 추문에 속하지 않지만, 스폰서설은 추문에 속한다.
축객령	축객령을 내리자, 모두가 물러났다. **북마녀 TIP** 사람을 내보내는 몸짓이나 말을 했다는 의미. 손님을 푸대접하여 내쫓는다는 '축객'이란 단어에 명령의 '령'을 붙인 합성어다. 아랫사람이 윗사람에게 쓸 수 없고, 주로 신분이 높은 경우에 쓴다. 로판에는 그다지 어울리지 않는다. 모르는 독자가 많으므로 주의해야 한다.

ㅋ

단어	예시 문장
클리셰	이 소설은 설정만 조금 특이할 뿐 인물 설정은 클리셰 그 자체였다. **북마녀 TIP** '책빙의' 소재의 웹소설에서는 해당 작품을 설명할 때 문학 관련 용어들이 등장해도 무방하다.

단어	예시 문장
타격	남편의 외도를 직접 눈으로 본 타격이 컸나 보다.
타액	미처 삼키지 못한 타액이 입술을 타고 흘러내렸다. **북마녀 TIP** '침'이라는 우리말이 있으나 한자어를 통해 지저분한 느낌을 순화한다.
토벌대	황제가 국경으로 보낸 토벌대는 감감무소식이었다. **북마녀 TIP** 특정 집단을 정복하려는 의도로 조직한 부대. 대상을 모두 죽이는 것이 목표일 수도 있다.

단어	예시 문장
파국	어린 시절을 내 손으로 바꾼다면 이 소설이 파국으로 끝나진 않을 것이다.
파노라마	도시의 야경이 파노라마처럼 펼쳐졌다. **북마녀 TIP** 넓게 가로로 펼쳐지는 모습. 현대물에서만 쓸 수 있다.
팔불출	팔불출도 그런 팔불출이 따로 없더구먼.

패악	새어머니는 공작저에 들어서자마자 진정한 패악이 무엇인지 보여 주었다.
평정심	그녀는 겨우 평정심을 되찾고 통화 버튼을 눌렀다. **북마녀 TIP** '되찾다', '깨뜨리다', '잃다', '유지하다' 등과 조합한다.
평판	박 부장은 사내에서 평판이 좋지 않았다.
표식	모든 황족은 손목 안쪽에 표식이 있었다.
푸념	자리에 앉자마자 푸념을 길게 늘어놓았다. **북마녀 TIP** 【유의어: 넋두리】
피붙이	피가 전혀 섞이지 않았는데도 할머니는 나를 피붙이처럼 대했다. **북마녀 TIP** '혈연'과 같은 뜻이지만, 부모나 조부모를 향해 쓰기보다는 아래로 내려가는 관계에 어울린다.
피칠갑	피칠갑을 한 얼굴이지만, 누구인지 알아볼 수 있었다. **북마녀 TIP** '피범벅', '피투성이'보다 훨씬 더 심각한 상태로 눈코입이 안 보일 정도로 전신에 피를 뒤집어쓴 수준.
피투성이	얼굴이 온통 피투성이가 되어서도 끝까지 물고 늘어졌다. **북마녀 TIP** 【유의어: 피범벅】

단어	예시 문장
하등	① 그 영애는 황실에 하등 도움이 되지 않을 가문의 여자였다. ② 그녀는 도망칠 만한 하등의 이유가 없었다. **북마녀 TIP** '아무'와 같은 의미로, 부정어와 호응하여 뜻을 강조한다.
하소연	노인은 남자를 붙잡고 하소연을 시작했다. **북마녀 TIP** 【유의어: 푸념, 넋두리】
행렬	마차 행렬이 갑자기 멈추더니 밖에서 부산한 소음이 들려왔다. **북마녀 TIP** 인위적인 목적으로 줄지어 가는 경우에만 쓸 수 있다. 동물 무리에는 쓸 수 없다. 피난민, 군인, 병사 등에 활용 가능하다.
행색	행색이 엉망이라 자꾸만 눈치를 보게 되었다. **북마녀 TIP** 사전적 의미에는 태도가 포함되지만, 실제로는 겉모습 특히 옷차림과 청결 상태를 설명할 때 쓴다.
행패	술에 취해 행패를 부리다가 경찰한테 잡혀간 걸 몇 번이나 꺼내 줬다.
허드렛일	허드렛일이나 하라고 너를 그 자리에 앉힌 게 아니야.
허물	허물을 감추지 않고 솔직하게 드러냈다.

허허벌판	허허벌판에서 이정표를 발견한 기분이었다.
허튼수작	허튼수작 부리지 말고 여기서 조용히 지내. **북마녀 TIP** '수작'의 의미를 더 강조함과 동시에, 상대를 무시하는 뉘앙스가 들어간다.
혈통	비록 사생아이지만, 황실의 혈통을 이어받은 사람 아닌가. **북마녀 TIP** 고귀한 가문의 핏줄을 이야기할 때 활용한다. 반대로 노예 등 천한 신분에게는 이 단어를 쓰지 않는다. 시대극 배경 전부 가능하지만, 현대 배경으로는 특별한 설정이 없다면 어색하다. '혈연'이 대체할 수 없다.
혈투	생사를 건 혈투 끝에 겨우 살아남았다.
호들갑	① 신이 난 직원이 호들갑을 떨어 댔다. ② 직원들의 호들갑에 그가 눈살을 찌푸렸다. **북마녀 TIP** 단독 명사로 쓸 수 있지만, 동사와 결합할 경우 반드시 '떨다'와 붙여야 어색하지 않다.
홀대	손님을 이런 식으로 홀대하다니.
확답	확답을 원하는 얼굴을 차마 모른 척할 수는 없었다.
환대	뜻밖의 환대에 남자는 함박웃음을 지었다.
환생	황제의 수많은 자식 중 한 명으로 환생했으니 숨죽이고 오래 살아야지. **북마녀 TIP**

죽은 후 다시 태어나 다른 존재로서 새로운 삶을 산다는 의미. 빙의는 남의 몸에 깃들고, 환생은 새로운 인생이 생기는 것을 뜻한다.

회귀	과거로 회귀한 것이 그리 나쁜 것만은 아니로군. **북마녀 TIP** 생각보다 많은 작가 지망생이 이 단어의 표기법을 몰라 '회기'라고 잘못 쓴다.
횡포	횡포를 부려 대는 박 이사 때문에 그만둔 사람만 해도 열 손가락을 꼽았다.
후견인	후견인인 삼촌의 손아귀에서 벗어나려면 앞으로 2년을 더 견뎌야 한다.
후원자	나를 보호해 주는 후원자가 누구인지 알고 싶었다. **북마녀 TIP** 현대물과 서양풍에서는 쓸 수 있으나 동양풍에는 어울리지 않는다.
휘장	모든 창문이 푸른빛 휘장으로 덮여 있었다. **북마녀 TIP** 고급스러운 저택이나 성에서 쓰는 장식용 천. 혹은 기사단이 드는 깃발의 천. 디자인이 있는 물품이므로 '천'이 대체할 수 없다.
흑막	그는 원작 소설에서 주인공의 부모를 죽인 흑막이었다. **북마녀 TIP** 겉으로 드러나지 않은 음흉한 내막. 사실상 숨겨진 최종 보스인 악역을 의미한다. 서양풍 로판에서 주로 쓰이고, 현대 배경이나 동양풍에서 쓰면 어색하다.

희대	황제는 그야말로 희대의 팔불출이 되고 말았다.
	북마녀 TIP
	보기 드물다는 뜻으로, 영웅, 살인범, 사건 등이 아주 드문 경우라는 것을 강조한다. 긍정과 부정 모두 가능하다. 흔히 '희대의'로 쓰인다.
힐난	거침없는 힐난을 마주하자 얼굴이 붉게 물들었다.
	북마녀 TIP
	'비난'을 대체할 수 있는 표현이며 어감상 더 강하게 느껴진다.

고용인이 맞을까? 사용인이 맞을까?

다음 중 잘못 쓰인 문장이 어느 쪽인지 생각해 보자.

> 1) "나도 당신 고용인이니 내 말을 들어야 하지 않을까?"
> 2) 고용인 중 가장 젊은 여자가 앞치마에 손을 문지르며 들어왔다.

놀랍게도 두 문장 중 틀린 문장은 없다. 세상에는 두 개의 고용인이 존재한다. 하나는 돈을 주고 사람을 부리는 사람인 고용인雇用人, 다른 하나는 돈을 받고 남의 일을 하는 사람인 고용인雇傭人이다. 한자의 한 글자 차이로 완전히 반대의 뜻 모두를 가리키지만 문제는 한글에서는 한자를 적지 않으니 어느 쪽인지 알 수 없고 맥락을 통해 살필 수밖에 없는 것이다.

돈을 주고 사람을 부리는 고용인雇用人은 '고용주'와 같은 뜻이다. 고용주는 소설 속 문장에 들어가기에는 적합하지 않고 어색한 단어이므로 아예 쓰지 않는 것이 좋고, 쓸 일이 많지 않다. 현실 세계에서 '피고용인'이라는 말도 따로 있기 때문에 더욱 헷갈릴 노릇이지만 이 역시 소설에서 쓸 수 없다.

그렇다면, 사용인은 어떨까?

> 1) 자신이 사용인이라며 콧대 높게 굴었다.
>
> 2) 젊은 사용인이 부랴부랴 달려와 부서진 화분을 치웠다.

어처구니없지만 사용인使用人은 한자조차 달라지지 않는다. 하나의 단어가 '사람을 부리는 사람', '남의 부림을 받는 사람'이라는 뜻을 모두 포함한다.

만약 이런 단어들을 쓴다면 서로 섞어서 쓰지 않아야 한다. 사람을 부리는 입장과 부려지는 입장을 지칭할 때 같은 단어를 사용하면 독자의 혼란을 야기한다.

웹소설에서도 이 단어들을 혼용하여 쓰고 있는 작품을 종종 볼 수 있다. 특히 구분하겠다는 의도로 고용인과 사용인을 동시에 쓰면 그게 더 헷갈리고 만다. 독자의 혼란을 방지하기 위해서라도 되도록 이 단어들을 제외하는 방향을 권장한다.

웹소설에서 '고용인'이나 '사용인'은 사실상 '임금을 받고 집에 들어와 가사노동을 포함한 집안의 각종 업무를 이행하는 직원'이다. (회사 직원도 실제로는 고용인이지만 그렇게 부르지 않는다.) 그러므로 동양풍, 서양풍 등 신분제 사회를 배경으로 하는 작품에서는 하인, 하녀 등으로 지칭하는 편이 이해하기 쉽다. 현대 배경에서는 집에서 오래 일한 가사도우미의 경우 '부산댁', '김 여사' 등 어느 정도 특징적인 명칭을 정해 주는 것이 순조로운 장면 연출을 돕는다.

내용상 이 단어를 적을 수밖에 없는 상황이라면 고용인과 사용인 중 하나만 골라 일관되게 적어야 독자가 이해하기 쉽다. 이때 '고용주' 개념 으로는 아예 쓰지 않고 '피고용인'의 개념으로만 활용한다. 또한 문장 속 에서 해당 단어가 '피고용인'이라는 사실을 독자들이 확실히 알 수 있도 록 추가 설명을 덧붙여 주자.

Part 7

어미

문장 속에서 서술어의 활용에 따라 변화하는 끝부분

어미는 글자 그대로 '말의 꼬리'
다. 문장은 여러 덩어리로 구성되어 있고, 그 덩어리의 끝을 어미가
장식한다. 우리가 소설을 집필하면서 '알다'라는 동사를 원형 그대로
쓸 일은 거의 없다. '알고', '알지만', '아네' 등으로 활용하게 되는데 이
때 '~고', '~지만', '~네' 등이 바로 어미다. 동사, 형용사, 서술격 조사
가 문장 속에서 활용될 때 어미를 바꾸고, 이 어미를 바꾸면 맥락이
달라진다.

우리는 일상 속에서 단순한 몇 가지 어미만을 활용한다. 일상에서
말을 하고 SNS에서 몇 줄을 올릴 때야 별문제가 안 되지만 소설은 다
르다. 소설에서는 풍부하고 다양한 어미를 활용하면 글맛이 살고 인
물의 캐릭터와 상황을 더욱 상세히 그려 낼 수 있다.

많은 사람들이 자신은 웬만한 어미를 다 안다고 생각하지만, 결코
그렇지 않다. 왜 자신이 쓰는 모든 문장의 형태가 비슷해 보일까? 어
째서 소설에 등장하는 모든 등장인물의 말투가 한 사람이 말하는 것
처럼 비슷해 보이는 걸까? 이것은 어미의 문제일 가능성이 크다. 이
고민을 한번쯤 해 봤다면 각양각색의 어미를 습득하자. 특히 쉽고 빤

한 표현을 대체할 수 있는 특별한 어미들까지 모아 두었으니 꼭 체화하여 요긴하게 쓰길 바란다.

덧붙여 문장을 구성하고 끝낼 때 피해야 할 것이 있다.

~~~ㄴ ○○(인물 이름)였다.

이렇게 인물 이름으로 문장을 끝내는 현상은 웹소설 초보 작가 지망생들의 글에서 빈번하게 나타난다. 고급 필력의 소유자들은 이런 문장을 거의 쓰지 않는다.

① 나를 어릴 적부터 보살핀 유모다. 그녀가 그럴 리 없었다. (O)
② 그녀가 곧 돌아올 거라고 생각하는 현우였다. 시계를 보니 자정이 다 되었다. (X)
수정 후 ➞ 현우는 그녀가 곧 돌아올거라고 생각했다.

예시 ①과 ②의 차이는 무엇일까?

①은 사실상 문장을 쪼갠 구조다. 즉 길어지는 주어부를 분리한 것이다. 앞뒤 맥락상으로 가능한 구조다. 그러나 ②는 ①과는 달리 주어부를 분리한 것이 아니며 서술부와 주어부를 뒤바꾼 번역투다. 영미권 도서를 번역하면서 억지로 만들어 낸 문장 구조이며, 심지어 요즘은 번역자들조차 이런 문장 구조를 잘 활용하지 않는다. ②와 같은 문장이 많이 나올수록 글의 수준이 낮아 보이는데도 초보 작가 지망생들은 이걸 오히려 멋있다고 생각하여 일부러 따라 하는 경우가 있다.

웬만하면 이렇게 문장이 끝나지 않도록 주의를 기울이자.

이 파트에서는 우리가 활용할 수 있는 다양한 어미를 위치와 기능에 따라 문장 중간에 쓸 수 있는 어미, 문장 끝에 쓸 수 있는 어미로 나누었다. 물론 문장 중간과 끝 모든 자리에서 쓸 수 있는 단어 역시 존재한다. 이는 한국어를 모국어로 쓰는 사람이라면 쉽게 이해하고 활용할 수 있을 것이다. 종결형 어미에 보조사가 붙어 묘하게 달라지는 뉘앙스가 있는 경우, 어미를 포함한 관용적인 조합 역시 이 파트에 수록하였다.

실제로 우리가 문장을 구성할 때는 관용구, 연결어미, 보조형용사, 조사, 종결보조사, 의존명사, 접미사, 연결어미, 명사 활용형, 의존명사 활용형, 동사 활용형 등 다양한 품사를 쓴다. 이것들을 잘 활용하면 문장의 맛이 살아난다. 단순히 스토리만 따라가는 게 아니라 읽는 재미가 더해진다.

그러나 여러분은 어느 단어가 어느 품사 계열에 들어가는지 하나하나 정확히 알 필요는 없다. 전공자로서 국어학 연구를 하는 사람이 아니라 소설을 쓰는 작가이기 때문이다. 이것들이 어떤 기능의 어미로 쓰이는지만 정확하게 알고 문장을 쓸 때 잘 활용하면 그만이다.

그 품사를 하나하나 정의하면 오히려 머릿속이 더욱 복잡해지고 혼란스러워져 단어 체화를 방해할 가능성이 커진다. 그러므로 이 파트에서는 품사의 세부적인 명기를 과감하게 생략하고 '어미'로 통칭하였다.

단어	예시 문장
~기로서니	돈을 좀 썼기로서니 아들이란 놈이 아비를 발로 차? **북마녀 TIP** 대사에 쓰는 것도 가능하지만 대사에 넣을 경우 나이 지긋한 인물의 말투로만 쓴다.
~ㄴ들	아무리 무심하다 한들 달콤한 스킨십에 장사 없었다.
~끝에	지루한 기다림 끝에 전화벨이 울렸다. **북마녀 TIP** '~고 나서', '~ 후에' 등을 대체할 수 있는 표현.
~다거나	보고 싶다거나 만나고 싶다거나 하는 뻔한 말조차 없었다.
~다니	아비란 인간이 아들을 팔아먹다니 말세로구나 말세야. **북마녀 TIP** 충격적이거나 황당한 상황에 관한 이야기를 할 때. 문장 끝에도 활용 가능하다.
~거나 말거나	눈앞에서 어슬렁거리거나 말거나 소년은 입술을 비죽이며 못 본 척을 했다. **북마녀 TIP** 문장 맨 앞에서 '그러거나 말거나'로 접속사 역할을 할 수도 있다.
~ㄴ 김에	잠깐 외부 미팅 다녀오는 김에 사 왔어요.

~거늘	험악한 인상에 금방 기가 죽어 깨갱 할 줄 알았거늘 도끼눈을 뜨고 올려본다.
~건만	결혼식은 최대한 간소하게 하려고 했건만, 그는 절대로 그럴 수 없다고 길길이 날뛰었다. **북마녀 TIP** '~건마는'의 준말이지만 '~건마는'은 거의 쓰이지 않는다.
~려니	① 종일 무릎을 꿇고 있으려니 죽을 맛이었다. ② 곧 이혼하려니 했다. **북마녀 TIP** 예시 ①은 '~려고 하니'의 준말이고, 예시 ②는 추측을 뜻하는 종결어미다.
~든	남자가 뭐라고 착각했든 날짜가 미뤄지기만 한다면 상관없었다. **북마녀 TIP** '든지'의 준말로서, '든'이 훨씬 자주 쓰인다.
~느라	그렇잖아도 부족한 마나를 끌어올리느라 속이 울렁거리고 진땀이 났다.
~았자	화를 내 봤자 남자는 빙글거리며 웃기만 했다.
~고 나서야	방문을 닫고 나서야 안도의 한숨이 흘러나왔다. **북마녀 TIP** '야'를 덧붙이면 겨우 할 수 있었다는 의미가 강조된다.
~ㄴ지(는) 몰라도	무슨 기구한 사연인지는 몰라도 살아야지 죽으면 무슨 소용이오? **북마녀 TIP** 【유의어: ~ㄴ지는 모르지만】

~(노)라며	그때는 몰라서 그랬노라며 그의 눈치를 슬슬 살폈다.
	북마녀 TIP
	중요한 대사가 아닐 때 대사를 지문에 넣는 용도로 활용한다.
겸	집안을 둘러볼 겸 방을 나와 일 층으로 내려왔다.
~고도	경계심 가득한 시선을 한 몸에 받고도 그녀는 덤덤하게 계단을 내려갔다.
	북마녀 TIP
	'그럼에도 불구하고'의 맥락.
~다더니	간밤에 도망갔다더니 다시 돌아왔나 보네?
	북마녀 TIP
	들은 이야기를 말할 때 쓴다.
~ㄹ세라	아이는 엄마의 손을 놓칠세라 입술을 꼭 깨문 채 손을 꽉 잡고 있었다.
	북마녀 TIP
	그렇게 될까 봐 두려운 심리를 강조한다.
~도록	가슴이 들썩이도록 무거운 숨을 내쉬었다.
	북마녀 TIP
	'~할 만큼', '~할 정도로'를 대체하는 표현. 실제로 그렇게 된다.
~나마	적게나마 모아 둔 돈뭉치를 주섬주섬 꺼내 건넸다.
~려는데	쓰레기봉투를 들고 나가려는데 그가 유리문 앞을 떡하니 가로막고 섰다.

	일반적으로 직후 그 행위를 할 수 없게 되는 상황이 펼쳐진다.
~는 말에	섬으로 보내겠다는 말에 진심이 담겨 있었다. 대사를 지문에 넣는 용도로 활용한다.
~ㄴ 바람에	갑자기 나타나는 바람에 하마터면 소리를 지를 뻔했다.
~ㅆ다가는	그대로 놔뒀다가는 들짐승이 먹어치울 것 같아 시체를 갈무리하라고 해 뒀다. '~다가'에 '는'을 추가하여 강조한 표현.
~ㄴ 뒤	저를 잡아먹을 듯 쳐다본 뒤 돌아섰다. '~다음', '~후'를 대체하는 표현.
~와 함께	시끄러운 음악 소리와 함께 검은색 재규어 한 대가 돌진해 왔다. 동시에 발생하는 요소를 한꺼번에 적어줄 수 있다.
~나 안 ~나	도망치나 안 도망치나 죽는 건 마찬가지였다.
~거든	너를 함부로 대하거든 곧장 내게 오거라. 문장 중간에서 '한다면'의 의미로 활용할 수 있다.

~ㄹ망정	가엾이 여기고 잘해 주지는 못할망정 사사건건 트집을 잡고 괴롭히다니. **북마녀 TIP** 한 단어이므로 붙여 쓴다.
~다시피	유모를 쫓아내다시피 내보낸 다음 가슴을 진정시키며 편지 봉투를 열었다. **북마녀 TIP** 거의 그 정도로 했다는 의미를 강조하는 표현.
~라며	① 목석과 자는 기분이라며 그녀를 뻥 차 버렸다. ② 너 외출 금지라며. **북마녀 TIP** '라면서'의 준말이나 문학적으로 '라며'를 더 많이 쓴다. 들은 말을 확인하는 대사에서 종결형 어미로 끝내는 것도 가능하다.
~ㄹ라치면	데이트라도 할라치면 어느새 알고 와서 방해하기 일쑤였다. **북마녀 TIP** '려고 하면'을 대체하는 표현.
~투	버럭 화를 낸 건 아니지만, 시끄럽다는 투였다.

Check 2. 문장 끝에 들어가는 어미

단어	예시 문장
~이 아닐 수 없었다	사막을 헤매던 아까보다 더 긴장되는 상황이 아닐 수 없었다. **북마녀 TIP** 일반적인 글쓰기에서 사족으로 분류되기는 하지만, 강조의 의미로 활용 가능하다.
~래요	싫어도 대답은 좀 해 줄래요? **북마녀 TIP** 구어체로서, 반말은 '~래'로 사용한다. 여성에 더 어울리며 남성의 경우 다정남 캐릭터에 활용한다.
~ㄹ걸	이럴 줄 알았으면 반항이라도 할걸. **북마녀 TIP** 【유의어: ~라도 했으면 좋았을걸】
~다니?	한밤중에 위험하게 여자 혼자 어딜 나간다니? **북마녀 TIP** 못마땅하게 여기는 감정이 섞인 맥락.
~더란다	눈에 띄는 물건을 전부 박살 내더란다. **북마녀 TIP** '~더라고 한다'의 준말. 전해 들은 내용을 설명할 때 쓴다.
~성싶다	길쭉길쭉한 팔다리는 당장이라도 캐스팅 매니저들이 달라붙을 성싶었다. **북마녀 TIP** '~ㄹ 것 같았다'를 대체할 수 있는 표현.

~더라고	우리 두식이는 산 채로 이 뽑는 걸 좋아하더라고.
	북마녀 TIP
	'~더라'에 비해 성별을 불문하고 모두 어울린다.
~더라	① 어디서부터 잘못됐더라?
	② 그 후로 운전대를 못 잡겠더라.
	북마녀 TIP
	예시 ①은 대사보다 1인칭 주인공 시점의 독백형 지문에 어울린다. 예시 ②처럼 대사로 쓰면 유순하거나 심약해 보인다. 강한 이미지의 남성 캐릭터에는 어울리지 않지만 학원물의 학생 캐릭터에는 자유로이 쓸 수 있다.
~참이다	① 곧 반지를 사서 프러포즈를 하려던 참이었다.
	② 지금 막 저녁 식사를 끝낸 참이었다.
	③ 나는 폐하의 계획에 동참할 참이오.
	북마녀 TIP
	앞을 어떻게 쓰느냐에 따라 아직 하지 않은 시점, 딱 진행한 시점을 의미한다. 예시 ③처럼 시점이 아니라 의향을 의미할 수 있다.
~곤 하다	그녀는 당장이라도 서류에 도장을 찍을 것처럼 굴곤 했다.
~써어야지	그렇게 미안하다면 무슨 일이 있더라도 나를 버리지 말았어야지.
	북마녀 TIP
	해야 하는데 하지 않았다는 타박 및 아쉬움의 맥락.
~터다	그가 손을 꼭 잡아 주지 않았다면 당장 앞에 있는 남자의 따귀를 올려붙였을 터다.

'~테다'와는 달리 자신의 의지가 아니라 추측의 의미
일 때만 쓴다.

| ~ㄹ 텐데 | 아이를 잠시 맡기고 나가 담배라도 한 대 피울 텐데. |

'터인데'의 준말이지만, '터인데'는 장년층의 말투로만
쓴다.

| ~나 봐(~인가 봐) | 아들은 아비 얼굴을 하나도 닮지 않았네, 외탁했나 봐? |

질문형으로 쓰면 수다쟁이 혹은 말에 뼈가 있는 느낌
으로 활용 가능하다.

| ~하시네 | 우리 아가씨가 아주 깜찍한 생각을 하시네? |

상황에 따라 비꼬거나 달래는 뉘앙스로 활용 가능하다.

| ~단다 | ① 두팔아, 우리 도련님이 아버지 복수를 하겠다고 단단히 마음을 먹으셨단다.
② 공주님은 눈물을 머금고 성을 나와 깊은 숲으로 들어갔단다.
③ 네 동생…… 죽었단다……. |

예시 ①처럼 눈앞에 해당 인물이 있는데 마치 그 인물
이 없는 듯 다른 사람에게 말을 전하는 느낌으로 비꼬
는 뉘앙스를 쓸 수 있다.

예시 ②는 주로 엄마가 아이에게 쓰는 말투.

예시 ③은 들은 소식을 전하는 말투. '~대'에 비해 연
령대가 높은 사람이 쓰기 좋다.

~쇼	① 예, 들어가십쇼. ② 형님, 무슨 일인데 그렇게 야단이쇼? **북마녀 TIP** 엑스트라 중 신분이 낮은 사람, 특히 조폭이나 건달, 동양풍에서 천민, 평민의 말투로 자주 쓰인다.
~편이다	그녀는 포기가 빠른 편이었다.
~그래	① 집안은 보기보다 살 만하군그래. ② 조금 더 먹지그래. **북마녀 TIP** 대사의 의도를 강조하면서 상대의 공감을 원하는 맥락에 쓴다. 나이가 지긋한 사람의 말투로 어울린다.
(안) ~느니만 못하다	① 놈과 결혼하느니 차라리 죽느니만 못하다. ② 고소를 안 하느니만 못한 상황이 되고 말았다.
~련만	이대로 별 볼 일 없다며 보내 주면 좋으련만, 남자는 그녀를 옆에 세워 두고 서류 작업에 열중했다.
~고	① 요리는 해 봤고? ② 무슨 일 있으면 바로 연락하고. **북마녀 TIP** 구어체에서 쓰는 종결형 어미. 의문문에서는 '~어?' 또는 '~나?'를 대체하고 평서문에서 현재형으로 쓸 경우 '~해.'를 대체한다.
~기 나름이다	다 자네 하기 나름이니 정신 바짝 차리고 배워 보라고.

~기나 해	잔말 말고 따라오기나 해. **북마녀 TIP** 상대에게 특정 행동을 강요하면서 핀잔을 주는 말투.
~랴	① 호랑이굴에 제 발로 들어가는 짓을 왜 사서 하랴. ② 숨겨둔 당과라도 주랴? **북마녀 TIP** 대사에서는 연령대 높은 사람이 주로 쓰며, 서양풍엔 그다지 어울리지 않는다. 예시 ①처럼 대사가 아닌 지문에서 인물의 생각을 적을 땐 배경, 연령대 상관없이 쓸 수 있다.
~리가(없다)	어제까지 집요하게 굴던 사람이 갑자기 오늘 놓아줄 리가. **북마녀 TIP** '없다'를 생략하고 마침표를 찍어도 같은 뜻으로 이해된다.
~사람은 없다	기습 공격에 담담하게 굴 사람은 없다.
~이 몇이나 될까	세상에 면전에서 부모 욕을 듣고 담담할 인간이 몇이나 될까.
~아니겠어?	사돈이 우리 회사를 챙겨 주면 누이 좋고 매부 좋은 일 아니겠어? **북마녀 TIP** '~이지'나 '~이잖아'처럼 평범한 종결형 어미를 의문형으로 바꿔 강조한다.
~더(구)만	실물은 비쩍 마른 어린애더만. **북마녀 TIP**

'~더구먼'의 방언이나, 글맛을 살리기 위해 '~더구먼' 대신 종종 사용한다. 웹소설에서는 '~만'을 허용한다.

~라니까?	김 사장은 너 사지를 찢어 놓는다고 날뛸 새 끼라니까?

북마녀 TIP

강조의 뜻으로 물음표를 찍고 실제로 문장의 끝을 올려 말하는 대사.

~ㄹ 뻔하다	하마터면 본명을 밝힐 뻔했다.

~직전이다	그렇잖아도 아침저녁으로 쏟아지는 업무 독촉에 뇌가 폭발하기 직전이었다.

북마녀 TIP

사전적 의미대로 시간을 의미할 뿐만 아니라 '~ㄹ 것 같았다'를 대체할 수 있는 표현.

~듯하다	아무래도 범인은 현장에 다시 오지 않은 듯했다.

북마녀 TIP

'~ㄹ 것 같았다'를 대체할 수 있는 표현.

~ㄴ 셈이다	가족으로서의 역할은 이것으로 다 한 셈이다.

~ㄹ 일이다	그는 남편의 역할을, 그녀는 아내의 역할을 하면 될 일이었다.

~리라	언젠가 그를 다시 만나게 된다면 그때는 미안했다고 말하리라.

북마녀 TIP

독백의 말투이지만 실제로 대사에서 혼잣말로 쓰면 몹시 이상하다. 지문에서만 쓸 것.

~지 뭐예요	그렇게 기를 쓰고 일하더니 데뷔한 지 6개월 만에 떴지 뭐예요. **북마녀 TIP** 여성 캐릭터에 더 어울리는 표현.
~긴(기는)	미친 노인네, 시치미 떼기는.
~기는 하다	바르크 공작의 성격이 무뚝뚝해서 걱정이기는 해.
~려나	오늘은 어떤 미친놈이 헛소리를 하려나. **북마녀 TIP** 대사로 쓸 경우 독백 혹은 들으라는 듯이 말하는 맥락.
~도록	프로젝트가 끝나면 본사로 돌아오도록. **북마녀 TIP** '~도록 해', '~도록 해라'에서 '해'와 '해라'를 생략한 표현이다.
~ㄴ 건 아닐까	설마 이 인간도 나에게 돈을 뜯어내려는 건 아닐까. **북마녀 TIP** 【유의어: ~건가】
~꼴이다	비를 쫄딱 맞은 강아지 꼴이었다. **북마녀 TIP** '~ 꼴을 하고 있었다'로 풀어 써도 좋다.
~고 싶다	주머니에 뭘 넣어 온 거냐고 묻고 싶었다.
~싶다	차라리 다행이다 싶었다. **북마녀 TIP**

	'~라고 생각하다'를 대체하는 표현.
~다지	2층 난간에서 굴러떨어져 죽었다지. **북마녀 TIP** 들은 이야기를 전달하는 말투.
~다고	말이 형제지, 그놈이 형 노리는 거 모르는 사람이 어디 있다고. **북마녀 TIP** '~어'를 대체하는 표현.
~대(요)	① 그 남자 곧 결혼한대. ② 누가 죽이기라도 한대요? **북마녀 TIP** 물음표를 붙일 경우 질문의 맥락뿐만 아니라 '그렇지 않을 거라'는 의지의 맥락으로도 쓸 수 있다. 약간 위협적인 어조나 대드는 느낌도 묻어난다.
~ㄹ 시간에 ~이나 해(하세요)	잔소리할 시간에 애들 단속이나 하세요.
~자니 ~고 ~자니 ~고(다)	버리자니 의심할 것 같고 마시자니 찝찝했다.
~ㄹ 수밖에 없다	어린놈이 꼬박꼬박 반말을 하니 불쾌해질 수밖에 없었다.
~테다	아이에게는 사람 죽이는 건 절대로 가르치지 않을 테다. **북마녀 TIP** 의지의 의미를 담고 있다. 【유의어: ~ㄹ 것이다】

~테지	오른팔이 자기 뒤통수를 쳤다는 걸 알면 놈도 기가 막힐 테지.
	북마녀 TIP
	'~테다'와는 달리 예측, 추측의 맥락.
~라지	하나밖에 없는 가족은 무슨, 혼자 죽으라지.
	북마녀 TIP
	대상에 불만이 가득할 때 쓰며, 퉁명스러운 말투다. 내용에 따라 저주의 맥락으로도 쓴다.
~란다	사람 기분 나빠지는 소리는 다 해 놓고 기분 나빠 하지 말란다.
	북마녀 TIP
	'~라고 한다'를 대체하는 표현. 상대의 말을 곱씹을 때 활용 가능하다.
~게 생겼나	거울 좀 봐, 내가 걱정 안 하게 생겼나.
	북마녀 TIP
	그 행동을 할 수 없는 상황이라는 의미의 구어체 표현.
~(ㅆ)겠는가	아무리 자식이라도 용서할 수 있겠는가.
~나 했으면	제발 이쪽을 돌아보지 말고 통화나 했으면.
	북마녀 TIP
	'~나 했으면 좋겠다'에서 '좋겠다'를 생략한 표현.
~랄까	만약을 대비해서 설치해 둔 거랄까.
	북마녀 TIP
	마침표를 붙이든 물음표를 붙이든 의미는 같다.

~모양이다	제가 나서서 약속을 잡아 놓고도 내키지 않는 모양이었다.
~지경이다	하룻밤 새 빚이 수억으로 늘어나다니 미칠 지경이었다.
~노릇이다	막무가내로 달라붙으니 기가 찰 노릇이었다.
~지 뭡니까	대표님 모시고 마지막으로 식사 대접한 게 벌써 작년이지 뭡니까. **북마녀 TIP** 연령대가 지긋한 인물에게 어울리는 말투.
얼마나 ~겠어요	제가 동생을 쫓아내면 아버지 마음이 얼마나 아프겠어요.
~게	① 꿈도 꾸지 말게! ② 아가씨께서 돌아오시면 자네가 잘 챙겨 드리게. **북마녀 TIP** 연령대가 지긋한 인물에게 어울리는 말투이지만 시대극에서는 신분이 높을 경우 젊은 사람도 쓸 수 있다. 단, 서양풍 여성 캐릭터가 쓰면 살짝 늙어 보인다.
~법이 없다	순순히 저를 따라오는 법이 없었다. **북마녀 TIP** 매번 그렇게 하지 않았다는 의미.
~ㄴ 법은 없다	여자라고 용병이 되지 못한다는 법은 없으니까. **북마녀 TIP** '~법이 없다'와는 다른 뉘앙스이므로 섞어서 쓰면 의미가 혼동된다. 늘 그렇지는 않을 것이라는 화자의 판단을 담는다.

~법하다	그런 소문이 날 법했다.
	북마녀 TIP
	그럴 만하다는 의미. '~법도 하다'로 더욱 강조할 수 있다.
~기도 하다	실시간으로 감시한다는 뜻이기도 했다.
~랍니다	① 세상에 무서울 것이 없는 분이랍니다. ② 귀가하면 본채에 바로 들르시랍니다.
	북마녀 TIP
	맥락에 따라 자랑의 뉘앙스로 활용한다. 들은 이야기 (보통 명령)를 전달하는 말투로도 쓸 수 있다. '~라네 요'보다 격식을 차린 표현이다.
~든가	자신 있으면 그렇게 해 보든가.
	북마녀 TIP
	문장을 '~든가'로 끝낼 경우 상대에게 약한 제안을 하는 맥락이 된다. 상황에 따라 그 행동을 정말 하면 상대에게 문제가 생길 수 있다는 속뜻을 내포하기도 한다.
~겠다	내가 발로 써도 이것보단 잘 쓰겠다.
	북마녀 TIP
	예정을 뜻하는 일반적인 의미 외에 상대를 타박하는 뉘앙스를 포함한다.
~거든	① 야! 나도 고추 달린 남자거든? ② 세상은 사생아를 사람 취급하지 않거든.
	북마녀 TIP
	예시 ①과 같이 상대에게 핀잔을 주는 맥락, 일반적인 평서문 맥락으로 쓸 수 있다.

~대다	남자는 눈을 부라리며 위협적으로 삿대질을 해 댔다.
	북마녀 TIP
	동사에 덧붙여 계속하는 모습을 강조한다. 대체로 부정적인 상황에 활용한다.
~것다 (~것네)	네 마누라가 들으면 좋아하것다.
	북마녀 TIP
	사투리라기보다는 살짝 비꼼조나 놀림조로 활용한다. 성인이라면 연령층 상관없이 가능하지만 미성년자가 쓰면 어색하다.
~누	내가 그 말을 어찌 믿누?
	북마녀 TIP
	중년층보다는 노년층 말투로 활용한다. 그러나 서양풍엔 그다지 어울리지 않는다.
~마	그 문제는 할아비가 해결하마.
	북마녀 TIP
	중노년층 말투로 활용한다. 의지와 예정의 의미.
~게지	애초에 회사를 넘길 생각은 없었던 게지?
	북마녀 TIP
	중노년층 말투로 활용한다.
~게야	저 놈은 밑바닥까지 떨어져 봐야 정신을 차릴 게야.
	북마녀 TIP
	중노년층 말투로 활용한다. '것이야'의 줄임말.
~짝이 없다	아무리 생각해도 괘씸하기 짝이 없었다.
	북마녀 TIP

강조의 의미로 덧붙이는 표현.

~디다	아내가 떠난 지 넉 달도 안 지났는데 벌써 새장가를 든답디다. **북마녀 TIP** 중년층 이상만 쓰는 말투로, 자신이 아는(들은) 정보에 관해 말할 때 쓴다.
~디까?	① 아가씨께선 언제까지 머무신답디까? ② 어떤 기사가 동료 등에 칼을 꽂는답디까? **북마녀 TIP** 예시 ①은 상대가 알고 있는 사실을 물어보는 의미다. 예시 ②처럼 상황에 따라 불평과 불만, 분노 등 부정적인 감정을 토로하는 맥락으로 쓸 수 있다. 주인공의 말투로는 적합하지 않다.
~디?	둘이 서로 죽고 못 사는 꼴을 보고도 그런 생각이 들디? **북마녀 TIP** 핀잔의 맥락으로 쓴다.
~군	말도 안 되는 소리를 하는군. **북마녀 TIP** 남성형 말투. 여성이 쓰기엔 어색한 감이 있다.
~구나	넌 마음에도 없는 말을 잘도 하는구나. **북마녀 TIP** 성별 상관없으나, 강한 이미지의 남주인공이 쓰기엔 어색할 수 있다. 서브남에 어울린다.
~다는데? (~라는데?)	① 네놈 아버지가 맞다는데? ② 네 형이 아니라는데?

~거지	뒤에서 끝까지 해 먹겠다고 작정한 거지.
~ㄹ 심산이다	놀려 줄 심산으로 다가선 것뿐이었다.

Part 8

 한자어

한국어 속에서 쓰이는 한자 단어

우리말에는 수많은 한자어가 있다.
평소 잘 쓰는 단어로서 의미와 활용법을 충분히 알고 있으면서도 한자어
라는 사실을 모르는 경우도 허다하다. 소설에 쓰기 적절한 한자어들을 자
신의 단어 스펙트럼 안에 쌓아 둔다면 다양한 장면에서 묘사의 맛을 살
릴 수 있다. 또한, 앞쪽 파트에서 이야기했듯이 한글 표현과 번갈아 씀으
로써 반복을 피할 수 있다.

　　그러나 한자어는 '한자'라는 고유의 특성이 있기 때문에 독자를 가리고
장르를 가리며 위치를 가린다. 해당 한자어가 자신이 쓰고자 하는 의미라
고 해서 그걸 무조건 적고 이를 남발한다면 조회수와 판매량에 악영향을
줄 수 있다.

　　웹소설 독자층에는 한자를 배운 세대, 사자성어를 익히고 뜻을 쉽게 인
지하는 세대가 있는가 하면 그렇지 않은 세대도 있다. 한자를 배웠지만
시간이 많이 흘러서 대부분을 잊은 독자도 많다. 그러므로 각양각색의 독
자층을 생각하여 너무 어려운 한자어는 되도록 지양하도록 한다.

　　서양풍 및 현대 배경뿐만 아니라 동양풍에서도 마찬가지다. 동양풍 작
품을 보는 독자들이 다른 독자들보다 유독 어려운 글을 더 좋아하는 것

도 아니고 어려운 한자어를 더 많이 아는 것도 아니다. 그들은 그저 '동양풍 배경의 스토리'를 좋아하는 것뿐이다. 시간이 흐르면서 장르 불문 독자들이 전반적으로 문해력이 떨어진 점 역시 어려운 한자어를 피해야 하는 까닭 중 하나다. 어느 장르든 독자가 사전 검색을 해 가며 소설을 읽지는 않는다는 사실을 유념하라. 사전을 찾아보는 행위는 오직 작가만 하는 것이다.

한자어가 많이 들어갔다고 더 고상하고 더 멋들어진 글이 아니라는 사실은 이 사전에서 여러 번 언급했다. 그러니 한자어를 집착적으로 넣으려 하지 말자. 과도한 '집착'은 언제나 '도망'을 야기한다. (이 비유를 이해하지 못하는 당신! 여성향 웹소설을 더 읽어야 한다.)

▌한자어의 장르별 활용법 ▌

한국어에서는 글자수로 1~4자짜리 한자어가 주로 쓰이며, 그 이상에서는 대중적으로 쓰이는 단어가 몇 없다. 이 중 4자짜리를 일반적으로 '사자성어'라 부른다. 일정 수준의 교육을 받은 한국인이라면 대부분 여러 사자성어를 일상 속에서도 자유롭게 쓴다.

하지만 이렇게 쉬운 사자성어라고 해도 그 전부를 소설에 쓸 수 있는 것은 아니다. 특히 대사에 쓸 때는 신중해져야 한다. 구어체에 알맞은 사자성어가 있는가 하면, 대사에 넣었을 때 굉장히 어색해 보이고 문어체처럼 보일 우려가 있는 사자성어도 있다. 예를 들어 '수지타산收支打算'은 대사에 쓸 수 있으나, '아연실색啞然失色'을 대사에 넣으면 상당히 어색하다. '마이동풍馬耳東風'처럼 같은 의미의 한글 속담이 존재하는 한자어라면 '소 귀에 경 읽기'라는 속담을 활용하는 것이 독자들의 이해를 더욱 돕는다. '토사구팽兎死狗烹'처럼 비유적인 뜻을 지닌 사자성어 역시 이를 그대로 쓰는 것보다는 풀어서 쓰는 게 이해하기 편리하고, 대사나 심리묘사로 만들기 좋다.

사자성어를 포함한 모든 한자어는 동양풍 작품에서 쓸 수 있다. 이 사전에서 소개한 목록 외의 한자어들도 동양풍이라면 거의 다 쓸 수 있다고 생각해도 좋다. 조금 어렵게 느껴지는 한자어나 사자성어를 섞어 써도 통할 수 있다. 다만, 최근에는 동양풍 작품이어도 한자어를 지문에서만 쓰고 인물의 대사로는 쓰지 않는 흐름으로 가는 추세다.

무협물이나 동양풍 로맨스에서 주로 쓰는 특수한 한자어들은 현대물과 서양풍에 쓰지 말아야 한다. 한자어를 쓰는 것이 나쁜 건 아니지만 작품의 시대적 배경에 맞지 않는다면 어우러지지 못하고 작품의 분위기를 망치게 된다. 무협 배경에 있던 주인공이 서양풍 배경의 공간으로 빙의한 흐름이라면 허용의 폭이 넓어지는 것이 사실이지만, 과도한 활용은 독자의 몰입을 깬다. 그리고 로판 독자가 알아듣지 못할 가능성도 배제할 수 없다.

현대가 아닌 가상 시대 배경의 서양풍 작품에서는 사자성어를 되도록 쓰지 않는 게 좋지만 시간이 갈수록 허용 범위가 넓어지는 추세다. 이는 아무래도 현대 로맨스를 쓰던 작가가 로판을 쓰는 일이 늘어나면서 나타나는 현상으로 분석할 수 있겠다. 특히 주인공이 한국인인데 이세계로 넘어가거나 책으로 들어가 외국인에 빙의된 설정일 때 주인공 시점의 상황 설명에서는 허용된다. 그러나 원론적으로는 주의를 기울여서 쓰지 않는 방향을 권한다.

서양풍 로판이나 판타지 중 환생물이나 회귀물이라면 그 주인공은 외국인일 것이다. 한국인 영혼이 아닌 주인공이 한자어가 섞인 말을 내뱉을 경우, 몹시 어색한 세계관 붕괴가 일어난다. 마찬가지로, 한국인 영혼의

빙의물이어도 주인공이 아닌 다른 인물(외국인)의 입에서 사자성어가 튀어나오는 건 정말 동떨어져 보인다. 독자가 적응하지 못할 수 있고, 독자가 어색하다 느끼지 않더라도 글의 퀄리티에 영향을 준다.

이와는 별개로 사자성어 느낌이 아닌 한자어는 현대 배경과 마찬가지로 대부분 써도 된다. 여기에는 우리가 평소에도 자주 쓰는 한자어들 전부 해당한다.

이 파트에서는 웹소설에서 많이 쓰이며 독자들 대다수가 충분히 이해하는 한자어들을 모았다. 웹소설을 쓸 때 적으면 안 되는 단어들을 굳이 넣지는 않았다.

혹시 '온고지신溫故知新', '형설지공螢雪之功'을 기억하는가? 어릴 적 한문 수업을 들었거나 한자 자격증 공부를 했다면 배웠던 기억이 날 것이다. 그러나 이 단어들은 소설에 등장하지 않으며, 나온다 한들 어색하고, 급기야 작가가 한자 실력을 자랑하기 위해 넣은 것처럼 보인다. 그러니 이런 단어를 찾아내서 굳이 단어 스펙트럼에 넣을 필요가 없다. 단어마다 이 차이를 알아 두고 다른 소설에서 많이 나오는지 활용 빈도를 살펴본다면 앞으로 소설을 쓸 때 더욱 적절한 단어 선택을 할 수 있을 것이다.

이 사전에서 선별한 한자어는 한국인이 아주 익숙하게 쓰는 단어들이므로 작가라면 무조건 알아야 하고 자유롭게 쓸 수 있어야 한다. 소설을 읽는 독자들 대부분 사전 없이 뜻을 이해하는 한자어들로만 구성했다. 참고로, 1~3자짜리 한자어들은 '한자어'라는 인식이 존재하지 않는 수준이기 때문에 한자어 파트가 아닌 명사 파트에 수록하였음을 밝힌다.

오래된 한자어이면서도 현대 한국의 텍스트 문화권에 완전히 편입된 단어 중 다수가 서양풍 포함 모든 배경에서 써도 무방하다. 그러나 한글 문화권에 완전히 편입되었어도 서양풍 배경의 글에서 혼자 둥둥 뜨며 따로 노는 단어가 없지는 않다. 때문에 이 파트에서는 '북마녀의 TIP'보다는 해당 단어가 각각의 배경에 어울리는지 여부를 확인하는 것이 중요하다. 이를 위해 다음과 같이 표시를 해 두었다.

○ : 해당 배경에 어울리므로 자유롭게 써도 된다.

△ : 해당 배경에 어울리지 않는 편이지만 작품에 따라 쓸 수 있다.

　(웬만하면 쓰지 않는 방향을 권장)

X : 해당 배경과 어울리지 않으므로 쓰지 않길 권한다.

만약 이 파트에서 선별한 한자어를 훑어보았을 때 무슨 뜻인지 감이 안 올 정도라 사전을 찾아봐야 하는 단어가 대다수라면 한자어를 너무 모르는 수준이라고 볼 수 있다. 이 경우라면 진지하게 한자어 공부를 따로 해 둘 필요가 있다.

마지막으로, 한자어는 원고에서 반복하면 티가 바로 나는 단어군이므로 원고 집필 시 주의를 기울여 반복하지 않도록 하자. 한 회차에 1~2번씩만 나와도 독자의 눈에는 툭툭 걸릴 수 있고, 일단 눈치 챈 독자는 스토리에 집중하지 못하고 그 단어만 신경 쓰게 된다.

※ SF 장르, 우주 배경, 디스토피아 등 근미래물은 현대 배경 칸을 참고할 것.

ㄱ

단어	예시 문장	현	서	동
가지각색 (가지各色)	거절하는 이유도 가지각색이었다.	○	○	○
가타부타 (可타좀타)	가타부타 말이 없으니 답답한 노릇이었다.	○	×	○
감언이설 (甘言利說)	감언이설에 놀아난 내가 죄인이지.	○	○	○
감지덕지 (感之德之)	온수가 나오지 않는 단칸방조차 그녀에겐 감지덕지였다.	○	○	○
개과천선 (改過遷善)	내가 개과천선한다고 해도 사람들이 믿어 줄까?	○	△	○
격세지감 (隔世之感)	어릴 적 뛰놀던 논밭 위에 고층 건물이 들어선 광경을 보니 격세지감이었다.	○	X	○
경거망동 (輕擧妄動)	절대로 경거망동하지 말고 마마를 지켜야 한다.	○	X	○
경국지색 (傾國之色)	경국지색이라 불릴 만한 미인의 등장으로 온 나라가 떠들썩했다. **복마녀 TIP** 동양풍 속 미녀를 소개할 때 적절하다. 서양풍이나 현대 배경에서는 여주가 아무리 예뻐도 이 단어를 쓰면 어색하다.	X	X	○
고군분투 (孤軍奮鬪)	빙의된 몸에 적응하려고 고군분투하던 중 지금의 약혼자를 만났다.	○	○	○

구구절절 (句句節節)	왜 내가 구구절절 해명하고 있어야 하는지 알 수 없었다.	○	○	○
구사일생 (九死一生)	구사일생으로 살아났지만 다음번 에도 운이 좋다는 보장은 없었다.	○	○	○
구제불능 (救濟不能)	이미 구제불능으로 낙인찍힌 몸이다.	○	○	○
군계일학 (群鷄一鶴)	수많은 병사들 사이에서 소년의 움 직임은 단연 군계일학으로 눈에 띄 었다.	△	X	○
궁여지책 (窮餘之策)	궁여지책으로 생각해 낸 것치고는 괜찮은 방법이었다.	○	△	○
금상첨화 (錦上添花)	입궁 전 이렇게 좋은 소식이 또 들 리니 금상첨화로구나.	○	X	○
금시초문 (今時初聞 / 今始初聞)	난 금시초문인데 어디서 그런 이야 기를 들었어?	○	X	○
극악무도 (極惡無道)	내가 아는 극악무도한 흑막이 아닌 것 같았다.	○	○	○
금지옥엽 (金枝玉葉)	그녀는 KD그룹 박 회장의 금지옥 엽이었다.	○	X	○
기고만장 (氣高萬丈)	이제 와서 기고만장하게 구는 꼴이 우스웠다.	○	△	○
기진맥진 (氣盡脈盡)	그녀는 기진맥진한 상태로 병원을 나왔다.	○	○	○

현 현대 서 서양풍 동 동양풍

단어	예시 문장	현	서	동
노발대발 (怒發大發)	지금 노발대발해 봤자 소용없다는 것을 깨달았다.	○	○	○
노심초사 (勞心焦思)	결혼 생활 내내 노심초사했던 기억 뿐이었다.	○	△	○

현 현대 서 서양풍 동 동양풍

단어	예시 문장	현	서	동
다사다난 (多事多難)	다사다난한 인생이었지만, 즐거울 때도 많았다.	○	△	○
대경실색 (大驚失色)	갑작스러운 사고 소식에 그 자리에 있던 모든 이가 대경실색했다.	○	△	○
두문불출 (杜門不出)	끼니도 제대로 챙기지 않고 방에 틀어박혀 두문불출한 지 며칠이 지났다.	○	X	○
동고동락 (同苦同樂)	어린 시절 동고동락한 사이였기에 끊어 내는 건 쉽지 않았다.	○	X	○
동병상련 (同病相憐)	어릴 적엔 동병상련이란 생각에 오며 가며 챙겼지만 시간이 갈수록 마음이 달라졌다.	○	X	○
동분서주 (東奔西走)	추운 날씨에 새벽부터 동분서주한 탓인지 오후가 되자 몸이 으슬으슬 추워지기 시작했다.	○	△	○

동상이몽 (同床異夢)	두 사람의 동상이몽이 비밀스레 움트는 여름밤이었다.	O	X	O

| 현 현대 | 서 서양풍 | 동 동양풍 |

단어	예시 문장	현	서	동
막무가내 (莫無可奈)	남자는 막무가내로 그녀의 가방을 끌어당겼다.	O	O	O
막상막하 (莫上莫下)	황태자와 기사단장의 검술 실력은 막상막하였고 결국 무승부로 끝났다.	O	O	O
망연자실 (茫然自失)	그녀는 망연자실하여 들고 있던 시계를 떨어뜨렸다. **북마녀 TIP** '망연하다'는 활용 빈도가 낮다.	O	△	O
명실상부 (名實相符)	명실상부 이 나라의 황제가 될 몸이었다. **북마녀 TIP** 급이 높고 화려하며 긍정적인 맥락에서만 쓸 수 있다.	O	X	O
무궁무진 (無窮無盡)	괴롭히겠다고 작정한다면 방법은 무궁무진할 것이다.	O	O	O
무미건조 (無味乾燥)	사람 가슴을 쿡 찌르는 말을 무미건조하게 내뱉었다.	O	O	O

무지막지 (無知莫知)	아무리 친절하게 대해 줘 봤자 저 사람은 무지막지한 깡패 아닌가.	○	○	○
무소불위 (無所不爲)	무소불위의 권력을 휘두르던 황제도 세월을 이길 수 없었다.	○	△	○
묵묵부답 (默默不答)	그녀의 묵묵부답이 긍정이라는 것을 알아차린 그가 한걸음 다가섰다.	○	△	○
문전성시 (門前成市)	가게가 문전성시라 어머니와 동생은 눈코 뜰 새 없이 바쁘게 움직이고 있었다.	○	X	○

단어	예시 문장	현	서	동
박장대소 (拍掌大笑)	박장대소하는 사람들의 눈은 순수한 악의로 가득했다.	○	△	○
배은망덕 (背恩忘德)	이런 배은망덕한 놈을 보았나!	○	○	○
백년가약 (百年佳約)	모든 이의 축복을 받으며 두 사람은 백년가약을 맺었다. **북마녀 TIP** 원론적으로는 서양풍 스토리에 어울리지 않지만, 로판에서 '원작 소설'을 '설명'할 때 쓰는 것은 무방하다.	○	X	○
백발백중 (百發百中)	활을 쏘는 족족 백발백중으로 꽂혀 들어갔다.	○	○	○

부지기수 (不知其數)	제국 간의 전쟁으로 죽어서 돌아온 사람이 부지기수였다.	O	O	O
분기탱천 (憤氣撑天)	분기탱천한 노인의 눈에 핏발이 서 있었다.	O	X	O
비몽사몽 (非夢似夢)	비몽사몽한 몸을 겨우 일으켜 침대 에서 벗어났다.	O	O	O

단어	예시 문장	현	서	동
사면초가 (四面楚歌)	사면초가에 빠진 기사단은 공격 의 지를 잃고 하나둘 무릎을 꿇었다.	O	O	O
사사건건 (事事件件)	사사건건 간섭하는 것도 정도가 있지.	O	O	O
상부상조 (相扶相助)	김 대표님 상부상조하는 사이에 이 거 좀 너무하는 것 아닙니까?	O	X	O
선견지명 (先見之明)	회장님의 선견지명에 감탄만 나올 뿐입니다. 하하!	O	△	O
설상가상 (雪上加霜)	설상가상으로 황제가 황후를 냉궁 에 가뒀다는 소식이 들려왔다.	O	O	O
성인군자 (聖人君子)	그 어떤 성인군자라도 그녀의 유혹 에는 당해 낼 수 없을 것이다.	O	X	O
속수무책 (束手無策)	돌처럼 굳어 속수무책으로 당하고 말았다.	O	O	O

수수방관 (袖手傍觀)	담임이 니들끼리 해결하라며 수수방관하자, 아이들은 더 기세등등해졌다.	○	X	○
수지 타산 (收支 打算)	당신과 결혼이란 걸 해야 수지 타산이 맞더군.	○	X	○
승승장구 (乘勝長驅)	회사 내에서 승승장구하는 이복동생이 달가울 리 없었다.	○	△	○
시시비비 (是是非非)	여기서 시시비비가 가려진다 한들 아무 힘없는 내가 뭘 할 수 있겠느냐.	○	X	○
시정잡배 (市井雜輩)	뒷골목 시정잡배처럼 시시껄렁하게 굴지 마라.	○	X	○
시종일관 (始終一貫)	그녀는 시종일관 인자한 미소를 잃지 않았다.	○	△	○
신세한탄 (身世恨歎)	남자에게 신세한탄을 늘어놓아 봤자 그는 나를 돕지 않을 것이다.	○	○	○
신신당부 (申申當付)	공작 부인은 하녀에게 신신당부를 하고 마차에 올랐다. **복마녀 TIP** '당부'의 의미를 더욱 강조한다.	○	○	○
심사숙고 (深思熟考)	시간을 줄 테니 심사숙고해서 결정하도록 해.	○	△	○

단어	예시 문장	현	서	동
아비규환 (阿鼻叫喚)	병사들의 몸을 찢어발긴 마물들이 성문 안으로 들어왔고, 성 안은 곧 아비규환이 되었다.	○	○	○
아수라장 (阿修羅場)	편을 갈라 싸우는 임원들로 회의실은 아수라장이 되고 말았다.	○	△	○
아연실색 (啞然失色)	아연실색한 공작이 말을 더듬거렸다. **북마녀 TIP** '대경실색'과 유사하지만 그에 비해 활용도가 더 높다.	○	○	○
안면몰수 (顔面沒收)	얼굴도 모르는 사람처럼 안면몰수하며 지나갔다.	○	X	○
안하무인 (眼下無人)	능력은 출중했으나, 성격이 모나고 안하무인이라 악명이 높았다.	○	X	○
애걸복걸 (哀乞伏乞)	애걸복걸 매달렸지만 공작은 귓등으로도 듣지 않았다.	○	○	○
애정 전선 (愛情 前線)	두 사람의 애정 전선에 아무런 문제가 없다는 걸 보여 줘야 했다.	○	○	○
야반도주 (夜半逃走)	그 가족은 모든 짐을 버리고 야반도주했다.	○	△	○
어부지리 (漁夫之利)	김 판서가 역모에 휘말리자 좌의정은 어부지리로 임금의 신임을 얻었다.	○	△	○

억하심정 (抑何心情)	대체 무슨 억하심정으로 우리 앞길을 막는 거니?	○	X	○
언감생심 (焉敢生心)	저 따위가 언감생심 그런 생각을 하겠습니까.	○	X	○
역지사지 (易地思之)	너도 역지사지로 생각해 봐, 내가 칼을 갈 만하지 않아?	○	X	○
오만불손 (傲慢不遜)	남자의 오만불손한 태도를 꾹 참고 눈감아 주어야 했다. **북마녀 TIP** 서양풍에서는 '오만'만 활용하는 것이 더 어울린다. 【유의어: 오만방자】	○	△	○
오매불망 (寤寐不忘)	오매불망 기다렸던 편지가 눈앞에 놓여 있었다.	○	X	○
오십보백보 (五十步百步)	자리에 앉아 징징거리는 김 부장이나 매일 숙취에 절어 있는 김 대리나 오십보백보였다.	○	X	○
오합지졸 (烏合之卒)	장군을 잃은 병사들은 오합지졸에 불과했다.	△	X	○
와신상담 (臥薪嘗膽)	와신상담 후 돌아온 그는 눈빛부터 달라져 있었다.	○	X	○
왈가왈부 (曰可曰否)	당신이 이 문제에 왈가왈부할 자격이 있던가?	○	X	○
요지부동 (搖之不動)	문 앞을 요지부동으로 가로막고 서 있었다.	○	X	○

우여곡절 (迂餘曲折)	우여곡절 끝에 두 사람은 마침내 마석 광산에 도착했다.	○	○	○
우왕좌왕 (右往左往)	우왕좌왕하는 병사들을 헤치고 한 사내가 나섰다.	○	○	○
우유부단 (優柔不斷)	우유부단하게 살다가 희생당한 지난 생은 이제 안녕이다.	○	○	○
유언비어 (流言蜚語)	그런 말도 안 되는 유언비어에 넘어가다니, 자네한테 실망이네!	○	X	○
유유상종 (類類相從)	그런 놈의 친구라는 사람이 하는 말을 믿을 수 있을까? 유유상종이란 말이 머릿속을 스쳐 지나갔다.	○	△	○
유유자적 (悠悠自適)	남은 속이 타 죽겠는데 저 인간은 유유자적 낚싯대만 드리우고 있을 뿐, 아무 대답도 하지 않았다.	○	△	○
유비무환 (有備無患)	미리미리 입막음해 둬야지, 유비무환 아니겠니.	○	X	○
육두문자 (肉頭文字)	남자의 거친 육두문자에 몸이 절로 움찔했다. **북마녀 TIP** '욕설'을 대체할 수 있는 단어.	○	X	○
의기소침 (意氣銷沈)	황제 앞에만 서면 의기소침해져 제대로 답하지 못했다.	○	○	○
의기양양 (意氣揚揚)	의기양양하게 등장한 황태자가 낄낄거리며 입을 열었다.	○	○	○

의미심장 (意味深長)	의미심장한 타박에 엎드려 있던 그녀가 고개를 들었다.	○	○	○
이구동성 (異口同聲)	기사들이 이구동성으로 외치는 소리가 성벽을 넘어 들려왔다.	○	○	○
이실직고 (以實直告)	당신 아들 때문이라고 이실직고할 수도 없었다.	○	△	○
이율배반 (二律背反)	이율배반적인 감정의 소용돌이에 그녀는 몸부림쳤다.	○	X	○
인과응보 (因果應報)	그놈이 그 지경이 된 것은 다 인과응보인 게지.	○	X	○
인사불성 (人事不省)	아버지는 인사불성이 되어 잠들어 있었다.	○	X	○
인산인해 (人山人海)	결혼을 축하하기 위해 모인 사람들로 인산인해를 이루고 있었다.	○	X	○
인수인계 (引受引繼)	인수인계까지 끝내고 나니 정말 퇴사가 코앞이라는 사실이 실감났다.	○	X	X

북마녀 TIP

한자어이지만 현대 사회 용어에 가까워서 시대극에 어울리지 않는다. 단, 동양풍에서 '인계'를 따로 쓸 수 있다.

인정사정 (人情事情)	대장은 신입도 인정사정 봐주지 않을 거야.	○	○	○
일거수일투족 (一擧手一投足)	아침부터 저녁까지 그녀의 일거수일투족을 보고 받았다.	○	○	○

일사불란 (一絲不亂)	병사들은 훈련할 때와 마찬가지로 일사불란하게 움직였다.	○	○	○
일사천리 (一瀉千里)	본부장의 도움으로 일이 일사천리로 진행되었다.	○	○	○
일석이조 (一石二鳥)	문제의 마법서도 찾고, 황태자도 만나고 그야말로 일석이조 아닌가.	○	○	○
일장춘몽 (一場春夢)	그와의 결혼 생활이 일장춘몽으로 끝나 버렸다.	○	X	○
일취월장 (日就月將)	소년의 검술 실력은 날이 갈수록 일취월장했다.	○	○	○
일편단심 (一片丹心)	전남친을 일편단심으로 기다렸던 시간이 아까웠다.	○	X	○
일희일비 (一喜一悲)	이 정도로 일희일비하지 말거라.	○	X	○
임기응변 (臨機應變)	임기응변으로 핑계를 댄 터라 조마조마했지만 다행히 눈치 채지 못한 모양이었다.	○	○	○
임시방편 (臨時方便)	임시방편으로 흉터가 보이지 않도록 가렸다.	○	○	○

ㅈ

단어	예시 문장	현	서	동
자격지심 (自激之心)	이복동생의 자격지심은 생각보다 심각했다.	○	○	○
자포자기 (自暴自棄)	자포자기하여 멍하니 누워 있는 언니를 붙들고 소리쳤다.	○	○	○
자화자찬 (自畫自讚)	여인은 자신의 생각이 옳았다고 자화자찬했다.	○	△	○
적반하장 (賊反荷杖)	도둑질을 들켜 놓고도 적반하장으로 악을 써 댔다.	○	○	○
전대미문 (前代未聞)	전대미문의 사태에 임원들은 숨을 죽이고 회장의 눈치를 살폈다.	○	X	○
전전긍긍 (戰戰兢兢)	시녀들은 전전긍긍하며 황후의 침실 앞을 서성거렸다.	○	○	○
전화위복 (轉禍爲福)	그 사건은 전화위복이 되어 마을에 있는 남자들 모두 전쟁에 차출되지 않았다.	○	X	○
점입가경 (漸入佳境)	상황은 점입가경으로 돌아가고 있었다.	○	X	○
정체불명 (正體不明)	마을 사람들은 정체불명의 남자를 경계했다.	○	○	○
조강지처 (糟糠之妻)	힘든 세월 같이 산 조강지처를 버린 죗값을 톡톡히 치르고 있었다.	○	X	○

348

주경야독 (晝耕夜讀)	주경야독하여 과거에 합격한 아들을 자랑하고 싶어 몸이 달았다.	△	X	○
주야장천 (晝夜長川)	주야장천 술판을 벌여 대는 황제 옆에는 간신들만이 들러붙어 있었다.	○	X	○

북마녀 TIP

'주구장창'은 구어체로 잘못 자리 잡은 말이므로 쓰지 말아야 한다.

죽마고우 (竹馬故友)	두 사람은 어릴 적부터 한 동네에서 같이 자란 죽마고우였다.	○	X	○
지극정성 (至極精誠)	지극정성으로 돌보다 보면 기억이 돌아올 것이다.	○	○	○
진수성찬 (珍羞盛饌)	눈앞에 펼쳐진 진수성찬에 군침이 절로 나왔다.	○	X	○

현 현대 서 서양풍 동 동양풍

단어	예시 문장	현	서	동
천근만근 (千斤萬斤)	천근만근 무거운 발걸음으로 겨우 집에 도착했다.	○	△	○
천신만고 (千辛萬苦)	천신만고 끝에 다다른 곳은 지도에도 없는 조그마한 마을이었다.	○	△	○
천진난만 (天眞爛漫)	소녀의 천진난만한 미소가 부러울 뿐이었다.	○	○	○
천편일률 (千篇一律)	오디션 참가자들은 대부분 천편일률 비슷한 연기를 선보였다.	○	X	○

| 청천벽력
(靑天霹靂) | 청천벽력 같은 소식에 눈앞이 아찔
해졌다. | ○ | ○ | ○ |
| 측은지심
(惻隱之心) | 지금 누굴 도와줄 상황이 아니라는
건 알지만 측은지심에 결국 발길을
돌렸다. | ○ | ○ | ○ |

현 현대 서 서양풍 동 동양풍

단어	예시 문장	현	서	동
탁상공론 (卓上空論)	끝없이 탁상공론이나 펼치고 있는 인간들에게서 벗어나고 싶었다.	○	△	○
탐관오리 (貪官汚吏)	탐관오리의 횡포가 심해지니 백성 들의 원성이 자자했다.	X	X	○

현 현대 서 서양풍 동 동양풍

단어	예시 문장	현	서	동
파란만장 (波瀾萬丈)	파란만장한 삶을 살아오면서도 딸 을 버리지 않은 엄마에게 고마울 뿐 이었다.	○	○	○
파안대소 (破顔大笑)	파안대소하던 왕의 얼굴에서 별안 간 웃음기가 걷혔다.	△	X	○
패가망신 (敗家亡身)	노름에 정신이 빠져 패가망신한 놈 이 말이 많구나.	○	X	○

단어	예시 문장			
풍비박산 (風飛雹散)	집안은 한순간에 풍비박산이 나 버렸다.	○	△	○
피차일반 (彼此一般)	기다릴 수 없는 건 피차일반이었다.	○	△	○

현 현대 서 서양풍 동 동양풍

단어	예시 문장	현	서	동
학수고대 (鶴首苦待)	성인이 되기만을 학수고대했던 동생은 수능이 끝나자마자 하루가 멀다 하고 술에 취해 들어왔다.	○	○	○
해괴망측 (駭怪罔測)	무슨 그런 해괴망측한 소리를 하고 그러니?	○	○	○
허심탄회 (虛心坦懷)	원하시는 것이 있다면 허심탄회하게 말씀해 주세요.	○	△	○
혈혈단신 (孑孑單身)	혈혈단신으로 올라와 평생을 바쳐 일구어 낸 회사였다.	○	X	○
호시탐탐 (虎視眈眈)	그의 자리를 호심탐탐 노리는 이복형제들이 있었다.	○	○	○
호언장담 (豪言壯談)	저렇게 호언장담을 하다니 뒷배가 있는 것이 분명했다.	○	△	동
혼비백산 (魂飛魄散)	남자는 저승사자라도 본 것처럼 혼비백산하여 달아났다.	○	△	○

화기애애 (和氣靄靄)	화기애애했던 식사 자리가 삽시간에 싸늘해졌다.	○	○	○
황당무계 (荒唐無稽)	황당무계한 소문이었지만 소문은 발이 달린 듯 퍼져 나갔다.	○	○	○
횡설수설 (橫說竪說)	여자는 횡설수설하며 팔을 허우적거렸다.	○	○	○
후회막심 (後悔莫甚)	내내 아들 편만 들었던 것이 후회막심이었다.	○	○	○
휘황찬란 (輝煌燦爛)	창문마다 휘황찬란한 장식이 늘어져 있었다.	○	○	○
희로애락 (喜怒哀樂)	낡은 서책에는 노인이 인생을 살아오며 경험한 희로애락이 전부 적혀 있었다.	○	X	○

나만의 시크릿 단어 리스트 작성법

자, 여기까지 왔다면 여러분은 북마녀가 신중하게 선별한 단어 목록을 품사별로 살펴보며 때로는 충격, 때로는 좌절을 겪었을 것이다. 《북마녀의 시크릿 단어 사전》을 여러 번 보고 체득하는 것도 도움이 될 테지만, 여러분 자신의 단어 리스트 작성을 반드시 병행해야 한다.

내가 쓸 수 있는 단어의 스펙트럼을 넓히면서 자연스럽게 문장 분석을 하게 해주는 유일한 방법! 단어 리스트 작성의 효과와 작성 노하우에 관한 더 자세한 내용은 《억대 연봉 부르는 웹소설 작가수업》에서 확인하길 바란다. 이 페이지에서는 핵심적인 방법을 정리하여 안내하겠다.

▌단어 리스트 정리 단계 ▌

STEP 1. 책의 첫 장부터 차례대로 페이지를 넘기면서 단어를 고른다.

STEP 2. 페이지를 넘기기 전에 적어야 할 단어를 모두 적는다.

STEP 3. 이렇게 책 한 권을 끝까지 다 보면서 정리하거나, 여러 권의 책을 번갈아 정리한다.

단어 리스트를 작성할 땐 속독과 정독을 모두 활용할 수 있다. 어느 쪽이든 자신에게 맞는 방식으로 진행해도 좋다. 스토리의 흐름을 보지 않고 단어를 골라내는 행위 자체에 집중하는 것이 중요하다. 이미 읽은 작품을 고르면 진행이 더욱 원활해질 것이다.

- **속독으로 단어 찾기**: Z 방향으로 글을 훑듯이 읽으면서 눈에 들어오는 단어를 찾는다.
- **정독으로 단어 찾기**: 한 단어 한 단어 꼼꼼히 읽으면서 단어를 모아도 된다.

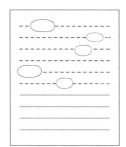

속독으로 단어 찾기　　　　　　정독으로 단어 찾기

| 단어 리스트에 적합한 책 선정 |

단어 리스트 정리는 단어 스펙트럼에 넣을 단어를 확보함으로써 표현력 자체를 키우는 것이 목적이다. 현재 쓰고 있는 원고에 지금 본 책의 단어를 그대로 적용하려는 것이 아니다. 그러므로 책장에 쌓여 있는 종이

책, 스마트폰이나 전자책 뷰어에 가득한 전자책 어느 쪽이든 무방하다. 단어 리스트에 걸맞은 책이 따로 있는 것은 아니다. 그러나 소설을 쓴다면 같은 계열의 소설에서 단어를 뽑아야 시간이 단축된다. 초보 웹소설 작가라면 표현력 향상뿐만 아니라 어떤 단어가 웹소설에 주로 쓰이는지 습득하는 효과도 얻을 수 있을 것이다.

1. 웹소설 베스트셀러

어느 플랫폼이든 현재 상위권 랭크된 작품. 하지만 상위권 작품이 항상 잘 쓴 글, 좋은 글이라는 보장은 할 수 없다. 시기마다 다르고, 단순 스토리빨, 프로모션빨로 올라가는 경우도 많기 때문이다. 그러므로 일간 랭킹보다는 주간 랭킹을 권장한다. 주간 랭킹에는 신작인데 상위권에 오래 머무른 베스트셀러와 특정 이슈로 인해 다시 떠오른 구작 스테디셀러가 섞여 있기 때문에 대부분 교재로 삼을 만하다.

2. 내가 좋아하는 작품

상위권이지만 읽었을 때 그다지 잘 쓴 것 같지는 않은 느낌이 드는 작품이 분명히 있다. 자신의 취향에 맞지 않는 작품도 있을 수 있다. 특히 웹소설 속 장르는 전부 취향을 선명하게 타는 분야이니까. 그 작품이 상위권이라는 이유만으로 울며 겨자 먹을 필요 없다. 자신이 좋아하는 작가의 작품을 선택해서 단어를 정리하라. 상위권이든 아니든 상관없다. 하지만 그 작품은 99.9% 확률로 베스트셀러일 것이다.

3. 내가 쓰려는 장르의 작품

특정 장르를 쓰고 있거나 앞으로 쓸 장르를 선택했다면 그 장르에 해당하는 책을 골라 단어 정리를 하는 것이 효과적이다. 이 사전에서 언급했듯이 웹소설 장르 전체에서 쓸 수 있는 단어도 많이 존재한다. 하지만 장르와 작품의 시공간 배경에 따라 단어의 활용도 차이가 분명히 있다.

어떤 단어는 로판에서 아예 쓸 수 없고, 어떤 단어는 동양풍 로맨스에서 쓰면 어색하다. 나는 현판을 쓸 건데 무협 작품에서 단어 리스트를 뽑거나, 나는 로판을 쓸 거지만 동양풍 로맨스 독자여서 한자어만 열심히 적고 있으면 너무 멀리 돌아가는 것이다. 특히 의학물 현판 등 전문직 소재 스토리는 전문 용어가 많고, 그 단어의 활용도가 한정적이므로 선택에 신중을 기하자.

4. 여러 작가의 작품

아무리 글을 잘 쓰고 표현력이 좋은 작가라고 해도 사람이다. 그 역시 자기 머릿속의 단어 스펙트럼이 있고 그것을 활용하여 글을 쓴다. 결국 한 사람의 여러 작품 속에서 단어는 반복될 수밖에 없다. 만약 한 명의 작품만으로 단어 리스트를 만든다면 단어 스펙트럼 자체가 영향을 받아 자칫 그 작가의 문체를 아예 빼닮게 되는 결과를 초래할 수 있다. 단어 리스트를 만들 때는 반드시 여러 작가의 작품을 섞어서 봐야 한다.

| 단어 고르기 |

① 뜻을 모르는 단어

② 뜻을 알지만 내가 글 쓸 때 써 보지 않은 단어

③ 써보지 않은 단어의 조합(단어가 2개 이상 붙어 있는 구조로, 이 사전의 'Part 1. 관용구와 단어 조합'이 여기에 속한다.)

여기서 ①만 찾고 있으면 '리스트'가 만들어지지 않는다. 꾸준히 언급했듯이 여러분이 뜻을 모르는 단어는 거의 없다(단, 무협 작품은 비교적 어려운 한자어가 많기 때문에 ①이 다수 나올 수 있다). 단어 리스트를 정리하는 동안만큼은 스스로 솔직해야 한다. ②와 ③을 집중적으로 찾되, 안 써 봤으면서 써 본 척하지 말자. 넘어가지 말고 반드시 기록한다. 단어 리스트를 만드는 도중 그 책에서도 이 사전에 수록된 단어가 분명 나올 것이다. 그 시점에 여전히 써보지 않았다면 다시금 자신의 리스트에 기록한다.

단어	설명 (의미와 활용법을 알면 굳이 설명을 추가할 필요 없음)
발목을 잡는다	방해한다는 의미로 쓰임
날렵한	
땀을 훔치다	
반들거리다	
야금야금	
번듯한	

〈예시〉

1. 단어의 뜻을 안다면 뜻을 적지 않는다

사실 ①에 해당하는 단어라도 일단 의미를 알고 나면 나중에 다시 봤을 때 모를 일은 거의 없다. 그러므로 단어 자체만 나열해도 무방하다. 단, 난생처음 보고 어려운 단어라 나중에 뜻을 기억하지 못할 것 같다면 경우에 따라 적어둔다.

2. 문장 없이 단어만 쓴다

소설 쓰기는 언어 학습이 아니라 창작이다. 다른 작가의 저작권에 묶여 있는 원고에 들어 있는 특징적인 문장 전체를 그대로 활용하는 것은 사실상 불가능하다. '단어'만을 정리하여 저도 모르게 발생할 수 있는 '미필적 고의에 의한 표절'을 피하자.

북마녀가 이 사전에 예시 문장을 정리한 까닭은 여러분이 이 사전을 볼 때 책을 같이 보는 효과를 조금이라도 누리게 하기 위해서다. 여러분은 단어 리스트를 만들 때 책을 옆에 끼고 있지 않은가. 이미 그 책에서 예시 문장을 봤을 테니 문장을 적는 건 시간 낭비, 체력 낭비일 뿐이다. 게다가 현실적으로 하루도 못 가 리스트 작성을 포기하게 될 것이다.

3. 맥락과 활용법도 적어 둔다

어느 상황에서 쓰인다는 둥 맥락과 활용법을 기억해둬야 하는 단어도 있을 것이다. 이 사전의 '북마녀 TIP'처럼 단어 옆에 따로 기재한다.

준비물과 활용 도구

단어 리스트 작성 시 필요한 도구는 특별히 정해진 것이 없다. 자신의 스타일과 작업환경에 맞게 자유로이 선택하면 된다. 보관과 작성이 용이한 환경을 만들어 보자. 책과 정리 도구의 조합으로 빠르게 단어 리스트를 작성할 수 있도록 가장 편리한 방식을 세팅하라. 아날로그와 디지털 어느 쪽이든 무방하다. 웹소설을 교재로 삼는다면 디지털 융합이 될 가능성이 크다.

> • **단어를 뽑을 책(자료):** 종이책, 전자책 PC 뷰어, 전자책 폰 뷰어, 전자책 리더기 등
> • **단어 작성 도구:** 노트, 컴퓨터 문서 프로그램(HWP, 워드, 엑셀 등), 동기화 가능한 문서 애플리케이션(구글독스, 에버노트, 굿노트 등)

단어 리스트 체화하기

단어 리스트를 작성하는 행위 자체만으로도 도움이 되지만 이를 머릿속 단어 스펙트럼에 완벽하게 집어넣으려면 이 리스트를 정기적으로 열어보며 기억을 되새겨야 한다. 그래야 그 단어들이 '쓸 수 있는 단어' 집합으로 들어오게 된다. 단어 리스트의 '완성'은 없다고 생각하고 이전에 만들었던 리스트의 앞 페이지를 쓱쓱 읽어보자. 그리고 원고가 막히는 타이밍에 그 단어 리스트를 꺼내어 훑어본다면 퍼뜩 떠오르는 표현이 있을 것이다.

단어 리스트 작성은 '공부'가 아니라 원고 집필을 위한 밑 작업이자 근본적인 표현력 향상 기법이라는 사실을 잊지 말자. 자신이 직접 만든 단어 리스트가 《북마녀의 시크릿 단어 사전》보다도 훨씬 더 소중한 자료가 될 것이다.

작가인 당신은
황녀가 아니라 기사다

　국어국문학과 전공자로서 본래 언어의 사회문화적 활용과 맥락에 관해 관심이 많았다. 편집자로서 그리고 웹소설 독자로서 작품 속의 무수한 단어를 관찰하고 분석해 왔기에 이 사전을 꼭 만들고 싶었다. 기획을 현실화할 수 있게 되어 뿌듯하고, 기회를 만들어 준 허들링북스 출판사 관계자분들, 다양한 채널에서 응원을 보내 준 제자님들, 그리고 작가님들께 감사 인사를 보낸다.

　한데, 이 사전을 만들기 위해 단어를 선별하는 과정에서 북마녀는 기력을 잃고 병을 얻었다. 솔직히 말하면 끝나지 않는 기분이 들었다. 우리말에 이렇게 많은 단어가 존재했던가? 이렇게 많은 관용적인 표현이 존재했던가? 정말 그렇더라. 알고 시작했지만, 그 이상이었다는 사실을 작업하면서 다시금 깨달았다. 욕심을 더 부린다면 마감이 영원히 끝나지 않을 것만 같았다.

　우리는 말을 할 때 그리 많은 단어를 활용하지 않는다. SNS에 글을 아무리 많이 쓰더라도 한정적인 단어만을 사용한다. 그래서 작가 모드로 전환하여 소설을 써야 할 때 머리가 핑핑 돈다. 같은 상황을 쓰더라도 '소설스러운' 표현으로 유려하게 적어 내려가는 것이 그리 쉬운 작업은 아니다. 더욱이 웹소설에서는 구어체와 문어체를 전부 활용할 수 있어야 하지 않은가. 활용 단어 리스트는 갑절로 많아진다.

이 사전은 가이드북일 뿐 진짜 사전은 아니다. 이 사전에 수록되지 않았으나 활용도 높은 단어들이 세상에 아니 작품 속에 너무 많다. 여러분이 자신만의 단어 리스트를 만들어가면서 이를 업데이트하리라 믿겠다. 그 단어 리스트에 어떤 단어를 적어야 할지 이해하는 데 이 사전이 큰 도움이 되었기를 바란다.

제자들은 항상 북마녀의 잔소리를 듣는다.

"데뷔 전에 문장력을 쌓고 가야 합니다.
데뷔하고 나면 시간이 없어요."

프로 작가가 된 다음에는 스토리를 만들고 원고를 쓰며 마감을 하느라 바빠서 문장력을 키울 여력이 없다. 그땐 정말 스토리 싸움을 해야 한다.

그러므로 데뷔 전 즉 작가 지망생 신분인 지금이 단어 스펙트럼을 넓힐 수 있는 최적의 시기다. 일단 머릿속에 만들어진 단어 스펙트럼은 글을 계속 쓰는 한 쉽사리 사라지지 않을 테니까.

그것이 당신의 메인 무기이며 장비가 될 것이다.

장비빨은 분명히 있다.

조금 더 예민하게 장비병을 즐기고 집요하게 장비빨을 뽐내라.

작가인 당신은 황녀가 아니라 내일 전투에 나서야 할 기사다. 기사는 전투에 나가기 전 검의 날을 잘 벼려 놓아야 한다. 실전에서는 다양한 환경에서 생각지도 못한 적과 싸워야 할 것이다. 그러나 당신이 잡고 있는 검이 언제나 날카롭게 날이 서 있으며 언제든지 뽑을 수 있다면 아무 걱정 없다. 그 검이 옆에 있는 한, 당신은 어떤 전투에든 두려움 없이 나설 수 있을 것이다. 이 사전은 당신의 두툼한 검집으로 기능할 것이다.

끝으로,

북마녀의 조언을 따라 표현력을 기르겠다고 단어 리스트를 만들고 그것도 모자라 이 사전을 열심히 들춰보더라도 쓰지 않으면 글은 전혀 늘지 않는다. 쓰지 않는 자의 뇌는 단어를 기억하지 못한다. 쓰지 않는 자의 손가락은 스펙트럼 속 단어를 적지 못한다.

그러므로 써라, 자신의 스토리를, 지금 당장.

자신만의 집필 전투에 나서라.

북마녀의 시크릿 단어 사전 : 기본

ⓒ 북마녀 2022

초판 1쇄 발행 2022년 4월 27일

지은이 북마녀
펴낸이 박성인

책임편집 강하나
편집 이다현
마케팅 김멜리띠나
경영관리 김일환
디자인 *Desig* 신정난

펴낸곳 허들링북스
출판등록 2020년 3월 27일 제2020-000036호
주소 서울시 강서구 공항대로 219, 3층 309-1호(마곡동, 센테니아)
전화 02-2668-9692 팩스 02-2668-9693
이메일 contents@huddlingbooks.com

ISBN 979-11-91505-11-5 (03800)